D0803743

Guy de Maupassant

Monsieur Parent

Édition présentée
par Claude Martin

Gallimard

PRÉFACE

Des quinze recueils de Maupassant, voici certes l'un des moins connus. Pourquoi ? Comme tous les autres il est fort inégal. Comme tous les autres il n'a ni thème propre ni couleur homogène. Comme presque tous les autres il emprunte son titre à sa première et sa plus longue nouvelle. Or celle-ci, à bien des égards, est une des meilleures de l'auteur — mais peut-être, il est vrai, d'une « main » assez différente de celle dont on admire depuis toujours La Maison Tellier, Toine *ou* Les Sœurs Rondoli... *Et il n'y a pas trente ans qu'un dictionnaire de littérature pouvait encore affirmer, reflétant le jugement commun, que « le chef-d'œuvre du recueil » était « sans conteste »* La bête à maît' Belhomme... *Aujourd'hui qu'est enfin révolu le long temps (quelque deux tiers de siècle) où l'importance reconnue à Maupassant par la critique française fut inversement proportionnelle à son succès dans le grand public et dans les morceaux choisis à l'usage des classes primaires, — nos jugements, nos préférences sont autres ; la grandeur du conteur nous paraît moins tenir à la veine cocasse et cruelle des contes normands, des « drames et propos rustiques » (*Le Petit Fût, *La Ficelle, *entre autres), qu'aux textes où il a su, dans des cadres et des registres très variés,*

*mettre plus ambitieusement en scène ses obsessions
les plus suffocantes, celles qui précipitent ses personnages sur les chemins de l'angoisse, de la perversion,
de la démence, du meurtre et du suicide.*

    Reste qu'elle est habilement menée, l'histoire de La
bête à maît' Belhomme, *confectionnée selon les
recettes les plus éprouvées, avec une construction
simple et classique qui fait se succéder une brève
plantation du décor, l'introduction des personnages
(échantillons représentatifs : il fallait bien qu'il y eût,
parmi les huit personnes encaquées dans la diligence,
un curé, un instituteur, une mère de seize enfants dont
un bâtard), un drame avec suspense et résolution, et* in
fine *un travelling arrière sur le héros principal, dépa-
rasité, soulagé de soixante-quinze sous et solitaire au
bord d'une route cauchoise... La bonne grosse facétie
s'achève dans le mode mineur : on a ri, on est un peu
triste d'avoir ri. Sot, avare et ridicule, maît' Belhomme
n'en est pas moins pitoyable. Comme l'est la Victoire
Bascule de* Tribunaux rustiques, *autre saynète normande admirablement conduite pour faire rire le
bourgeois... jusqu'à ce qu'il éprouve un malaise en se
voyant aussi méchant que la femme Paturon, cette
sèche harpie « pareille à une poule cayenne », envers
la malheureuse « dame de chef-lieu de canton » qui
malheureuse « dame de chef-lieu de canton » qui
pleure sans doute moins la perte de sa terre du Bec-de-
Mortin que sa propre vieillissure et le temps bien fini
pour elle de l'amour et des plaisirs.*

    *Nul rire, ici, n'est innocent. La haine, le mépris, la
cruauté y sont comme le ver dans un fruit, et le rendent
vite amer et honteux. Même la grivoiserie du finale*

*d'En wagon a un étrange arrière-goût, que nourris-
sent, même si les traces en sont discrètes dans cette
nouvelle, la féroce misogynie de Maupassant (la
femme, cette « bête humaine ; moins que cela : elle
n'est qu'un flanc ») et sa répulsion physique pour la
grossesse et l'accouchement. Même les fous rires de la
petite baronne et de la petite marquise de La confidence sont ignobles, que provoquent la souffrance et
le mépris des hommes, mari et amant, réduits au rôle
d'objets ou d'instruments. Et que dire d'Au bord du
lit, cette mini-comédie de boulevard (dont Maupassant tirera d'ailleurs une vraie pièce en deux actes, au
titre goguenard et cynique : La Paix du ménage) où
l'on voit une belle comtesse se venger d'un mari volage
en lui vendant — un peu moins cher, il est vrai, qu'il
ne paie ses cocottes — le droit de coucher avec elle,
« sa femme légitime » (id est celle dont il est le légitime
propriétaire) ? Dans cette conversation merveilleuse-
ment policée, les deux personnages rivalisent d'avilis-
sement. Voilà qui suscite le rire, puis soulève le cœur.*

*Autre conte rustique (mais point normand), Petit
soldat ne fait pas rire, mais sourire de tendresse pour
ces trois personnages naïfs, sains, prêts aux joies de
l'amour... et aussi à son égoïsme aveugle et meurtrier.
« S'il avait su... » — oui, mais qu'aurait-il fait, Luc,
s'il avait su ?*

*Quant aux Bécasses, ce « récit d'un chasseur »,
bien normand celui-ci quoique dans la manière de
Tourguéniev, commence par une plaisante mise en
route : on s'amuse au « tremblement de terre roulant », aux « trois petits crocodiles à poil », on suit
avec plaisir les premiers pas des chasseurs dans le
« frais matin d'hiver » ; et puis, tout soudain au sortir*

d'un bois, la silhouette de Gargan, le sourd-muet dans sa houppelande jaunâtre et qui tricote : d'une plume deux fois plus rapide, le narrateur conte alors toute la vie de l' « excellent berger, dévoué, probe », *et qui était, à trente ans,* « barbu comme un patriarche » ; *comment il s'est accouplé à la Goutte, une guenilleuse qui, pour un peu d'eau-de-vie, le cocufiait à tous vents ; comment, contre toute attente, Gargan surprit un jour sa femme derrière une meule et l'étrangla ; comment il lui suffit, pour être acquitté par la cour d'assises de Rouen, de mimer* « le mouvement obscène du couple criminel » *puis de répéter* « l'action terrible du meurtrier qui étrangle un être » ; *après quoi, nulle plaidoirie ne fut nécessaire, mais ce seul bref hommage de maître Picot :* « Il a de l'honneur, cet homme-là »... *Tout aussi sobre, le commentaire du narrateur, à l'intention de la* « chère amie » *parisienne à qui il écrit :* « sombre fait divers, comme il s'en passe aux champs quelquefois » ; *et l'on revient aux bécasses qui passent. Ainsi livré brut, ce récit d'ivrognerie, de coucherie, de jalousie, de folie meurtrière, ne prétend rien enseigner :* « a tale told by an idiot, full of sound and fury, signifying nothing ». *Mais cette tragédie-express ne montre-t-elle pas en vérité que ce qui aurait pu sauver, relever ces deux déchets d'humanité, l'amour, ou la tendresse, n'a été senti par Gargan que comme un droit de propriété exclusive (lui, l'esclave nu, qui n'a jamais rien possédé), un droit à exercer et qui, violé, l'a poussé au meurtre ?*

Les quatre contes campagnards que recueille Monsieur Parent, *dans des registres où domine tantôt la drôlerie* (La bête à maît' Belhomme, Tribunaux rustiques), *tantôt l'horreur* (Petit soldat, Les bécasses), *sont des drames de la trahison qui font de*

la victime un être seul, abandonné, que son désespoir
peut pousser à tuer ou se tuer, — et font du lecteur le
complice plus ou moins honteux de son bourreau...
car nous sommes toujours d'instinct, n'est-ce pas ?,
du côté de ceux qui s'amusent de la souffrance de
Belhomme, du côté d'Isidore Paturon et de Jean
Kerderen, et du côté du gros rire gaulois qui secoue
tout le canton aux infortunes répétées de Gargan.

*

Solitude n'est guère un conte ni une nouvelle :
des propos d'après-dîner — ou d'après-boire, qu'on
a parfois jugés d'une banalité un peu suffisante.
Mais quoi ? c'est bien ainsi que Maupassant voit
l'humaine condition, citant et recitant Flaubert
(« Personne ne comprend personne ») et Sully Prudhomme (« l'impossible union des âmes »). C'est bien
ce que l'œuvre crie à chaque page, déchirante ou
ironique, farce ou tragédie. « Nous sommes éternellement seuls, et tous nos efforts, tous nos actes
ne tendent qu'à fuir cette solitude » : il y a les
« simples d'esprit », qui vivent heureux de n'avoir pas
découvert l'affreuse vérité, et il y a les autres, que
ronge à jamais « cette souffrance atroce ». On montre-
rait aisément que la structure de la plupart des contes
de Maupassant est celle d'une découverte, d'une ini-
tiation à ce vide infranchissable qui entoure et isole
chaque être humain, ou de l'échec d'une extraver-
sion, d'un moment qui jette un personnage vers
l'autre, pour l'aimer ou le haïr, et qui s'exténue sans
rien atteindre. Comme l'obélisque de la Concorde,
chacun raconte son histoire, que personne ne peut
lire.

Sur le mode léger — il y a du champagne sur la table du cabinet particulier — Imprudence illustre subtilement ce mouvement : en scène, un couple qui semble, lui, s'être trop bien compris, dont les corps en tout cas se sont trop bien connus et ne parviennent plus à « rallumer la flamme affaiblie », de loin en loin, que pour retomber aussitôt dans « une lassitude dégoûtée » ; d'où la tentation de l'imprudence majeure, qui est de vouloir être autre, mari et femme jouant à être amants et coupables (nous sommes ici un cran plus haut, dans la perversité et le bon goût, que dans La Serre ou Le Moyen de Roger) ; et quand Henriette force Paul à lui parler de ses anciennes maîtresses, qui cherche-t-elle à atteindre sinon elle-même ? Quel hasard, que les murs de ce cabinet particulier soient recouverts de glaces, qui renvoient à chacun, pour la perdre, son image.

Mieux qu'un discours convenu sur l'incommunicabilité entre les êtres, sont éloquents et efficaces les contes où, en actes, s'instruit le procès en démystification de l'amour. Mais il en est, dans ce recueil, qui mènent leurs « héros », poursuivant une ombre, aux lisières de la folie. Une ombre ? L'Inconnue que rencontre le baron des Annettes, il faut l'en croire, est bien réelle, mais elle ne commence à exister comme femme, comme maîtresse, comme souveraine rivale de toutes les autres, que lorsqu'elle a disparu : alors, « toujours là, habillée ou nue, visible mais insaisissable », l'inconnue (elle l'est radicalement, et le restera) devient obsédante et toute-puissante par le fait même qu'elle est une hallucination (présentée comme telle par le baron, qui ne délire point). « Voilà, celles qu'on chérirait éperdument, on ne les connaît jamais. Avez-vous remarqué ça, c'est assez drôle ! » — Une ombre ? C'en est bien une, et qui le demeurera, nous en *sommes sûrs, que la maîtresse du propriétaire de la jolie maison à vendre, même si le narrateur de la nouvelle, « enivré d'espoir », ne touche plus terre en partant à sa recherche. Ces deux histoires d'amour, À vendre et L'inconnue, sont en vérité des histoires de fantômes ; leurs héros sont hantés par des êtres dont le pouvoir et l'attrait sont moins effrayants mais tout aussi mystérieux, magiques, que ceux du Horla. — Très loin de Paris, sur son carré de satin blanc encadré d'or, l'épingle n'est pas qu'un souvenir, la relique d'un « amour atroce » : c'est une présence vivante par-delà la distance et le temps, le signe menaçant d'une hantise ; d'elle, émane toujours le « fluide grisant et vénéneux » de Jeanne de Limours.*

De ce fantastique où Maupassant excelle, qui jamais ne transgresse les lois de la physique ordinaire mais joue sur le dérèglement obsessionnel des comportements et des sentiments de ses personnages, le présent recueil n'offre que peu d'exemples. Mais l'un frappe très fort : Un fou. C'est la confession post mortem d'un juge, d'un président d'assises assurément aussi affable et fin lettré que le juge de paix de Gorgeville (de Tribunaux rustiques, le conte immédiatement suivant) : il a « passé sa vie à poursuivre le crime » et a fini par le rejoindre, après avoir découvert que la plus grande volupté est de détruire, que tuer est la loi de la nature car « plus elle détruit, plus elle se renouvelle ». Du raisonnement à la tentation, de la tentation à l'acte, de l'acte à la jouissance et à l'exaltation, le journal du juge, sur neuf mois, suit soigneusement les progrès de l'obsession. Et le conteur de commenter in fine sa transcription de l' « étrange » manuscrit avec une feinte horreur : « il existe dans le monde beaucoup de fous ignorés, aussi adroits et aussi redoutables que ce monstrueux dément ». Mais il est trop évident que ce cauchemar n'est qu'un fantasme de puissance, le signe d'un orgueil prométhéen ou luciférien : « l'irrésistible besoin de massacre » que le juge découvre en lui fait écho à la vérité que l'instituteur Moiron jette à la figure du procureur qui l'a fait condamner : « Dieu, monsieur, c'est un massacreur » (Moiron, dans Clair de lune)*, — mais si l'instituteur tueur d'enfants a agi par vengeance, le juge meurtrier d'un chardonneret, puis d'un enfant et enfin d'un pêcheur, a agi, lui, pour se prouver sa puissance, puis s'identifier au principe négateur, à Satan face au Dieu créateur. Manichéisme simpliste, de la part d'un Maupassant dont la subtilité philosophique n'est pas le fort ? Peut-être, mais on peut surtout voir dans ce journal d'un assassin qui d'ailleurs ne se tient pas pour tel (« j'ai fait comme les assassins, comme les vrais [...] ah ! j'aurais fait un excellent assassin ») la dénonciation, la dérision suprême de toute tentative humaine pour sortir de soi : si « personne ne comprend personne », si « les humains innombrables » me restent « inconnus », inatteignables, j'ai le droit de les tuer.*

Même si l'on y sent l'air du temps et les complaisances fin de siècle, ces jeux sur le goût du massacre, cette obsession jubilatoire de la folie et de la mort sont bien de l'homme Maupassant, sa vie et sa fin l'attestent. Mais non moins authentiquement vécue, et qui cette fois ne doit rien aux modes décadentes, est la colère, la révolte furieuse qui le saisit devant le massacre de certains innocents : d'évidence, dans Le baptême, *la véhémente indignation du narrateur est à mettre, sans nulle feinte, au compte de Maupassant. Aussi l'émotion du lecteur de ce recueil n'est-elle nulle* part plus intense que devant cette stupide mort d'un bébé, due à la complicité objective de deux paysans abrutis par l'alcool, d'un curé aux doigts crochus et au cœur de pierre, et, au-dessus d'eux, bénissant des « usages » meurtriers, d'un « Dieu inclément et barbare » (toujours, le « Dieu massacreur », le « meurtrier affamé de mort embusqué dans l'espace, pour créer des êtres et les détruire, les mutiler, leur imposer toutes les souffrances », que Maupassant invectivera encore à la dernière page du dernier roman qu'il n'achèvera pas, L'Angélus). Ainsi l'être humain vit-il à peine né le drame de la solitude, de l'abandon, de la trahison.

*

Absurde, désespérée est la condition humaine qu'illustrent ces contes. Mais plus odieuse et plus scandaleuse que toutes est la souffrance des plus faibles et des plus innocents : les enfants, certes, mais pas seulement eux. Qui est M. Parent, dont le drame est le sujet de l'admirable nouvelle qui ouvre ce recueil ?

Un petit bourgeois à la petite vie, un faible, un « débonnaire », un innocent, brutalement frappé par une révélation, ou plutôt par une question dont il ne trouvera jamais la réponse. L'irréductible incertitude va le torturer, des années durant, l'habiter comme un cancer ; l'obsession le poussera au bord de la démence, et le personnage innocent du début deviendra, même aux trois quarts détruit, inquiétant à la fin (est-ce d'ailleurs par hasard que Maupassant lui a donné ce nom de Parent qui avait été celui du héros d'Un fou ? et qui sera celui du médecin magnétiseur du Horla ?).

Deux ans auparavant, Maupassant avait traité le même sujet, mais en l'expédiant en six pages, et, dans Le Petit (Contes du jour et de la nuit), *M. Lemonnier est veuf quand Céleste, sa vieille bonne, lui apprend un soir que son fils Jean n'est pas de lui, mais de son intime ami M. Duretour ; il ne réplique rien et, au matin, Céleste le trouve pendu dans sa chambre. Si efficace que soit cette violente histoire d'une trahison pour ainsi dire posthume, elle ne souffre pas la comparaison avec* Monsieur Parent : *le thème du bâtard, dont on sait combien il est récurrent chez Maupassant (qui, plus que vraisemblablement, dut en semer quelques-uns de-ci de-là, — et en tout cas, des trois enfants naturels qu'on lui connaît, le premier se trouve être né six mois avant la publication du* Petit), *ce thème apparaissait là sans harmoniques. Dans* Monsieur Parent, *plus que l'obsession de la bâtardise, il y a l'angoisse de « ne pas savoir », — cette torture dont une femme, dans* L'Inutile Beauté, *se servira comme d'un instrument de vengeance. Et plus encore que cette perpétuelle* question, *il y a chez Parent une recherche désespérée de ses propres traits sur le visage du petit Georges, une quête de soi dans un double qui fuit, la poursuite d'une identité qui lui échappe en même temps qu'il perd sa paternité.*

Solitude, abandon, trahison. Absurdité de la souffrance et de la mort. Méchanceté de Dieu. — Maupassant ne prêche ni ne théorise, mais c'est dans la mise en œuvre de son imaginaire que, tout naturellement, l'univers se fait cohérent, ordonné à sa seule conclusion : la folie, l'homme dépossédé de soi, obsédé ou hanté. De l'image vaguement triste de maît' Belhomme abandonné par ses compagnons, à la caricature froidement logique du juge assassin ou à l'insou-

tenable torture de monsieur Parent, la diversité des
séquences ainsi juxtaposées ne tient pas à une esthéti-
que purement et gratuitement décorative : « J'écris,
disait Maupassant dans Sur l'eau, parce que je
comprends, et je souffre de tout ce qui est parce que je
le connais trop. »

Claude Martin.

Monsieur Parent

MONSIEUR PARENT[1]

I

Le petit Georges, à quatre pattes dans l'allée, faisait des montagnes de sable. Il le ramassait de ses deux mains, l'élevait en pyramide, puis plantait au sommet une feuille de marronnier.

Son père, assis sur une chaise de fer, le contemplait avec une attention concentrée et amoureuse, ne voyait que lui dans l'étroit jardin public rempli de monde.

Tout le long du chemin rond qui passe devant le bassin et devant l'église de la Trinité[2] pour revenir, après avoir contourné le gazon, d'autres enfants s'occupaient de même à leurs petits jeux de jeunes animaux, tandis que les bonnes indifférentes regardaient en l'air avec leurs yeux de brutes, ou que les mères causaient entre elles en surveillant la marmaille d'un coup d'œil incessant.

Des nourrices, deux par deux, se promenaient d'un air grave, laissant traîner derrière elles les longs rubans éclatants de leurs bonnets[3], et portant dans leurs bras quelque chose de blanc enveloppé de dentelles, tandis que de petites filles, en robe courte et jambes nues, avaient des entretiens sérieux entre deux courses au cerceau, et que le gardien du square, en tunique verte, errait au milieu de ce peuple de mioches, faisait sans cesse des détours pour ne point démolir des ouvrages de terre, pour ne point écraser des mains, pour ne point déranger le travail de fourmi de ces mignonnes larves humaines [4].

Le soleil allait disparaître derrière les toits de la rue Saint-Lazare et jetait ses grands rayons obliques sur cette foule gamine et parée. Les marronniers s'éclairaient de lueurs jaunes, et les trois cascades, devant le haut portail de l'église, semblaient en argent liquide.

M. Parent regardait son fils accroupi dans la poussière : il suivait ses moindres gestes avec amour, semblait envoyer des baisers du bout des lèvres à tous les mouvements de Georges.

Mais ayant levé les yeux vers l'horloge du clocher, il constata qu'il se trouvait en retard de cinq minutes. Alors il se leva, prit le petit par le bras, secoua sa robe pleine de terre, essuya ses mains et l'entraîna vers la rue Blanche. Il pressait le pas pour ne point rentrer après sa femme ; et le gamin, qui ne le pouvait suivre, trottinait à son côté.

Le père alors le prit en ses bras, et, accélérant encore son allure, se mit à souffler de peine en montant le trottoir incliné. C'était un homme de quarante ans, déjà gris, un peu gros, portant avec un air inquiet un bon ventre de joyeux garçon que les événements ont rendu timide.

Il avait épousé, quelques années plus tôt [5], une jeune femme aimée tendrement qui le traitait à présent avec une rudesse et une autorité de despote tout-puissant. Elle le gourmandait sans cesse pour tout ce qu'il faisait et pour tout ce qu'il ne faisait pas, lui reprochait aigrement ses moindres actes, ses habitudes, ses simples plaisirs, ses goûts, ses allures, ses gestes, la rondeur de sa ceinture et le son placide de sa voix.

Il l'aimait encore cependant, mais il aimait surtout l'enfant qu'il avait d'elle, Georges, âgé maintenant de trois ans, devenu la plus grande joie et la plus grande préoccupation de son cœur. Rentier modeste, il vivait sans emploi avec ses vingt mille francs de revenu ; et sa femme, prise sans dot, s'indignait sans cesse de l'inaction de son mari.

Il atteignit enfin sa maison, posa l'enfant sur la première marche de l'escalier, s'essuya le front, et se mit à monter.

Au second étage, il sonna.

Une vieille bonne qui l'avait élevé, une de ces servantes maîtresses qui sont les tyrans des familles, vint ouvrir ; et il demanda avec angoisse :

« Madame est-elle rentrée ? »

La domestique haussa les épaules : « Depuis quand Monsieur a-t-il vu Madame rentrer pour six heures et demie ? »

Il répondit d'un ton gêné :

« C'est bon, tant mieux, ça me donne le temps de me changer, car j'ai très chaud. »

La servante le regardait avec une pitié irritée et méprisante. Elle grogna : « Oh ! je le vois bien, Monsieur est en nage ; Monsieur a couru ; il a porté le petit peut-être ; et tout ça pour attendre Madame jusqu'à sept heures et demie. C'est moi qu'on ne prendrait pas maintenant à être prête à l'heure. Je fais mon dîner pour huit heures, moi, et quand on l'attend, tant pis, un rôti ne doit pas être brûlé ! »

M. Parent feignait de ne point écouter. Il murmura : « C'est bon, c'est bon. Il faut laver les mains de Georges qui a fait des pâtés de sable. Moi, je vais me changer. Recommande à la femme de chambre de bien nettoyer le petit. »

Et il entra dans son appartement. Dès qu'il y fut, il poussa le verrou pour être seul, bien seul, tout seul. Il était tellement habitué, maintenant, à se voir malmené et rudoyé qu'il ne se jugeait en sûreté que sous la protection des serrures. Il n'osait même plus penser, réfléchir, raisonner avec lui-même, s'il ne se sentait garanti par un tour de clef contre les regards et les suppositions. S'étant affaissé sur une chaise pour se reposer un peu avant de mettre du linge propre, il songea que Julie commençait à devenir un danger nouveau dans la maison. Elle haïssait sa femme, c'était visible ; elle haïssait surtout son camarade Paul Limousin resté, chose rare, l'ami intime et familier du ménage, après avoir été l'inséparable compagnon de sa vie de garçon. C'était Limousin qui servait d'huile et de tampon entre Henriette et lui, qui le défendait, même vivement, même sévèrement, contre les reproches immérités, contre les scènes harcelantes, contre toutes les misères quotidiennes de son existence.

Mais voilà que, depuis bientôt six mois, Julie se permettait sans cesse sur sa maîtresse des remarques et des appréciations malveillantes. Elle la jugeait à tout moment, déclarait vingt fois par jour : « Si j'étais Monsieur, c'est moi qui ne me laisserais pas mener comme ça par le nez. Enfin, enfin... Voilà... chacun suivant sa nature. »

Un jour même elle avait été insolente avec Henriette, qui s'était contentée de dire, le soir, à son mari : « Tu sais, à la première parole vive de cette fille, je la flanque dehors, moi. » Elle semblait cependant, elle qui ne craignait rien, redouter la vieille servante ; et Parent attribuait cette mansué-tude à une considération pour la bonne qui l'avait élevé, et qui avait fermé les yeux de sa mère.

Mais c'était fini, les choses ne pourraient traîner plus longtemps ; et il s'épouvantait à l'idée de ce qui allait arriver. Que ferait-il ? Renvoyer Julie lui apparaissait comme une résolution si redoutable, qu'il n'osait y arrêter sa pensée. Lui donner raison contre sa femme, était également impossible ; et il ne se passerait pas un mois maintenant, avant que la situation devînt insoutenable entre les deux.

Il restait assis, les bras ballants, cherchant vague-ment des moyens de tout concilier, et ne trouvant rien. Alors il murmura : « Heureusement que j'ai Georges... Sans lui, je serais bien malheureux. »

Puis l'idée lui vint de consulter Limousin ; il s'y résolut ; mais aussitôt le souvenir de l'inimitié née entre sa bonne et son ami lui fit craindre que celui-ci ne conseillât l'expulsion ; et il demeurait de nouveau perdu dans ses angoisses et ses incerti-tudes.

La pendule sonna sept heures. Il eut un sursaut. Sept heures, et il n'avait pas encore changé de linge ! Alors, effaré, essoufflé, il se dévêtit, se lava, mit une chemise blanche, et se revêtit avec précipi-tation, comme si on l'eût attendu dans la pièce voisine pour un événement d'une importance extrême.

Puis il entra dans le salon, heureux de n'avoir plus rien à redouter.

Il jeta un coup d'œil sur le journal, alla regarder dans la rue, revint s'asseoir sur le canapé ; mais une porte s'ouvrit, et son fils entra, nettoyé, peigné, souriant. Parent le saisit dans ses bras et le baisa

avec passion. Il l'embrassa d'abord dans les cheveux, puis sur les yeux, puis sur les joues, puis sur la
bouche, puis sur les mains. Puis il le fit sauter en
l'air, l'élevant jusqu'au plafond, au bout de ses
poignets. Puis il s'assit, fatigué par cet effort ; et
prenant Georges sur un genou, il lui fit faire « à
dada ».

L'enfant riait enchanté, agitait ses bras, poussait
des cris de plaisir, et le père aussi riait et criait de
contentement, secouant son gros ventre, s'amusant
plus encore que le petit.

Il l'aimait de tout son bon cœur de faible, de
résigné, de meurtri. Il l'aimait avec des élans fous,
de grandes caresses emportées, avec toute la tendresse honteuse cachée en lui, qui n'avait jamais pu
sortir, s'épandre, même aux premières heures de
son mariage, sa femme s'étant toujours montrée
sèche et réservée.

Julie parut sur la porte, le visage pâle, l'œil
brillant et elle annonça d'une voix tremblante
d'exaspération :

« Il est sept heures et demie, Monsieur. »

Parent jeta sur la pendule un regard inquiet et
résigné, et murmura :

« En effet, il est sept heures et demie.

— Voilà, mon dîner est prêt, maintenant. »

Voyant l'orage, il s'efforça de l'écarter : « Mais ne
m'as-tu pas dit, quand je suis rentré, que tu ne le
ferais que pour huit heures ?

— Pour huit heures !... Vous n'y pensez pas, bien
sûr ! Vous n'allez pas vouloir faire manger le petit à
huit heures maintenant. On dit ça, pardi, c'est une
manière de parler. Mais ça détruirait l'estomac du
petit de le faire manger à huit heures ! Oh ! s'il n'y
avait que sa mère ! Elle s'en soucie bien de son

enfant ! Ah oui ! parlons-en, en voilà une mère ! Si ce n'est pas une pitié de voir des mères comme ça ! »

Parent, tout frémissant d'angoisse, sentit qu'il fallait arrêter net la scène menaçante.

« Julie, dit-il, je ne te permets point de parler ainsi de ta maîtresse. Tu entends, n'est-ce pas ? ne l'oublie plus à l'avenir. »

La vieille bonne, suffoquée par l'étonnement, tourna les talons et sortit en tirant la porte avec tant de violence que tous les cristaux du lustre tintèrent. Ce fut, pendant quelques secondes, comme une légère et vague sonnerie de petites clochettes invisibles qui voltigea dans l'air silencieux du salon.

Georges, surpris d'abord, se mit à battre des mains avec bonheur, et, gonflant ses joues, fit un gros « boum » de toute la force de ses poumons pour imiter le bruit de la porte.

Alors son père lui conta des histoires ; mais la préoccupation de son esprit lui faisait perdre à tout moment le fil de son récit ; et le petit, ne comprenant plus, ouvrait de grands yeux étonnés.

Parent ne quittait pas la pendule du regard. Il lui semblait voir marcher l'aiguille. Il aurait voulu arrêter l'heure, faire immobile le temps jusqu'à la rentrée de sa femme. Il n'en voulait pas à Henriette d'être en retard, mais il avait peur, peur d'elle et de Julie, peur de tout ce qui pouvait arriver. Dix minutes de plus suffiraient pour amener une irréparable catastrophe, des explications et des violences qu'il n'osait même imaginer. La seule pensée de la querelle, des éclats de voix, des injures traversant l'air comme des balles, des deux femmes face à face se regardant au fond des yeux et se jetant à la tête des mots blessants, lui faisait battre le cœur, lui séchait la bouche ainsi qu'une marche au soleil, le rendait mou comme une loque, si mou qu'il n'avait plus la force de soulever son enfant et de le faire sauter sur son genou.

Huit heures sonnèrent ; la porte se rouvrit et Julie reparut. Elle n'avait plus son air exaspéré, mais un air de résolution méchante et froide, plus redoutable encore.

« Monsieur, dit-elle, j'ai servi votre maman jusqu'à son dernier jour, je vous ai élevé aussi de votre naissance jusqu'à aujourd'hui ! Je crois qu'on peut dire que je suis dévouée à la famille... »

Elle attendit une réponse.

Parent balbutia : « Mais oui, ma bonne Julie. »

Elle reprit : « Vous savez bien que je n'ai jamais rien fait par intérêt d'argent, mais toujours par intérêt pour vous ; que je ne vous ai jamais trompé ni menti ; que vous n'avez jamais pu m'adresser de reproches...

— Mais oui, ma bonne Julie.

— Eh bien, Monsieur, ça ne peut pas durer plus longtemps. C'est par amitié pour vous que je ne disais rien, que je vous laissais dans votre ignorance ; mais c'est trop fort, et on rit trop de vous dans le quartier. Vous ferez ce que vous voudrez, mais tout le monde le sait ; il faut que je vous le dise aussi, à la fin, bien que ça ne m'aille guère de rapporter. Si Madame rentre comme ça à des heures de fantaisie, c'est qu'elle fait des choses abominables. »

Il demeurait effaré, ne comprenant pas. Il ne put que balbutier : « Tais-toi... Tu sais que je t'ai défendu... »

Elle lui coupa la parole avec une résolution irrésistible.

« Non, Monsieur, il faut que je vous dise tout,
maintenant. Il y a longtemps que Madame a fauté
avec M. Limousin. Moi, je les ai vus plus de vingt
fois s'embrasser derrière les portes. Oh ! allez, si
M. Limousin avait été riche, ça n'est pas M. Parent
que Madame aurait épousé. Si Monsieur se rappelait seulement comment le mariage s'est fait, il
comprendrait la chose d'un bout à l'autre... »

Parent s'était levé, livide, balbutiant : « Tais-toi...
tais-toi... ou... »

Elle continua :

« Non, je vous dirai tout. Madame a épousé
Monsieur par intérêt ; et elle l'a trompé du premier
jour. C'était entendu entre eux, pardi ! Il suffit de
réfléchir pour comprendre ça. Alors comme
Madame n'était pas contente d'avoir épousé Monsieur qu'elle n'aimait pas, elle lui a fait la vie dure,
si dure que j'en avais le cœur cassé, moi qui voyais
ça... »

Il fit deux pas, les poings fermés, répétant :
« Tais-toi... tais-toi... » car il ne trouvait rien à
répondre.

La vieille bonne ne recula point ; elle semblait
résolue à tout.

Mais Georges, effaré d'abord, puis effrayé par ces
voix grondantes, se mit à pousser des cris aigus. Il
restait debout derrière son père, et, la face crispée,
la bouche ouverte, il hurlait.

La clameur de son fils exaspéra Parent, l'emplit
de courage et de fureur. Il se précipita vers Julie, les
deux bras levés, prêt à frapper des deux mains, et
criant :

« Ah misérable ! tu vas tourner les sens [6] du
petit. »

Il la touchait déjà ! Elle lui jeta par la face :

« Monsieur peut me battre s'il veut, moi qui l'ai élevé ; ça n'empêchera pas que sa femme le trompe et que son enfant n'est pas de lui !... »

Il s'arrêta tout net, laissa retomber ses bras ; et il restait en face d'elle tellement éperdu qu'il ne comprenait plus rien.

Elle ajouta : « Il suffit de regarder le petit pour reconnaître le père, pardi ! c'est tout le portrait de M. Limousin. Il n'y a qu'à regarder ses yeux et son front. Un aveugle ne s'y tromperait pas... »

Mais il l'avait saisie par les épaules et il la secouait de toute sa force, bégayant : « Vipère... vipère ! Hors d'ici, vipère !... Va-t'en ou je te tuerais !... Va-t'en ! Va-t'en !... »

Et d'un effort désespéré il la lança dans la pièce voisine. Elle tomba sur la table servie dont les verres s'abattirent et se cassèrent ; puis, s'étant relevée, elle mit la table entre elle et son maître, et, tandis qu'il la poursuivait pour la ressaisir, elle lui crachait au visage des paroles terribles :

« Monsieur n'a qu'à sortir... ce soir... après dîner... et qu'à rentrer tout de suite... il verra !... il verra si j'ai menti !... Que Monsieur essaye... il verra. »

Elle avait gagné la porte de la cuisine et elle s'enfuit. Il courut derrière elle, monta l'escalier de service jusqu'à sa chambre de bonne où elle s'était enfermée, et heurtant la porte :

« Tu vas quitter la maison à l'instant même. »

Elle répondit à travers la planche :

« Monsieur peut y compter. Dans une heure je ne serai plus ici. »

Alors il redescendit lentement en se cramponnant à la rampe pour ne point tomber ; et il rentra dans son salon où Georges pleurait, assis par terre.

Parent s'affaissa sur un siège et regarda l'enfant d'un œil hébété. Il ne comprenait plus rien ; il ne savait plus rien ; il se sentait étourdi, abruti, fou, comme s'il venait de choir sur la tête ; à peine se souvenait-il des choses horribles que lui avait dites sa bonne. Puis, peu à peu, sa raison, comme une eau troublée, se calma et s'éclaircit ; et l'abominable révélation commença à travailler son cœur.

Julie avait parlé si net, avec une telle force, une telle assurance, une telle sincérité, qu'il ne douta pas de sa bonne foi, mais il s'obstinait à douter de sa clairvoyance. Elle pouvait s'être trompée, aveuglée par son dévouement pour lui, entraînée par une haine inconsciente contre Henriette. Cependant, à mesure qu'il tâchait de se rassurer et de se convaincre, mille petits faits se réveillaient en son souvenir, des paroles de sa femme, des regards de Limousin, un tas de riens inobservés, presque inaperçus, des sorties tardives, des absences simultanées, et même des gestes presque insignifiants, mais bizarres qu'il n'avait pas su voir, pas su comprendre, et qui, maintenant, prenaient pour lui une importance extrême, établissaient une connivence entre eux. Tout ce qui s'était passé depuis ses fiançailles surgissait brusquement en sa mémoire surexcitée par l'angoisse. Il retrouvait tout, des intonations singulières, des attitudes suspectes ; et son pauvre esprit d'homme calme et bon, harcelé par le doute, lui montrait maintenant, comme des certitudes, ce qui aurait pu n'être encore que des soupçons.

Il fouillait avec une obstination acharnée dans ses cinq années de mariage, cherchant à retrouver tout, mois par mois, jour par jour ; et chaque chose inquiétante qu'il découvrait le piquait au cœur comme un aiguillon de guêpe.

Il ne pensait plus à Georges, qui se taisait maintenant, le derrière sur le tapis. Mais, voyant qu'on ne s'occupait pas de lui, le gamin se remit à pleurer.

Son père s'élança, le saisit dans ses bras, et lui couvrit la tête de baisers. Son enfant lui demeurait au moins ! Qu'importait le reste ? Il le tenait, le serrait, la bouche dans ses cheveux blonds, soulagé, consolé, balbutiant : « Georges... mon petit Georges, mon cher petit Georges... » Mais il se rappela brusquement ce qu'avait dit Julie... Oui, elle avait dit que son enfant était à Limousin... Oh ! cela n'était pas possible, par exemple ! non, il ne pouvait le croire, il n'en pouvait même douter une seconde. C'était là une de ces odieuses infamies qui germent dans les âmes ignobles des servantes ! Il répétait : « Georges... mon cher Georges. » Le gamin, caressé, s'était tu de nouveau.

Parent sentait la chaleur de la petite poitrine pénétrer dans la sienne à travers les étoffes. Elle l'emplissait d'amour, de courage, de joie ; cette chaleur douce d'enfant le caressait, le fortifiait, le sauvait.

Alors il écarta un peu de lui la tête mignonne et frisée pour la regarder avec passion. Il la contemplait avidement, éperdument, se grisant à la voir, et répétant toujours : « Oh ! mon petit... mon petit Georges !... »

Il pensa soudain : « S'il ressemblait à Limousin... pourtant ! »

Ce fut en lui quelque chose d'étrange, d'atroce, une poignante et violente sensation de froid dans tout son corps, dans tous ses membres, comme si ses os, tout à coup, fussent devenus de glace. Oh ! s'il ressemblait à Limousin !... et il continuait à regarder Georges qui riait maintenant. Il le regardait avec des yeux éperdus, troubles, hagards. Et il cherchait dans le front, dans le nez, dans la bouche, dans les joues, s'il ne retrouvait pas quelque chose du front, du nez, de la bouche ou des joues de Limousin.

Sa pensée s'égarait comme lorsqu'on devient fou ; et le visage de son enfant se transformait sous son regard, prenait des aspects bizarres, des ressemblances invraisemblables.

Julie avait dit [7] : « Un aveugle ne s'y tromperait pas. » Il y avait donc quelque chose de frappant, quelque chose d'indéniable ! Mais quoi ? Le front ? Oui, peut-être ? Cependant Limousin avait le front plus étroit ! Alors la bouche ? Mais Limousin portait toute sa barbe ! Comment constater les rapports entre ce gras menton d'enfant et le menton poilu de cet homme ?

Parent pensait : « Je n'y vois pas, moi, je n'y vois plus ; je suis trop troublé ; je ne pourrais rien reconnaître maintenant... Il faut attendre ; il faudra que je le regarde bien demain matin, en me levant. »

Puis il songea : « Mais s'il me ressemblait, à moi, je serais sauvé ! sauvé ! »

Et il traversa le salon en deux enjambées pour aller examiner dans la glace la face de son enfant à côté de la sienne.

Il tenait Georges assis sur son bras, afin que leurs visages fussent tout proches, et il parlait haut, tant son égarement était grand. « Oui... nous avons le même nez... le même nez... peut-être... ce n'est pas sûr... et le même regard... Mais non, il a les yeux bleus... Alors... oh ! mon Dieu !... mon Dieu !... mon Dieu !... je deviens fou !... Je ne veux plus voir... je deviens fou !... »

Il se sauva loin de la glace, à l'autre bout du salon, tomba sur un fauteuil, posa le petit sur un autre, et il se mit à pleurer. Il pleurait par grands sanglots désespérés. Georges, effaré d'entendre gémir son père, commença aussitôt à hurler.

Le timbre d'entrée sonna. Parent fit un bond, comme si une balle l'eût traversé. Il dit : « La voilà... qu'est-ce que je vais faire ?... » Et il courut s'enfermer dans sa chambre pour avoir le temps, au moins, de s'essuyer les yeux. Mais, après quelques secondes, un nouveau coup de timbre le fit encore tressaillir ; puis il se rappela que Julie était partie sans que la femme de chambre fût prévenue. Donc personne n'irait ouvrir ? Que faire ? Il y alla.

Voici que tout d'un coup il se sentait brave, résolu, prêt pour la dissimulation et la lutte. L'effroyable secousse l'avait mûri en quelques instants. Et puis il voulait savoir ; il le voulait avec une fureur de timide et une ténacité de débonnaire exaspéré.

Il tremblait cependant ! Était-ce de peur ? Oui... Peut-être avait-il encore peur d'elle ? sait-on combien l'audace contient parfois de lâcheté fouettée ?

Derrière la porte qu'il avait atteinte à pas furtifs, il s'arrêta pour écouter. Son cœur battait à coups furieux ; il n'entendait que ce bruit-là : ces grands coups sourds dans sa poitrine et la voix aiguë de Georges qui criait toujours, dans le salon.

Soudain, le son du timbre éclatant sur sa tête, le secoua comme une explosion ; alors il saisit la serrure, et, haletant, défaillant, il fit tourner la clef et tira le battant.

Sa femme et Limousin se tenaient debout en face de lui, sur l'escalier.

Elle dit, avec un air d'étonnement où apparaissait un peu d'irritation :

« C'est toi qui ouvres, maintenant ? Où est donc Julie ? »

Il avait la gorge serrée, la respiration précipitée ; et il s'efforçait de répondre, sans pouvoir prononcer un mot.

Elle reprit : « Es-tu devenu muet ? Je te demande où est Julie. »

Alors il balbutia : « Elle... elle... est... partie... »

Sa femme commençait à se fâcher :

« Comment, partie ? Où ça ? Pourquoi ? »

Il reprenait son aplomb peu à peu et sentait naître en lui une haine mordante contre cette femme insolente, debout devant lui.

« Oui, partie pour tout à fait... je l'ai renvoyée.

— Tu l'as renvoyée ?... Julie ?... Mais tu es fou...

— Oui, je l'ai renvoyée parce qu'elle avait été insolente... et qu'elle... qu'elle a maltraité l'enfant.

— Julie ?

— Oui... Julie.

— À propos de quoi a-t-elle été insolente ?

— À propos de toi.

— À propos de moi ?

— Oui... parce que son dîner était brûlé et que tu ne rentrais pas.

— Elle a dit... ?

— Elle a dit... des choses désobligeantes pour toi... et que je ne devais pas... que je ne pouvais pas entendre...

— Quelles choses ?

— Il est inutile de les répéter.

— Je désire les connaître.

— Elle a dit qu'il était très malheureux pour un homme comme moi d'épouser une femme comme toi, inexacte, sans ordre, sans soins, mauvaise maîtresse de maison, mauvaise mère, et mauvaise épouse... »

La jeune femme était entrée dans l'antichambre, suivie par Limousin qui ne disait mot devant cette situation inattendue. Elle ferma brusquement la porte, jeta son manteau sur une chaise et marcha sur son mari en bégayant, exaspérée :

« Tu dis ?... Tu dis ?... que je suis... ? »

Il était très pâle, très calme. Il répondit :

« Je ne dis rien, ma chère amie ; je te répète seulement les propos de Julie, que tu as voulu connaître ; et je te ferai remarquer que je l'ai mise à la porte justement à cause de ces propos. »

Elle frémissait de l'envie violente de lui arracher la barbe et les joues avec ses ongles. Dans la voix, dans le ton, dans l'allure, elle sentait bien la révolte, quoiqu'elle ne pût rien répondre ; et elle cherchait à reprendre l'offensive par quelque mot direct et blessant.

« Tu as dîné ? dit-elle.

— Non, j'ai attendu. »

Elle haussa les épaules avec impatience.

« C'est stupide d'attendre après sept heures et demie. Tu aurais dû comprendre que j'avais été retenue, que j'avais eu des affaires, des courses. »

Puis, tout à coup, un besoin lui vint d'expliquer l'emploi de son temps, et elle raconta, avec des paroles brèves, hautaines, qu'ayant eu des objets de mobilier à choisir très loin, très loin, rue de Rennes, elle avait rencontré Limousin à sept heures passées, boulevard Saint-Germain, en revenant, et qu'alors elle lui avait demandé son bras pour entrer manger un morceau dans un restaurant où elle n'osait pénétrer seule, bien qu'elle se sentît défaillir de faim. Voilà comment elle avait dîné, avec Limousin, si on pouvait appeler cela dîner ; car ils n'avaient pris qu'un bouillon et un demi-poulet, tant ils avaient hâte de revenir.

Parent répondit simplement : « Mais tu as bien fait. Je ne t'adresse pas de reproches. »

Alors Limousin, resté jusque-là muet, presque caché derrière Henriette, s'approcha et tendit sa main en murmurant :

« Tu vas bien ? »

Parent prit cette main offerte, et, la serrant mollement : « Oui, très bien. »

Mais la jeune femme avait saisi un mot dans la dernière phrase de son mari.

« Des reproches... pourquoi parles-tu de reproches ?... On dirait que tu as une intention. »

Il s'excusa : « Non, pas du tout. Je voulais simplement te répondre que je ne m'étais pas inquiété de ton retard et que je ne t'en faisais point un crime. »

Elle le prit de haut, cherchant un prétexte à querelle : « De mon retard ?... On dirait vraiment qu'il est une heure du matin et que je passe la nuit dehors.

— Mais non, ma chère amie. J'ai dit « retard » parce que je n'ai pas d'autre mot. Tu devais rentrer à six heures et demie, tu rentres à huit heures et demie. C'est un retard, ça ! Je le comprends très bien ; je ne... ne... ne m'en étonne même pas... Mais... mais... il m'est difficile d'employer un autre mot.

— C'est que tu le prononces comme si j'avais découché...

— Mais non... mais non... »

Elle vit qu'il céderait toujours, et elle allait entrer dans sa chambre, quand elle s'aperçut enfin que Georges hurlait. Alors elle demanda, avec un visage ému :

« Qu'a donc le petit ?

— Je t'ai dit que Julie l'avait un peu maltraité.

— Qu'est-ce qu'elle lui a fait, cette gueuse ?

— Oh ! presque rien. Elle l'a poussé et il est tombé. »

Elle voulut voir son enfant et s'élança dans la salle à manger, puis s'arrêta net devant la table couverte de vin répandu, de carafes et de verres brisés, et de salières renversées.

« Qu'est-ce que c'est que ce ravage-là ?

— C'est Julie qui... »

Mais elle lui coupa la parole avec fureur :

« C'est trop fort, à la fin ! Julie me traite de dévergondée, bat mon enfant, casse ma vaisselle, bouleverse ma maison, et il semble que tu trouves cela tout naturel.

— Mais non... puisque je l'ai renvoyée.

— Vraiment !... Tu l'as renvoyée !... Mais il fallait la faire arrêter. C'est le commissaire de police qu'on appelle dans ces cas-là ! »

Il balbutia : « Mais... ma chère amie... je ne pouvais pourtant pas... il n'y avait point de raison... Vraiment, il était bien difficile... »

Elle haussa les épaules avec un infini dédain.

« Tiens, tu ne seras jamais qu'une loque, un pauvre sire, un pauvre homme sans volonté, sans fermeté, sans énergie. Ah ! elle a dû t'en dire de raides, ta Julie, pour que tu te sois décidé à la mettre dehors. J'aurais voulu être là une minute, rien qu'une minute. »

Ayant ouvert la porte du salon, elle courut à Georges, le releva, le serra dans ses bras en l'embrassant : « Georget, qu'est-ce que tu as, mon chat, mon mignon, mon poulet ? »

Caressé par sa mère, il se tut. Elle répéta :

« Qu'est-ce que tu as ? »

Il répondit, ayant vu trouble avec ses yeux d'enfant effrayé :

« C'est Zulie qu'a battu papa. »

Henriette se retourna vers son mari, stupéfaite d'abord. Puis une folle envie de rire s'éveilla dans son regard, passa comme un frisson sur ses joues fines, releva sa lèvre, retroussa les ailes de ses narines, et enfin jaillit de sa bouche en une claire fusée de joie, en une cascade de gaieté, sonore et vive comme une roulade d'oiseau. Elle répétait, avec de petits cris méchants qui passaient entre ses dents blanches et déchiraient Parent ainsi que des morsures : « Ah !... ah !... ah !... ah !... elle t'a ba... ba... battu... Ah !... ah !... ah !... que c'est drôle... que c'est drôle... Vous entendez, Limousin. Julie l'a battu... battu... Julie a battu mon mari... Ah !... ah !... ah !... que c'est drôle !... »

Parent balbutiait :

« Mais non... mais non... ce n'est pas vrai... ce n'est pas vrai. C'est moi, au contraire, qui l'ai jetée dans la salle à manger, si fort qu'elle a bouleversé la table. L'enfant a mal vu. C'est moi qui l'ai battue ! »

Henriette disait à son fils : « Répète, mon poulet. C'est Julie qui a battu papa ! »

Il répondit : « Oui, c'est Zulie. »

Puis, passant soudain à une autre idée, elle reprit : « Mais il n'a pas dîné, cet enfant-là ? Tu n'as rien mangé, mon chéri ?

— Non, maman. »

Alors elle se retourna, furieuse, vers son mari : « Tu es donc fou, archifou ! Il est huit heures et demie et Georges n'a pas dîné ! »

Il s'excusa, égaré dans cette scène et dans cette explication, écrasé sous cet écroulement de sa vie.

« Mais, ma chère amie, nous t'attendions. Je ne voulais pas dîner sans toi. Comme tu rentres tous les jours en retard, je pensais que tu allais revenir d'un moment à l'autre. »

Elle lança dans un fauteuil son chapeau, gardé jusque-là sur sa tête, et, la voix nerveuse :

« Vraiment, c'est intolérable d'avoir affaire à des gens qui ne comprennent rien, qui ne devinent rien, qui ne savent rien faire par eux-mêmes. Alors, si j'étais rentrée à minuit, l'enfant n'aurait rien mangé du tout. Comme si tu n'aurais pas pu comprendre, après sept heures et demie passées, que j'avais eu un empêchement, un retard, une entrave !... »

Parent tremblait, sentant la colère le gagner ; mais Limousin s'interposa et, se tournant vers la jeune femme :

« Vous êtes tout à fait injuste, ma chère amie. Parent ne pouvait pas deviner que vous rentreriez si tard, ce qui ne vous arrive jamais ; et puis, comment vouliez-vous qu'il se tirât d'affaire tout seul, après avoir renvoyé Julie ? »

Mais Henriette, exaspérée, répondit : « Il faudra pourtant bien qu'il se tire d'affaire, car je ne l'aiderai pas. Qu'il se débrouille ! »

Et elle entra brusquement dans sa chambre, oubliant déjà que son fils n'avait point mangé.

Alors Limousin, tout à coup, se multiplia pour aider son ami. Il ramassa et enleva les verres brisés qui couvraient la table, remit le couvert et assit l'enfant sur son petit fauteuil à grands pieds, pendant que Parent allait chercher la femme de chambre pour se faire servir par elle.

Elle arriva étonnée, n'ayant rien entendu dans la chambre de Georges, où elle travaillait.

Elle apporta la soupe, un gigot brûlé, puis des pommes de terre en purée.

Parent s'était assis à côté de son enfant, l'esprit en détresse, la raison emportée dans cette catastrophe. Il faisait manger le petit, essayait de manger lui-même; coupait la viande, la mâchait et l'avalait avec effort, comme si sa gorge eût été paralysée.

Alors, peu à peu, s'éveilla dans son âme un désir affolé de regarder Limousin assis en face de lui et qui roulait des boulettes de pain. Il voulait voir s'il ressemblait à Georges. Mais il n'osait pas lever les yeux. Il s'y décida pourtant, et considéra brusquement cette figure qu'il connaissait bien, quoiqu'il lui semblât ne l'avoir jamais examinée, tant elle lui parut différente de ce qu'il pensait. De seconde en seconde, il jetait un coup d'œil rapide sur ce visage, cherchant à en reconnaître les moindres lignes, les moindres traits, les moindres sens ; puis, aussitôt, il regardait son fils, en ayant l'air de le faire manger.

Deux mots ronflaient dans son oreille : « Son père ! son père ! son père ! » Ils bourdonnaient à ses tempes avec chaque battement de son cœur. Oui, cet homme, cet homme tranquille, assis de l'autre côté de la table, était peut-être le père de son fils, de Georges, de son petit Georges. Parent cessa de manger, il ne pouvait plus. Une douleur atroce, une de ces douleurs qui font hurler, se rouler par terre, mordre les meubles, lui déchirait tout le dedans du corps. Il eut envie de prendre son couteau, et de se l'enfoncer dans le ventre. Cela le soulagerait, le sauverait ; ce serait fini.

Car pourrait-il vivre maintenant ? Pourrait-il vivre, se lever le matin, manger aux repas, sortir par les rues, se coucher le soir et dormir la nuit avec cette pensée vrillée en lui : « Limousin, le père de

Georges !... » Non, il n'aurait plus la force de faire
un pas, de s'habiller, de penser à rien, de parler à
personne ! Chaque jour, à toute heure, à toute
seconde, il se demanderait cela, il chercherait à
savoir, à deviner, à surprendre cet horrible secret ?
Et le petit, son cher petit, il ne pourrait plus le voir
sans endurer l'épouvantable souffrance de ce doute,
sans se sentir déchiré jusqu'aux entrailles, sans être
torturé jusqu'aux moelles de ses os. Il lui faudrait
vivre ici, rester dans cette maison, à côté de cet
enfant qu'il aimerait et haïrait ! Oui, il finirait par
le haïr assurément. Quel supplice ! Oh ! s'il était
certain que Limousin fût le père, peut-être arrive-
rait-il à se calmer, à s'endormir dans son malheur,
dans sa douleur ? Mais ne pas savoir était intolérable !

Ne pas savoir, chercher toujours, souffrir toujours, et embrasser cet enfant à tout moment,
l'enfant d'un autre, le promener dans la ville, le
porter dans ses bras, sentir la caresse de ses fins
cheveux sous les lèvres, l'adorer et penser sans
cesse : « Il n'est pas à moi, peut-être ? » Ne vau-
drait-il pas mieux ne plus le voir, l'abandonner, le
perdre dans les rues, ou se sauver soi-même très
loin, si loin, qu'il n'entendrait plus jamais parler de
rien, jamais !

Il eut un sursaut en entendant ouvrir la porte. Sa
femme rentrait.

« J'ai faim, dit-elle ; et vous, Limousin ? »

Limousin répondit, en hésitant : « Ma foi, moi
aussi. »

Et elle fit rapporter le gigot.

Parent se demandait : « Ont-ils dîné ? ou bien se
sont-ils mis en retard à un rendez-vous d'amour ? »

Ils mangeaient maintenant de grand appétit, tous

les deux. Henriette, tranquille, riait et plaisantait. Son mari l'épiait aussi, par regards brusques, vite détournés. Elle avait une robe de chambre rose garnie de dentelles blanches ; et sa tête blonde, son cou frais, ses mains grasses sortaient de ce joli vêtement coquet et parfumé, comme d'une coquille bordée d'écume. Qu'avait-elle fait tout le jour avec cet homme ? Parent les voyait embrassés, balbutiant des paroles ardentes ! Comment ne pouvait-il rien savoir, ne pouvait-il pas deviner en les regardant ainsi côte à côte, en face de lui ?

Comme ils devaient se moquer de lui, s'il avait été leur dupe depuis le premier jour ? Était-il possible qu'on se jouât ainsi d'un homme, d'un brave homme, parce que son père lui avait laissé un peu d'argent ! Comment ne pouvait-on voir ces choses-là dans les âmes, comment se pouvait-il que rien ne révélât aux cœurs droits les fraudes des cœurs infâmes, que la voix fût la même pour mentir que pour adorer, et le regard fourbe qui trompe, pareil au regard sincère ?

Il les épiait, attendant un geste, un mot, une intonation. Soudain il pensa : « Je vais les surprendre ce soir. » Et il dit :

« Ma chère amie, comme je viens de renvoyer Julie, il faut que je m'occupe, dès aujourd'hui, de trouver une autre bonne. Je sors tout de suite, afin de me procurer quelqu'un pour demain matin. Je rentrerai peut-être un peu tard[8]. »

Elle répondit : « Va ; je ne bougerai pas d'ici. Limousin me tiendra compagnie. Nous t'attendrons. »

Puis, se tournant vers la femme de chambre : « Vous allez coucher Georges, ensuite vous pourrez desservir et monter chez vous. »

Parent s'était levé. Il oscillait sur ses jambes, étourdi, trébuchant. Il murmura : « À tout à l'heure », et gagna la sortie en s'appuyant au mur, car le parquet remuait comme une barque.

Georges était parti aux bras de sa bonne. Henriette et Limousin passèrent au salon. Dès que la porte fut refermée : « Ah, ça ! tu es donc folle, dit-il, de harceler ainsi ton mari ? »

Elle se retourna : « Ah ! tu sais, je commence à trouver violente cette habitude que tu prends depuis quelque temps de poser Parent en martyr. »

Limousin se jeta dans un fauteuil, et, croisant ses jambes : « Je ne le pose pas en martyr le moins du monde, mais je trouve, moi, qu'il est ridicule, dans notre situation, de braver cet homme du matin au soir. »

Elle prit une cigarette sur la cheminée, l'alluma, et répondit : « Mais je ne le brave pas, bien au contraire ; seulement il m'irrite par sa stupidité... et je le traite comme il le mérite. »

Limousin reprit, d'une voix impatiente :

« C'est inepte, ce que tu fais ! Du reste, toutes les femmes sont pareilles. Comment ? voilà un excellent garçon, trop bon, stupide de confiance et de bonté, qui ne nous gêne en rien, qui ne nous soupçonne pas une seconde, qui nous laisse libres, tranquilles autant que nous voulons ; et tu fais tout ce que tu peux pour le rendre enragé et pour gâter notre vie. »

Elle se tourna vers lui : « Tiens, tu m'embêtes ! Toi, tu es lâche, comme tous les hommes ! Tu as peur de ce crétin ! »

Il se leva vivement, et, furieux : « Ah ! ça, je voudrais bien savoir ce qu'il t'a fait, et de quoi tu peux lui en vouloir ? Te rend-il malheureuse ? Te bat-il ? Te trompe-t-il ? Non, c'est trop fort à la fin de faire souffrir ce garçon uniquement parce qu'il est trop bon, et de lui en vouloir uniquement parce que tu le trompes. »

Elle s'approcha de Limousin, et, le regardant au fond des yeux :

« C'est toi qui me reproches de le tromper, toi ? toi ? toi ? Faut-il que tu aies un sale cœur ? »

Il se défendit, un peu honteux : « Mais je ne te reproche rien, ma chère amie, je te demande seulement de ménager un peu ton mari, parce que nous avons besoin l'un et l'autre de sa confiance. Il me semble que tu devrais comprendre cela. »

Ils étaient tout près l'un de l'autre, lui grand, brun, avec des favoris tombants, l'allure un peu vulgaire d'un beau garçon content de lui ; elle mignonne, rose et blonde, une petite Parisienne mi-cocotte et mi-bourgeoise, née dans une arrière-boutique, élevée sur le seuil du magasin à cueillir les passants d'un coup d'œil, et mariée, au hasard de cette cueillette, avec le promeneur naïf qui s'est épris d'elle après l'avoir vue, chaque jour, devant cette porte, en sortant le matin et en rentrant le soir.

Elle disait : « Mais tu ne comprends donc pas, grand niais, que je l'exècre justement parce qu'il m'a épousée, parce qu'il m'a achetée enfin, parce que tout ce qu'il dit, tout ce qu'il fait, tout ce qu'il pense me porte sur les nerfs. Il m'exaspère à toute seconde par sa sottise que tu appelles de la bonté, par sa lourdeur que tu appelles de la confiance, et puis, surtout, parce qu'il est mon mari, lui, au lieu de toi ! Je le sens entre nous deux, quoiqu'il ne nous gêne guère. Et puis ?... et puis ?... Non, il est trop idiot à la fin de ne se douter de rien ! Je voudrais qu'il fût un peu jaloux au moins. Il y a des moments où j'ai envie de lui crier : " Mais tu ne vois donc rien, grosse bête, tu ne comprends donc pas que Paul est mon amant. " »

Limousin se mit à rire : « En attendant, tu feras bien de te taire et de ne pas troubler notre existence.

— Oh! je ne la troublerai pas, va! Avec cet imbécile-là, il n'y a rien à craindre. Non, mais c'est incroyable que tu ne comprennes pas combien il m'est odieux, combien il m'énerve[9]. Toi, tu as toujours l'air de le chérir, de lui serrer la main avec franchise. Les hommes sont surprenants parfois.

— Il faut bien savoir dissimuler, ma chère.

— Il ne s'agit pas de dissimulation, mon cher, mais de sentiments. Vous autres, quand vous trompez un homme, on dirait que vous l'aimez tout de suite davantage ; nous autres, nous le haïssons à partir du moment où nous l'avons trompé.

— Je ne vois pas du tout pourquoi on haïrait un brave garçon dont on prend la femme.

— Tu ne vois pas ?... tu ne vois pas ?... C'est un tact qui vous manque à tous, cela ! Que veux-tu ? ce sont des choses qu'on sent et qu'on ne peut pas dire. Et puis d'abord on ne doit pas ?... Non, tu ne comprendrais point, c'est inutile ! Vous autres, vous n'avez pas de finesse. »

Et souriant, avec un doux mépris de rouée, elle posa les deux mains sur ses épaules en tendant vers lui ses lèvres ; il pencha la tête vers elle en l'enfermant dans une étreinte, et leurs bouches se rencontrèrent. Et comme ils étaient debout devant la glace de la cheminée, un autre couple tout pareil à eux s'embrassait derrière la pendule.

Ils n'avaient rien entendu, ni le bruit de la clef, ni le grincement de la porte ; mais Henriette, brusquement, poussant un cri aigu, rejeta Limousin de ses deux bras ; et ils aperçurent Parent qui les regardait, livide, les poings fermés, déchaussé, et son chapeau sur le front.

Il les regardait, l'un après l'autre, d'un rapide mouvement de l'œil, sans remuer la tête. Il semblait fou ; puis, sans dire un mot, il se rua sur Limousin, le prit à pleins bras comme pour l'étouffer, le culbuta jusque dans l'angle du salon d'un élan si impétueux, que l'autre, perdant pied, battant l'air de ses mains, alla heurter brutalement son crâne contre la muraille.

Mais Henriette, quand elle comprit que son mari allait assommer son amant, se jeta sur Parent, le saisit par le cou, et enfonçant dans la chair ses dix doigts fins et roses, elle serra si fort, avec ses nerfs de femme éperdue, que le sang jaillit sous ses ongles. Et elle lui mordait l'épaule comme si elle eût voulu le déchirer avec ses dents. Parent, étranglé, suffoquant, lâcha Limousin, pour secouer sa femme accrochée à son col ; et l'ayant empoignée par la taille, il la jeta, d'une seule poussée, à l'autre bout du salon.

Puis, comme il avait la colère courte des débonnaires, et la violence poussive des faibles, il demeura debout entre les deux, haletant, épuisé, ne sachant plus ce qu'il devait faire. Sa fureur brutale s'était répandue dans cet effort, comme la mousse d'un vin débouché ; et son énergie insolite finissait en essoufflement.

Dès qu'il put parler, il balbutia :

« Allez-vous-en... tous les deux... tout de suite... allez-vous-en !... »

Limousin restait immobile dans son angle, collé contre le mur, trop effaré pour rien comprendre encore, trop effrayé pour remuer un doigt. Henriette, les poings appuyés sur le guéridon, la tête en avant, décoiffée, le corsage ouvert, la poitrine nue, attendait, pareille à une bête qui va sauter.

Parent reprit d'une voix plus forte :

« Allez-vous-en, tout de suite... Allez-vous-en ! »

Voyant calmée sa première exaspération, sa femme s'enhardit, se redressa, fit deux pas vers lui, et presque insolente déjà :

« Tu as donc perdu la tête ?... Qu'est-ce qui t'a pris ?... Pourquoi cette agression inqualifiable ?... »

Il se retourna vers elle, en levant le poing pour l'assommer, et bégayant :

« Oh !... oh !... c'est trop fort !... trop fort !... j'ai... j'ai... j'ai... tout entendu !... tout !... tout !... tu comprends... tout !... misérable !... misérable !... Vous êtes deux misérables !... Allez-vous-en !... tous les deux !... tout de suite !... Je vous tuerais !... Allez-vous-en !... »

Elle comprit que c'était fini, qu'il savait, qu'elle ne se pourrait point innocenter et qu'il fallait céder. Mais toute son impudence lui était revenue et sa haine contre cet homme, exaspérée à présent, la poussait à l'audace, mettait en elle un besoin de défi, un besoin de bravade.

Elle dit d'une voix claire :

« Venez, Limousin. Puisqu'on me chasse, je vais chez vous. »

Mais Limousin ne remuait pas. Parent, qu'une colère nouvelle saisissait, se mit à crier :

« Allez-vous-en donc !... allez-vous-en !... misérables !... ou bien !... ou bien !... »

Il saisit une chaise qu'il fit tournoyer sur sa tête.

Alors Henriette traversa le salon d'un pas rapide, prit son amant par le bras, l'arracha du mur où il semblait scellé, et l'entraîna vers la porte en répétant : « Mais venez donc, mon ami, venez donc... Vous voyez bien que cet homme est fou... Venez donc !... »

Au moment de sortir, elle se retourna vers son mari, cherchant ce qu'elle pourrait faire, ce qu'elle pourrait inventer pour le blesser au cœur, en quittant cette maison. Et une idée lui traversa l'esprit, une de ces idées venimeuses, mortelles, où fermente toute la perfidie des femmes.

Elle dit, résolue : « Je veux emporter mon enfant. »

Parent, stupéfait, balbutia : « Ton... ton... enfant ?... Tu oses parler de ton enfant ?... Tu oses... tu oses demander ton enfant... après... après... Oh ! oh ! oh ! c'est trop fort ! Tu oses ? Mais va-t'en donc, gueuse !... Va-t'en !... »

Elle revint vers lui, presque souriante, presque vengée déjà, et le bravant, tout près, face à face :

« Je veux mon enfant... et tu n'as pas le droit de le garder parce qu'il n'est pas à toi... tu entends, tu entends bien... Il n'est pas à toi... il est à Limousin. »

Parent, éperdu, cria : « Tu mens... tu mens... misérable ! »

Mais elle reprit : « Imbécile ! Tout le monde le sait, excepté toi. Je te dis que voilà son père. Mais il suffit de regarder pour le voir... »

Parent reculait devant elle, chancelant. Puis brusquement, il se retourna, saisit une bougie, et s'élança dans la chambre voisine.

Il revint presque aussitôt, portant sur son bras le petit Georges enveloppé dans les couvertures de son lit. L'enfant, réveillé en sursaut, épouvanté, pleurait. Parent le jeta dans les mains de sa femme, puis, sans ajouter une parole, il la poussa rudement

dehors, vers l'escalier, où Limousin attendait par
prudence.

Puis il referma la porte, donna deux tours de clef
et poussa les verrous. À peine rentré dans le salon, il
tomba de toute sa hauteur sur le parquet.

                          II

Parent vécut seul, tout à fait seul. Pendant les
premières semaines qui suivirent la séparation,
l'étonnement de sa vie nouvelle l'empêcha de songer beaucoup. Il avait repris son existence de
garçon, ses habitudes de flânerie, et il mangeait au
restaurant, comme autrefois. Ayant voulu éviter
tout scandale, il faisait à sa femme une pension
réglée par les hommes d'affaires. Mais, peu à peu, le
souvenir de l'enfant commença à hanter sa pensée.
Souvent, quand il était seul, chez lui, le soir, il
s'imaginait tout à coup entendre Georges crier
« papa ». Son cœur aussitôt commençait à battre et
il se levait bien vite pour ouvrir la porte de l'escalier
et voir si, par hasard, le petit ne serait pas revenu.
Oui, il aurait pu revenir comme reviennent les
chiens et les pigeons. Pourquoi un enfant aurait-il
moins d'instinct qu'une bête ?

Après avoir reconnu son erreur, il retournait
s'asseoir dans son fauteuil, et il pensait au petit. Il y
pensait pendant des heures entières, des jours
entiers. Ce n'était point seulement une obsession
morale, mais aussi et plus encore, une obsession
physique, un besoin sensuel, nerveux de l'embrasser, de le tenir, de le manier, de l'asseoir sur ses
genoux, de le faire sauter et culbuter dans ses
mains. Il s'exaspérait au souvenir enfiévrant des

caresses passées. Il sentait les petits bras serrant
son cou, la petite bouche posant un gros baiser
sur sa barbe, les petits cheveux chatouillant sa
joue. L'envie de ces douces câlineries disparues,
de la peau fine, chaude et mignonne offerte aux
lèvres, l'affolait comme le désir d'une femme
aimée qui s'est enfuie.

Dans la rue, tout à coup, il se mettait à pleurer
en songeant qu'il pourrait l'avoir, trottinant à son
côté avec ses petits pieds, son gros Georget,
comme autrefois, quand il le promenait. Il rentrait alors ; et, la tête entre ses mains, sanglotait
jusqu'au soir.

Puis, vingt fois, cent fois en un jour il se posait
cette question : « Était-il ou n'était-il pas le père
de Georges ? » Mais c'était surtout la nuit qu'il se
livrait sur cette idée à des raisonnements interminables. À peine couché, il recommençait, chaque
soir, la même série d'argumentations désespérées.

Après le départ de sa femme, il n'avait plus
douté tout d'abord : l'enfant, certes, appartenait à
Limousin. Puis, peu à peu, il se remit à hésiter.
Assurément, l'affirmation d'Henriette ne pouvait
avoir aucune valeur. Elle l'avait bravé, en cherchant à le désespérer. En pesant froidement le
pour et le contre, il y avait bien des chances pour
qu'elle eût menti.

Seul Limousin, peut-être, aurait pu dire la
vérité. Mais comment savoir, comment l'interroger, comment le décider à avouer ?

Et quelquefois Parent se relevait en pleine nuit,
résolu à aller trouver Limousin, à le prier, à lui
offrir tout ce qu'il voudrait pour mettre fin à cette
abominable angoisse. Puis il se recouchait désespéré, ayant réfléchi que l'amant aussi mentirait

sans doute ! Il mentirait même certainement pour empêcher le père véritable de reprendre son enfant.

Alors que faire ? Rien !

Et il se désolait d'avoir ainsi brusqué les événements, de n'avoir point réfléchi, patienté, de n'avoir pas su attendre et dissimuler, pendant un mois ou deux, afin de se renseigner par ses propres yeux. Il aurait dû feindre de ne rien soupçonner, et les laisser se trahir tout doucement. Il lui aurait suffi de voir l'autre embrasser l'enfant pour deviner, pour comprendre. Un ami n'embrasse pas comme un père. Il les aurait épiés derrière les portes ! Comment n'avait-il pas songé à cela ? Si Limousin, demeuré seul avec Georges, ne l'avait point aussitôt saisi, serré dans ses bras, baisé passionnément, s'il l'avait laissé jouer avec indifférence, sans s'occuper de lui, aucune hésitation ne serait demeurée possible : c'est qu'alors il n'était pas, il ne se croyait pas, il ne se sentait pas le père.

De sorte que lui, Parent, chassant la mère, aurait gardé son fils, et il aurait été heureux, tout à fait heureux.

Il se retournait dans son lit, suant et torturé, et cherchant à se souvenir des attitudes de Limousin avec le petit. Mais il ne se rappelait rien, absolument rien, aucun geste, aucun regard, aucune parole, aucune caresse suspects. Et puis la mère non plus ne s'occupait guère de son enfant. Si elle l'avait eu de son amant, elle l'aurait sans doute aimé davantage.

On l'avait donc séparé de son fils par vengeance, par cruauté, pour le punir de ce qu'il les avait surpris.

Et il se décidait à aller, dès l'aurore, requérir les magistrats pour se faire rendre Georget.

Mais à peine avait-il pris cette résolution qu'il se sentait envahi par la certitude contraire. Du moment que Limousin avait été, dès le premier jour, l'amant d'Henriette, l'amant aimé, elle avait dû se donner à lui avec cet élan, cet abandon, cette ardeur qui rendent mères les femmes. La réserve froide qu'elle avait toujours apportée dans ses relations intimes avec lui, Parent, n'était-elle pas aussi un obstacle à ce qu'elle eût été fécondée par son baiser !

Alors il allait réclamer, prendre avec lui, conserver toujours et soigner l'enfant d'un autre. Il ne pourrait pas le regarder, l'embrasser, l'entendre dire « papa » sans que cette pensée le frappât, le déchirât : « Ce n'est point mon fils. » Il allait se condamner à ce supplice de tous les instants, à cette vie de misérable ! Non, il valait mieux demeurer seul, vivre seul, vieillir seul, et mourir seul.

Et chaque jour, chaque nuit recommençaient ces abominables hésitations et ces souffrances que rien ne pouvait calmer ni terminer. Il redoutait surtout l'obscurité du soir qui vient, la tristesse des crépuscules. C'était alors, sur son cœur, comme une pluie de chagrin, une inondation de désespoir qui tombait avec les ténèbres, le noyait et l'affolait. Il avait peur de ses pensées comme on a peur des malfaiteurs, et il fuyait devant elles ainsi qu'une bête poursuivie. Il redoutait surtout son logis vide, si noir, terrible, et les rues désertes aussi où brille seulement, de place en place, un bec de gaz, où le passant isolé qu'on entend de loin semble un rôdeur et fait ralentir ou hâter le pas selon qu'il vient vers vous ou qu'il vous suit.

Et Parent, malgré lui, par instinct, allait vers les grandes rues illuminées et populeuses. La lumière

et la foule l'attiraient, l'occupaient et l'étourdis-
saient. Puis, quand il était las d'errer, de vagabon-
der dans les remous du public, quand il voyait les
passants devenir plus rares, et les trottoirs plus
libres, la terreur de la solitude et du silence le
poussait vers un grand café plein de buveurs et de
clarté. Il y allait comme les mouches vont à la
flamme, s'asseyait devant une petite table ronde, et
demandait un bock[10]. Il le buvait lentement,
s'inquiétant chaque fois qu'un consommateur se
levait pour s'en aller. Il aurait voulu le prendre par
le bras, le retenir, le prier de rester encore un peu,
tant il redoutait l'heure où le garçon, debout devant
lui, prononcerait d'un air furieux : « Allons, Monsieur, on ferme ! »

Car, chaque soir, il restait le dernier. Il voyait
rentrer les tables, éteindre, un à un, les becs de gaz,
sauf deux, le sien et celui du comptoir. Il regardait
d'un œil navré la caissière compter son argent et
l'enfermer dans le tiroir ; et il s'en allait, poussé
dehors par le personnel qui murmurait : « En voilà
un empoté ! On dirait qu'il ne sait pas où coucher. »

Et dès qu'il se retrouvait seul dans la rue sombre,
il recommençait à penser à Georget et à se creuser
la tête, à se torturer la pensée pour découvrir s'il
était ou s'il n'était point le père de son enfant.

Il prit ainsi l'habitude de la brasserie où le
coudoiement continu des buveurs met près de vous
un public familier et silencieux, où la grasse fumée
des pipes endort les inquiétudes, tandis que la bière
épaisse alourdit l'esprit et calme le cœur.

Il y vécut. A peine levé, il allait chercher là des
voisins pour occuper son regard et sa pensée. Puis,
par paresse de se mouvoir, il y prit bientôt ses
repas. Vers midi, il frappait avec sa soucoupe sur la

table de marbre, et le garçon apportait vivement
une assiette, un verre, une serviette et le déjeuner
du jour. Dès qu'il avait fini de manger, il buvait
lentement son café, l'œil fixé sur le carafon d'eau-
de-vie qui lui donnerait bientôt une bonne heure
d'abrutissement. Il trempait d'abord ses lèvres dans
le cognac, comme pour en prendre le goût, cueillant
seulement la saveur du liquide avec le bout de sa
langue. Puis il se le versait dans la bouche, goutte à
goutte, en renversant la tête ; promenait doucement
la forte liqueur sur son palais, sur ses gencives, sur
toute la muqueuse de ses joues, la mêlant avec la
salive claire que ce contact faisait jaillir. Puis,
adoucie par ce mélange, il l'avalait avec recueille-
ment, la sentant couler tout le long de sa gorge,
jusqu'au fond de son estomac.

Après chaque repas, il sirotait ainsi, pendant plus
d'une heure, trois ou quatre petits verres qui
l'engourdissaient peu à peu. Alors il penchait la tête
sur son ventre, fermait les yeux et somnolait. Il se
réveillait vers le milieu de l'après-midi et tendait
aussitôt la main vers le bock que le garçon avait
posé devant lui pendant son sommeil ; puis, l'ayant
bu, il se soulevait sur la banquette de velours rouge,
relevait son pantalon, rabaissait son gilet pour
couvrir la ligne blanche aperçue entre les deux,
secouait le col de sa jaquette, tirait les poignets de
sa chemise hors des manches, puis reprenait les
journaux qu'il avait déjà lus le matin.

Il les recommençait de la première ligne à la
dernière, y compris les réclames, demandes
d'emploi, annonces, cote de la Bourse et pro-
grammes des théâtres.

Entre quatre et six heures, il allait faire un tour
sur les boulevards, pour prendre l'air, disait-il ; puis

de cheveux de chaque quinzaine, l'achat de [...]
ment neuf ou d'un chapeau. Quand il arrivait a sa
brasserie coiffé d'un nouveau couvre-chef, il se
contemplait longtemps dans la glace avant de
s'asseoir, le mettait et l'enlevait plusieurs fois de

il revenait s'asseoir à la place qu'on lui avait conservée et demandait son absinthe.

Alors il causait avec les habitués dont il avait fait la connaissance. Ils commentaient les nouvelles du jour, les faits divers et les événements politiques : cela le menait jusqu'à l'heure du dîner. La soirée se passait comme l'après-midi jusqu'au moment de la fermeture. C'était pour lui l'instant terrible, l'instant où il fallait rentrer dans le noir, dans la chambre vide, pleine de souvenirs affreux, de pensées horribles et d'angoisses. Il ne voyait plus personne de ses anciens amis, personne de ses parents, personne qui pût lui rappeler sa vie passée.

Mais comme son appartement devenait un enfer pour lui, il prit une chambre dans un grand hôtel, une belle chambre d'entresol afin de voir les passants. Il n'était plus seul en ce vaste logis public ; il sentait grouiller des gens autour de lui ; il entendait des voix derrière les cloisons ; et quand ses anciennes souffrances le harcelaient trop cruellement en face de son lit entrouvert et de son feu solitaire, il sortait dans les larges corridors et se promenait comme un factionnaire, le long de toutes les portes fermées, en regardant avec tristesse les souliers accouplés devant chacune, les mignonnes bottines de femme blotties à côté de fortes bottines d'hommes ; et il pensait que tous ces gens-là étaient heureux, sans doute, et dormaient tendrement, côte à côte ou embrassés, dans la chaleur de leur couche.

Cinq années se passèrent ainsi ; cinq années mornes, sans autres événements que des amours de deux heures, à deux louis, de temps en temps.

Or un jour, comme il faisait sa promenade ordinaire entre la Madeleine et la rue Drouot, il aperçut tout à coup une femme dont la tournure le frappa.

Un grand monsieur et un enfant l'accompagnaient.
Tous les trois marchaient devant lui. Il se demandait : « Où donc ai-je vu ces personnes-là ? » et, tout
à coup, il reconnut un geste de la main : c'était sa
femme, sa femme avec Limousin, et avec son
enfant, son petit Georges.

Son cœur battait à l'étouffer ; il ne s'arrêta pas
cependant ; il voulait les voir ; et il les suivit. On eût
dit un ménage, un bon ménage de bons bourgeois.
Henriette s'appuyait au bras de Paul, lui parlait
doucement en le regardant parfois de côté. Parent la
voyait alors de profil, reconnaissait la ligne gracieuse de son visage, les mouvements de sa bouche,
son sourire, et la caresse de son regard. L'enfant
surtout le préoccupait. Comme il était grand, et
fort ! Parent ne pouvait apercevoir la figure, mais
seulement de longs cheveux blonds qui tombaient
sur le col en boucles frisées. C'était Georget, ce haut
garçon aux jambes nues, qui allait, ainsi qu'un petit
homme, à côté de sa mère.

Comme ils s'étaient arrêtés devant un magasin, il
les vit soudain tous les trois. Limousin avait blan-
chi, vieilli, maigri ; sa femme au contraire, plus
fraîche que jamais, avait plutôt engraissé ; Georges
était devenu méconnaissable, si différent de jadis !

Ils se remirent en route. Parent les suivit de
nouveau, puis les devança à grands pas pour revenir
et les revoir, de tout près, en face. Quand il passa
contre l'enfant, il eut envie, une envie folle de le
saisir dans ses bras et de l'emporter. Il le h
comme

femme et son amant. Il alla d'une course jusqu'à sa brasserie, et tomba, haletant, sur sa chaise.

Il but trois absinthes, ce soir-là.

Pendant quatre mois, il garda au cœur la plaie de cette rencontre. Chaque nuit il les revoyait tous les trois, heureux et tranquilles, père, mère, enfant, se promenant sur le boulevard, avant de rentrer dîner chez eux. Cette vision nouvelle effaçait l'ancienne. C'était autre chose, une autre hallucination maintenant, et aussi une autre douleur. Le petit Georges, son petit Georges, celui qu'il avait tant aimé et tant embrassé jadis, disparaissait dans un passé lointain et fini, et il en voyait un nouveau, comme un frère du premier, un garçonnet aux mollets nus, qui ne le connaissait pas, celui-là! Il souffrait affreusement de cette pensée. L'amour du petit était mort; aucun lien n'existait plus entre eux; l'enfant n'aurait pas tendu les bras en le voyant. Il l'avait même regardé d'un œil méchant.

Puis, peu à peu, son âme se calma encore; ses tortures mentales s'affaiblirent; l'image apparue devant ses yeux et qui hantait ses nuits devint indécise, plus rare. Il se remit à vivre à peu près comme tout le monde, comme tous les désœuvrés qui boivent des bocks sur des tables de marbre et usent leurs culottes par le fond sur le velours râpé des banquettes.

Il vieillit dans la fumée des pipes, perdit ses cheveux sous la flamme du gaz[11], considéra comme des événements le bain de chaque semaine, la taille suite, le posait de différentes façons, et demandait enfin à son amie, la dame du comptoir, qui le regardait avec intérêt : « Trouvez-vous qu'il me va bien ? »

Deux ou trois fois par an il allait au théâtre ; et, l'été, il passait quelquefois ses soirées dans un café-concert des Champs-Élysées. Il en rapportait dans sa tête des airs qui chantaient au fond de sa mémoire pendant plusieurs semaines et qu'il fredonnait même en battant la mesure avec son pied, lorsqu'il était assis devant son bock.

Les années se suivaient, lentes, monotones et courtes parce qu'elles étaient vides.

Il ne les sentait pas glisser sur lui. Il allait à la mort sans remuer, sans s'agiter, assis en face d'une table de brasserie ; et seule la grande glace où il appuyait son crâne plus dénudé chaque jour reflétait les ravages du temps qui passe et fuit en dévorant les hommes, les pauvres hommes.

Il ne pensait plus que rarement, à présent, au drame affreux où avait sombré sa vie, car vingt ans s'étaient écoulés depuis cette soirée effroyable.

Mais l'existence qu'il s'était faite ensuite l'avait usé, amolli, épuisé ; et souvent le patron de sa brasserie, le sixième patron depuis son entrée dans cet établissement, lui disait : « Vous devriez vous secouer un peu, monsieur Parent ; vous devriez prendre l'air, aller à la campagne, je vous assure que vous changez beaucoup depuis quelques mois. »

Et quand son client venait de sortir, ce commerçant communiquait ses réflexions à sa caissière. « Ce pauvre M. Parent file un mauvais coton, ça ne vaut rien de ne jamais quitter Paris. Engagez-le donc à aller aux environs manger une matelote de temps en temps, puisqu'il a confiance en vous. Voilà bientôt l'été, ça le retapera. »

Et la caissière, pleine de pitié et de bienveillance pour ce consommateur obstiné, répétait chaque jour à Parent : « Voyons, Monsieur, décidez-vous à prendre l'air ! C'est si joli, la campagne quand il fait beau ! Oh ! moi ! si je pouvais, j'y passerais ma vie ! »

Et elle lui communiquait ses rêves, les rêves poétiques et simples de toutes les pauvres filles enfermées d'un bout à l'autre de l'année derrière les vitres d'une boutique et qui regardent passer la vie factice et bruyante de la rue, en songeant à la vie calme et douce des champs, à la vie sous les arbres, sous le radieux soleil qui tombe sur les prairies, sur les bois profonds, sur les claires rivières, sur les vaches couchées dans l'herbe, et sur toutes les fleurs diverses, toutes les fleurs libres, bleues, rouges, jaunes, violettes, lilas, roses, blanches, si gentilles, si fraîches, si parfumées, toutes les fleurs de la nature qu'on cueille en se promenant et dont on fait de gros bouquets.

Elle prenait plaisir à lui parler sans cesse de son désir éternel, irréalisé et irréalisable ; et lui, pauvre vieux sans espoirs, prenait plaisir à l'écouter. Il venait s'asseoir maintenant à côté du comptoir pour causer avec Mlle Zoé et discuter sur la campagne avec elle. Alors, peu à peu, une vague envie lui vint d'aller voir, une fois, s'il faisait vraiment si bon qu'elle le disait, hors les murs de la grande ville.

Un matin il demanda :

« Savez-vous où on peut bien déjeuner aux environs de Paris ? »

Elle répondit :

« Allez donc à la Terrasse de Saint-Germain. C'est si joli ! »

Il s'y était promené autrefois au moment de ses fiançailles. Il se décida à y retourner.

Il choisit un dimanche sans raison spéciale, uniquement parce qu'il est d'usage de sortir le dimanche, même quand on ne fait rien en semaine.

Donc il partit, un dimanche matin, pour Saint-Germain.

C'était au commencement de juillet, par un jour éclatant et chaud. Assis contre la portière de son wagon, il regardait courir les arbres et les petites maisons bizarres des alentours de Paris. Il se sentait triste, ennuyé d'avoir cédé à ce désir nouveau, d'avoir rompu ses habitudes. Le paysage changeant et toujours pareil le fatiguait. Il avait soif ; il serait volontiers descendu à chaque station pour s'asseoir au café aperçu derrière la gare, boire un bock ou deux et reprendre le premier train qui passerait vers Paris. Et puis le voyage lui semblait long, très long. Il restait assis des journées entières pourvu qu'il eût sous les yeux les mêmes choses immobiles, mais il trouvait énervant et fatigant de rester assis en changeant de place, de voir remuer le pays tout entier, tandis que lui-même ne faisait pas un mouvement.

Il s'intéressa à la Seine cependant, chaque fois qu'il la traversa. Sous le pont de Chatou il aperçut des yoles qui passaient enlevées à grands coups d'aviron par des canotiers aux bras nus ; et il pensa : « Voilà des gaillards qui ne doivent pas s'embêter ! »

Le long ruban de rivière déroulé des deux côtés du pont du Pecq éveilla, dans le fond de son cœur, un vague désir de promenade au bord des berges.

Mais le train s'engouffra sous le tunnel qui précède
la gare de Saint-Germain pour s'arrêter bientôt au
quai d'arrivée.

Parent descendit, et, alourdi par la fatigue, s'en
alla, les mains derrière le dos, vers la Terrasse. Puis,
parvenu contre la balustrade de fer, il s'arrêta pour
regarder l'horizon. La plaine immense s'étalait en
face de lui, vaste comme la mer, toute verte et
peuplée de grands villages, aussi populeux que des
villes. Des routes blanches traversaient ce large
pays, des bouts de forêts le boisaient par places, les
étangs du Vésinet brillaient comme des plaques
d'argent, et les coteaux lointains de Sannois et
d'Argenteuil se dessinaient sous une brume légère
et bleuâtre qui les laissait à peine deviner. Le soleil
baignait de sa lumière abondante et chaude tout le
grand paysage un peu voilé par les vapeurs mati-
nales, par la sueur de la terre chauffée s'exhalant en
brouillards menus, et par les souffles humides de la
Seine, qui se déroulait comme un serpent sans fin à
travers les plaines, contournait les villages et lon-
geait les collines.

Une brise molle, pleine de l'odeur des verdures et
des sèves, caressait la peau, pénétrait au fond de la
poitrine, semblait rajeunir le cœur, alléger l'esprit,
vivifier le sang.

Parent, surpris, la respirait largement, les yeux
éblouis par l'étendue du paysage ; et il murmura :
« Tiens, on est bien ici. »

Puis il fit quelques pas, et s'arrêta de nouveau
pour regarder. Il croyait découvrir des choses
inconnues et nouvelles, non point les choses que
voyait son œil, mais des choses que pressentait son
âme, des événements ignorés, des bonheurs entre-
vus, des joies inexplorées, tout un horizon de vie

qu'il n'avait jamais soupçonné et qui s'ouvrait brusquement devant lui en face de cet horizon de campagne illimitée.

Toute l'affreuse tristesse de son existence lui apparut illuminée par la clarté violente qui inondait la terre. Il vit ses vingt années de café, mornes, monotones, navrantes. Il aurait pu voyager comme d'autres, s'en aller là-bas, là-bas, chez des peuples étrangers, sur des terres peu connues, au-delà des mers, s'intéresser à tout ce qui passionne les autres hommes, aux arts, aux sciences, aimer la vie aux mille formes, la vie mystérieuse, charmante ou poignante, toujours changeante, toujours inexplicable et curieuse.

Maintenant il était trop tard. Il irait de bock en bock, jusqu'à la mort, sans famille, sans amis, sans espérances, sans curiosité pour rien. Une détresse infinie l'envahit, et une envie de se sauver, de se cacher, de rentrer dans Paris, dans sa brasserie et dans son engourdissement ! Toutes les pensées, tous les rêves, tous les désirs qui dorment dans la paresse des cœurs stagnants s'étaient réveillés, remués par ce rayon de soleil sur les plaines.

Il sentit que s'il demeurait seul plus longtemps en ce lieu, il allait perdre la tête, et il gagna bien vite le pavillon Henri IV [12] pour déjeuner, s'étourdir avec du vin et de l'alcool et parler à quelqu'un, au moins.

Il prit une petite table dans les bosquets d'où l'on domine toute la campagne, fit son menu et pria qu'on le servît tout de suite.

D'autres promeneurs arrivaient, s'asseyaient aux tables voisines. Il se sentait mieux ; il n'était plus seul.

Dans une tonnelle, trois personnes déjeunaient.

Il les avait regardées plusieurs fois sans les voir, comme on regarde les indifférents.

Tout à coup, une voix de femme jeta en lui un de ces frissons qui font tressaillir les moelles.

Elle avait dit, cette voix : « Georges, tu vas découper le poulet. »

Et une autre voix répondit : « Oui, maman. » Parent leva les yeux ; et il comprit, il devina tout de suite quels étaient ces gens ! Certes il ne les aurait pas reconnus. Sa femme était toute blanche, très forte, une vieille dame sérieuse et respectable ; et elle mangeait en avançant la tête, par crainte des taches, bien qu'elle eût recouvert ses seins d'une serviette. Georges était devenu un homme. Il avait de la barbe, de cette barbe inégale et presque incolore qui frisotte sur les joues des adolescents[13]. Il portait un chapeau de haute forme, un gilet de coutil blanc et un monocle, par chic, sans doute. Parent le regardait, stupéfait ! C'était là Georges, son fils ! — Non, il ne connaissait pas ce jeune homme ; il ne pouvait rien exister de commun entre eux.

Limousin tournait le dos et mangeait, les épaules un peu voûtées.

Donc ces trois êtres semblaient heureux et contents : ils venaient déjeuner à la campagne, en des restaurants connus. Ils avaient eu une existence calme et douce, une existence familiale dans un bon logis chaud et peuplé, peuplé par tous les riens qui font la vie agréable, par toutes les douceurs de l'affection, par toutes les paroles tendres qu'on échange sans cesse, quand on s'aime. Ils avaient vécu ainsi, grâce à lui Parent, avec son argent, après l'avoir trompé, volé, perdu ! Ils l'avaient condamné, lui, l'innocent, le naïf, le débonnaire, à toutes les tristesses de la solitude, à l'abominable vie qu'il avait menée entre un trottoir et un comptoir, à toutes les tortures morales et à toutes les misères physiques ! Ils avaient fait de lui un être inutile, perdu, égaré dans le monde, un pauvre vieux sans joies possibles, sans attentes, qui n'espérait rien de rien et de personne. Pour lui la terre était vide, parce qu'il n'aimait rien sur la terre. Il pouvait courir les peuples ou courir les rues, entrer dans toutes les maisons de Paris, ouvrir toutes les chambres, il ne trouverait, derrière aucune porte, la figure cherchée, chérie, figure de femme ou figure d'enfant, qui sourit en vous apercevant. Et cette idée surtout le travaillait, l'idée de la porte qu'on ouvre pour trouver et embrasser quelqu'un derrière.

Et c'était la faute de ces trois misérables, cela ! la faute de cette femme indigne, de cet ami infâme et de ce grand garçon blond qui prenait des airs arrogants.

Il en voulait maintenant à l'enfant autant qu'aux deux autres ! N'était-il pas le fils de Limousin ? Est-ce que Limousin l'aurait gardé, aimé, sans cela ? Est-ce que Limousin n'aurait pas lâché bien vite la mère et le petit s'il n'avait pas su que le petit était à lui, bien à lui ? Est-ce qu'on élève les enfants des autres ?

Donc ils étaient là, tout près, ces trois malfaiteurs qui l'avaient tant fait souffrir.

Parent les regardait, s'irritant, s'exaltant au souvenir de toutes ses douleurs, de toutes ses angoisses, de tous ses désespoirs. Il s'exaspérait surtout de leur air placide et satisfait. Il avait envie de les tuer, de leur jeter son siphon d'eau de Seltz, de fendre la tête de Limousin qu'il voyait, à toute seconde, se baisser vers son assiette et se relever aussitôt.

Et ils continueraient à vivre ainsi, sans soucis, sans inquiétudes d'aucune sorte. Non, non. C'en était

trop à la fin ! Il se vengerait ; il allait se venger tout
de suite puisqu'il les tenait sous la main. Mais
comment ? Il cherchait, rêvait des choses effroya-
bles comme il en arrive dans les feuilletons, mais
ne trouvait rien de pratique. Et il buvait, coup sur
coup, pour s'exciter, pour se donner du courage,
pour ne pas laisser échapper une pareille occasion,
qu'il ne retrouverait sans doute jamais.

Soudain, il eut une idée, une idée terrible ; et il
cessa de boire pour la mûrir. Un sourire plissait ses
lèvres ; il murmurait : « Je les tiens. Je les tiens.
Nous allons voir. Nous allons voir. »

Un garçon lui demanda : « Qu'est-ce que Monsieur désire ensuite ?

— Rien. Du café et du cognac, du meilleur. »

Et il les regardait en sirotant ses petits verres. Il
y avait trop de monde dans ce restaurant pour ce
qu'il voulait faire : donc il attendrait, il les sui-
vrait ; car ils allaient se promener certainement
sur la terrasse ou dans la forêt. Quand ils seraient
un peu éloignés, il les rejoindrait, et alors il se
vengerait, oui, il se vengerait ! Il n'était pas trop
tôt d'ailleurs, après vingt-trois ans de souffrances.
Ah ! ils ne soupçonnaient guère ce qui allait leur
arriver.

Ils achevaient doucement leur déjeuner, en causant avec sécurité. Parent ne pouvait entendre
leurs paroles, mais il voyait leurs gestes calmes. La
figure de sa femme, surtout, l'exaspérait. Elle avait
pris un air hautain, un air de dévote grasse, de
dévote inabordable, cuirassée de principes, blindée
de vertu.

Puis, ils payèrent l'addition et se levèrent. Alors
il vit Limousin. On eût dit un diplomate en
retraite, tant il semblait important avec ses beaux

favoris souples et blancs dont les pointes tombaient
sur les revers de sa redingote.

Ils sortirent. Georges fumait un cigare et portait
son chapeau sur l'oreille. Parent, aussitôt, les suivit.

Ils firent d'abord un tour sur la terrasse et
admirèrent le paysage avec placidité, comme admi-
rent les gens repus ; puis ils entrèrent dans la forêt.

Parent se frottait les mains, et les suivait toujours, de loin, en se cachant pour ne point éveiller
trop tôt leur attention.

Ils allaient à petits pas, prenant un bain de
verdure et d'air tiède. Henriette s'appuyait au bras
de Limousin et marchait, droite, à son côté, en
épouse sûre et fière d'elle. Georges abattait des
feuilles avec sa badine, et franchissait parfois les
fossés de la route, d'un saut léger de jeune cheval
ardent prêt à s'emporter dans le feuillage.

Parent, peu à peu, se rapprochait, haletant d'émotion et de fatigue ; car il ne marchait plus jamais.
Bientôt il les rejoignit, mais une peur l'avait saisi,
une peur confuse, inexplicable, et il les devança,
pour revenir sur eux et les aborder en face.

Il allait, le cœur battant, les sentant derrière lui
maintenant, et il se répétait : « Allons, c'est le
moment : de l'audace, de l'audace ! C'est le
moment. »

Il se retourna. Ils s'étaient assis, tous les trois, sur
l'herbe, au pied d'un gros arbre ; et ils causaient
toujours.

Alors il se décida, et il revint à pas rapides.
S'étant arrêté devant eux, debout au milieu du
chemin, il balbutia d'une voix brève, d'une voix
cassée par l'émotion :

« C'est moi ! Me voici ! Vous ne m'attendiez
pas ? »

Tous trois examinaient cet homme qui leur semblait fou.

Il reprit :

« On dirait que vous ne m'avez pas reconnu. Regardez-moi donc ! Je suis Parent, Henri Parent. Hein, vous ne m'attendiez pas ? Vous pensiez que c'était fini, bien fini, que vous ne me verriez plus jamais, jamais. Ah ! mais non, me voilà revenu. Nous allons nous expliquer, maintenant. »

Henriette, effarée, cacha sa figure dans ses mains, en murmurant : « Oh ! mon Dieu ! »

Voyant cet inconnu qui semblait menacer sa mère, Georges s'était levé, prêt à le saisir au collet.

Limousin, atterré, regardait avec des yeux effarés ce revenant qui, ayant soufflé quelques secondes, continua : « Alors nous allons nous expliquer maintenant. Voici le moment venu ! Ah ! vous m'avez trompé, vous m'avez condamné à une vie de forçat, et vous avez cru que je ne vous rattraperais pas ! »

Mais le jeune homme le prit par les épaules, et le repoussant :

« Êtes-vous fou ? Qu'est-ce que vous voulez ? Passez votre chemin bien vite ou je vais vous rosser, moi ! »

Parent répondit :

« Ce que je veux ? Je veux t'apprendre ce que sont ces gens-là. »

Mais Georges, exaspéré, le secouait, allait le frapper. L'autre reprit :

« Lâche-moi donc. Je suis ton père... Tiens, regarde s'ils me reconnaissent maintenant, ces misérables ! »

Effaré, le jeune homme ouvrit les mains et se tourna vers sa mère.

Parent, libre, s'avança vers elle :

« Hein ? Dites-lui qui je suis, vous ! Dites-lui que je m'appelle Henri Parent, et que je suis son père puisqu'il se nomme Georges Parent, puisque vous êtes ma femme, puisque vous vivez tous les trois de mon argent, de la pension de dix mille francs que je vous fais depuis que je vous ai chassés de chez moi. Dites-lui aussi pourquoi je vous ai chassés de chez moi. Parce que je vous ai surprise avec ce gueux, cet infâme, avec votre amant ! — Dites-lui ce que j'étais, moi, un brave homme, épousé par vous pour ma fortune, et trompé depuis le premier jour. Dites-lui qui vous êtes et qui je suis... »

Il balbutiait, haletait, emporté par la colère.

La femme cria d'une voix déchirante :

« Paul, Paul, empêche-le ; qu'il se taise, qu'il se taise ; empêche-le, qu'il ne dise pas cela devant mon fils ! »

Limousin, à son tour, s'était levé. Il murmura, d'une voix très basse :

« Taisez-vous. Taisez-vous. Comprenez donc ce que vous faites. »

Parent reprit avec emportement :

« Je le sais bien, ce que je fais. Ce n'est pas tout. Il y a une chose que je veux savoir, une chose qui me torture depuis vingt ans. »

Puis, se tournant vers Georges, éperdu, qui s'était appuyé contre un arbre :

« Écoute, toi : Quand elle est partie de chez moi, elle a pensé que ce n'était pas assez de m'avoir trahi ; elle a voulu encore me désespérer. Tu étais toute ma consolation ; eh bien, elle t'a emporté en me jurant que je n'étais pas ton père, mais que ton père c'était lui ! A-t-elle menti ? je ne sais pas. Depuis vingt ans je me le demande. »

Il s'avança tout près d'elle, tragique, terrible, et,

arrachant la main dont elle se couvrait la face :
« Eh bien ! Je vous somme aujourd'hui de me dire
lequel de nous est le père de ce jeune homme : lui ou
moi ; votre mari ou votre amant. Allons, allons,
dites ! »

Limousin se jeta sur lui. Parent le repoussa et,
ricanant avec fureur :

« Ah ! tu es brave aujourd'hui ; tu es plus brave
que le jour où tu te sauvais sur l'escalier parce que
j'allais t'assommer. Eh bien ! si elle ne répond pas,
réponds toi-même. Tu dois le savoir aussi bien
qu'elle. Dis, es-tu le père de ce garçon ? Allons,
allons, parle ! »

Il revint vers sa femme.

« Si vous ne voulez pas me le dire à moi, dites-le à
votre fils au moins. C'est un homme, aujourd'hui. Il
a bien le droit de savoir qui est son père. Moi, je ne
sais pas, je n'ai jamais su, jamais, jamais ! Je ne
peux pas te le dire, mon garçon. »

Il s'affolait, sa voix prenait des tons aigus. Et il
agitait ses bras comme un épileptique.

« Voilà... voilà... Répondez donc... Elle ne sait
pas... Je parie qu'elle ne sait pas... Non... elle ne sait
pas... parbleu !... elle couchait avec tous les deux !...
Ah ! ah ! ah !... personne ne sait... personne. Est-ce
qu'on sait ces choses-là ?... Tu ne le sauras pas non
plus, mon garçon, tu ne le sauras pas, pas plus que
moi... jamais... Tiens... demande-lui... demande-
lui... tu verras qu'elle ne sait pas. Moi non plus... lui
non plus... toi non plus... personne ne sait... Tu peux
choisir... oui... tu peux choisir... lui ou moi... Choisis... Bonsoir... c'est fini... Si elle se décide à te le
dire, tu viendras me l'apprendre, hôtel des Conti-
nents, n'est-ce pas ?... Ça me fera plaisir de le

savoir... Bonsoir... Je vous souhaite beaucoup d'agrément... »

Et il s'en alla en gesticulant, continuant à parler seul, sous les grands arbres, dans l'air vide et frais, plein d'odeurs de sèves. Il ne se retourna point pour les voir. Il allait devant lui, marchant sous une poussée de fureur, sous un souffle d'exaltation, l'esprit emporté par son idée fixe.

Tout à coup, il se trouva devant la gare. Un train partait. Il monta dedans. Durant la route, sa colère s'apaisa, il reprit ses sens et il rentra dans Paris, stupéfait de son audace.

Il se sentait brisé comme si on lui eût rompu les os. Il alla cependant prendre un bock à sa brasserie.

En le voyant entrer, Mlle Zoé, surprise, lui demanda : « Déjà revenu ? Est-ce que vous êtes fatigué ? »

Il répondit : « Oui... oui... très fatigué... très fatigué... Vous comprenez... quand on n'a pas l'habitude de sortir ! C'est fini, je n'y retournerai point, à la campagne. J'aurais mieux fait de rester ici. Désormais, je ne bougerai plus. »

Et elle ne put lui faire raconter sa promenade malgré l'envie qu'elle en avait.

Pour la première fois de sa vie il se grisa tout à fait, ce soir-là, et on dut le rapporter chez lui.

LA BÊTE À MAÎT' BELHOMME [1]

La diligence du Havre allait quitter Criquetot [2] ; et tous les voyageurs attendaient l'appel de leur nom dans la cour de l'hôtel du Commerce tenu par Malandain fils.

C'était une voiture jaune, montée sur des roues jaunes aussi autrefois, mais rendues presque grises par l'accumulation des boues. Celles de devant étaient toutes petites ; celles de derrière, hautes et frêles, portaient le coffre difforme et enflé comme un ventre de bête. Trois rosses blanches, dont on remarquait, au premier coup d'œil, les têtes énormes et les gros genoux ronds, attelées en arbalète [3], devaient traîner cette carriole qui avait du monstre dans sa structure et son allure. Les chevaux semblaient endormis déjà devant l'étrange véhicule.

Le cocher Césaire Horlaville, un petit homme à gros ventre, souple cependant, par suite de l'habitude constante de grimper sur ses roues et d'escalader l'impériale, la face rougie par le grand air des champs, les pluies, les bourrasques et les petits verres, les yeux devenus clignotants sous les coups de vent et de grêle, apparut sur la porte de l'hôtel en s'essuyant la bouche d'un revers de main. De larges

paniers ronds, pleins de volailles effarées, attendaient devant les paysannes immobiles. Césaire
Horlaville les prit l'un après l'autre et les posa sur
le toit de sa voiture ; puis il y plaça plus doucement ceux qui contenaient des œufs ; il y jeta
ensuite, d'en bas, quelques petits sacs de grain, de
menus paquets enveloppés de mouchoirs, de bouts
de toile ou de papiers. Puis il ouvrit la porte de
derrière et, tirant une liste de sa poche, il lut en
appelant :

« Monsieur le Curé de Gorgeville. »

Le prêtre s'avança, un grand homme puissant,
large, gros, violacé et d'air aimable. Il retroussa sa
soutane pour lever le pied, comme les femmes
retroussent leurs jupes, et grimpa dans la guim-
barde.

« L'instituteur de Rollebosc-les-Grinets ? »

L'homme se hâta, long, timide, enredingoté jusqu'aux genoux ; et il disparut à son tour dans la
porte ouverte.

« Maît' Poiret, deux places. »

Poiret s'en vint, haut et tordu, courbé par la
charrue, maigri par l'abstinence, osseux, la peau
séchée par l'oubli des lavages. Sa femme le suivait,
petite et maigre, pareille à une bique fatiguée,
portant à deux mains un immense parapluie vert.

« Maît' Rabot, deux places. »

Rabot hésita, étant de nature perplexe. Il
demanda : « C'est ben mé qu' t'appelles ? »

Le cocher, qu'on avait surnommé « dégourdi »,
allait répondre une facétie, quand Rabot piqua une
tête vers la portière, lancé en avant par une poussée de sa femme, une gaillarde haute et carrée dont
le ventre était vaste et rond comme une futaille, les
mains larges comme des battoirs.

Et Rabot fila dans la voiture à la façon d'un rat qui rentre dans son trou.

« Maît' Caniveau. »

Un gros paysan, plus lourd qu'un bœuf, fit plier les ressorts et s'engouffra à son tour dans l'intérieur du coffre jaune.

« Maît' Belhomme. »

Belhomme, un grand maigre, s'approcha, le cou de travers, la face dolente, un mouchoir appliqué sur l'oreille comme s'il souffrait d'un fort mal de dents.

Tous portaient la blouse bleue par-dessus d'antiques et singulières vestes de drap noir ou verdâtre, vêtements de cérémonie qu'ils découvriraient dans les rues du Havre ; et leurs chefs étaient coiffés de casquettes de soie, hautes comme des tours, suprême élégance dans la campagne normande.

Césaire Horlaville referma la portière de sa boîte, puis monta sur son siège et fit claquer son fouet.

Les trois chevaux parurent se réveiller et, remuant le cou, firent entendre un vague murmure de grelots.

Le cocher, alors, hurlant : « Hue ! » de toute sa poitrine, fouailla les bêtes à tour de bras. Elles s'agitèrent, firent un effort, et se mirent en route d'un petit trot boiteux et lent. Et derrière elles, la voiture, secouant ses carreaux branlants et toute la ferraille de ses ressorts, faisait un bruit surprenant de ferblanterie et de verrerie, tandis que chaque ligne de voyageurs, ballottée et balancée par les secousses, avait des reflux de flots à tous les remous des cahots.

On se tut d'abord, par respect pour le curé, qui gênait les épanchements. Il se mit à parler le premier, étant d'un caractère loquace et familier.

« Eh bien, maît' Caniveau, dit-il, ça va-t-il comme vous voulez ? »

L'énorme campagnard, qu'une sympathie de taille, d'encolure et de ventre liait avec l'ecclésiastique, répondit en souriant :

« Tout d' même, m'sieu le Curé, tout d' même, et d' vote part ?

— Oh ! d' ma part, ça va toujours.

— Et vous, maît' Poiret ? demanda l'abbé.

— Oh ! mé, ça irait, n'étaient les cossards (colzas)[4] qui n' donneront guère c't' année ; et, vu les affaires, c'est là-dessus qu'on s' rattrape.

— Que voulez-vous, les temps sont durs.

— Que oui, qu'i sont durs », affirma d'une voix de gendarme la grande femme de maît' Rabot.

Comme elle était d'un village voisin, le curé ne la connaissait que de nom.

« C'est vous, la Blondel ? dit-il.

— Oui, c'est mé, qu'a épousé Rabot. »

Rabot, fluet, timide et satisfait, salua en souriant ; il salua d'une grande inclinaison de tête en avant, comme pour dire : « C'est bien moi Rabot, qu'a épousé la Blondel. »

Soudain maît' Belhomme, qui tenait toujours son mouchoir sur son oreille, se mit à gémir d'une façon lamentable. Il faisait « gniau... gniau... gniau... » en tapant du pied pour exprimer son affreuse souffrance.

« Vous avez donc bien mal aux dents ? » demanda le curé.

Le paysan cessa un instant de geindre pour répondre : « Non point... m'sieu le Curé... C'est point des dents... c'est d' l'oreille, du fond d' l'oreille.

— Qu'est-ce que vous avez donc dans l'oreille ?
Un dépôt ?

— J' sais point si c'est un dépôt, mais j' sais ben
qu' c'est eune bête, un' grosse bête, qui m'a entré
d'dans, vu que j' dormais su l' foin dans l' grenier.

— Un' bête. Vous êtes sûr ?

— Si j'en suis sûr ? Comme du Paradis, m'sieu le
Curé, vu qu'a m' grignote l' fond d' l'oreille. A m'
mange la tête, pour sûr ! a m' mange la tête. Oh !
gniau... gniau... gniau... » et il se remit à taper du pied.

Un grand intérêt s'était éveillé dans l'assistance.
Chacun donnait son avis. Poiret voulait que ce fût
une araignée, l'instituteur que ce fût une chenille. Il
avait vu ça une fois déjà à Campemuret, dans
l'Orne, où il était resté six ans ; même la chenille
était entrée dans la tête et sortie par le nez. Mais
l'homme était demeuré sourd de cette oreille-là,
puisqu'il avait le tympan crevé.

« C'est plutôt un ver », déclara le curé[5].

Maît' Belhomme, la tête renversée de côté et
appuyée contre la portière, car il était monté le
dernier, gémissait toujours.

« Oh ! gniau... gniau... gniau... j' crairais ben qu'
c'est eune frémi, eune grosse frémi, tant qu'a
mord... T'nez, m'sieur le Curé... a galope... a
galope... Oh ! gniau... gniau... gniau... qué misère !!...

— T'as point vu l' médecin ? demanda Caniveau.

— Pour sûr, non.

— D'où vient ça ? »

La peur du médecin sembla guérir Belhomme.

Il se redressa, sans toutefois lâcher son mouchoir.

« D'où vient ça ! T'as des sous pour eusse, té, pour
ces fainéants-là ? Y s'rait v'nu eune fois, deux fois,
trois fois, quat' fois, cinq fois ! Ça fait, deusse écus
de cent sous, deusse écus, pour sûr... Et qu'est-ce

qu'il aurait fait, dis, çu fainéant, dis, qu'est-ce qu'il aurait fait ? Sais-tu, té ? »

Caniveau riait.

« Non, j' sais point. Oùsqué tu vas, comme ça ?

— J' vas t'au Havre vé Chambrelan.

— Qué Chambrelan ?

— L' guérisseux, donc.

— Qué guérisseux ?

— L' guérisseux qu'a guéri mon pé.

— Ton pé ?

— Oui, mon pé, dans l' temps.

— Qué qu'il avait, ton pé ?

— Un vent[6] dans l' dos, qui n'en pouvait pu r'muer pied ni gambe.

— Qué qui li a fait ton Chambrelan ?

— Il y a manié l' dos comm' pou' fé du pain, avec les deux mains donc ! Et ça y a passé en une couple d'heures ! »

Belhomme pensait bien aussi que Chambrelan avait prononcé des paroles, mais il n'osait pas dire ça devant le curé.

Caniveau reprit en riant :

« C'est-il point quéque lapin qu' t'as dans l'oreille ? Il aura pris çu trou-là pour son terrier, vu la ronce. Attends, j' vas l' fé sauver. »

Et Caniveau, formant un porte-voix de ses mains, commença à imiter les aboiements des chiens courants en chasse. Il jappait, hurlait, piaulait, aboyait. Et tout le monde se mit à rire dans la voiture, même l'instituteur qui ne riait jamais.

Cependant, comme Belhomme paraissait fâché qu'on se moquât de lui, le curé détourna la conversation et, s'adressant à la grande femme de Rabot :

« Est-ce que vous n'avez pas une nombreuse famille ?

— Que oui, m'sieu le Curé... Que c'est dur à élever ! »

Rabot opinait de la tête, comme pour dire : « Oh ! oui, c'est dur à élever. »

« Combien d'enfants ? »

Elle déclara avec autorité, d'une voix forte et sûre :

« Seize enfants, m'sieu l' Curé ! Quinze de mon homme ! »

Et Rabot se mit à sourire plus fort, en saluant du front. Il en avait fait quinze, lui, lui tout seul, Rabot ! Sa femme l'avouait ! Donc, on n'en pouvait douter. Il en était fier, parbleu !

De qui le seizième ? Elle ne le dit pas. C'était le premier, sans doute ? On le savait peut-être, car on ne s'étonna point. Caniveau lui-même demeura impassible.

Mais Belhomme se mit à gémir :

« Oh ! gniau... gniau... gniau... a me trifouille dans l' fond... Oh ! misère !... »

La voiture s'arrêtait au café Polyte. Le curé dit : « Si on vous coulait un peu d'eau dans l'oreille, on la ferait peut-être sortir. Voulez-vous essayer ?

— Pour sûr ! J' veux ben. »

Et tout le monde descendit pour assister à l'opération.

Le prêtre demanda une cuvette, une serviette et un verre d'eau ; et il chargea l'instituteur de tenir bien inclinée la tête du patient ; puis, dès que le liquide aurait pénétré dans le canal, de la renverser brusquement.

Mais Caniveau, qui regardait déjà dans l'oreille de Belhomme pour voir s'il ne découvrirait pas la bête à l'œil nu, s'écria : « Cré nom d'un nom, qué marmelade ! Faut déboucher ça, mon vieux. Jamais ton lapin sortira dans c'te confiture-là. Il s'y collerait les quat' pattes. »

Le curé examina à son tour le passage et le reconnut trop étroit et trop embourbé pour tenter l'expulsion de la bête. Ce fut l'instituteur qui débarrassa cette voie au moyen d'une allumette et d'une loque[7]. Alors, au milieu de l'anxiété générale, le prêtre versa, dans ce conduit nettoyé, un demi-verre d'eau qui coula sur le visage, dans les cheveux et dans le cou de Belhomme. Puis l'instituteur retourna vivement la tête sur la cuvette, comme s'il eût voulu la dévisser. Quelques gouttes retombèrent dans le vase blanc. Tous les voyageurs se précipitèrent. Aucune bête n'était sortie.

Cependant Belhomme déclarant : « Je sens pu rien », le curé triomphant, s'écria : « Certainement elle est noyée. » Tout le monde était content. On remonta dans la voiture.

Mais à peine se fut-elle remise en route que Belhomme poussa des cris terribles. La bête s'était réveillée et était devenue furieuse. Il affirmait même qu'elle était entrée dans la tête maintenant, qu'elle lui dévorait la cervelle. Il hurlait avec de telles contorsions que la femme de Poiret, le croyant possédé du diable, se mit à pleurer en faisant le signe de la croix. Puis, la douleur se calmant un peu, le malade raconta qu'ELLE faisait le tour de son oreille. Il imitait avec son doigt les mouvements de la bête, semblait la voir, la suivre du regard : « Tenez, v'là qu'a r'monte... gniau... gniau... gniau... qué misère ! »

Caniveau s'impatientait : « C'est l'iau qui la rend enragée, c'te bête. All' est p't-être ben accoutumée au vin. »

On se remit à rire. Il reprit : « Quand j'allons arriver au café Bourbeux, donne-li du fil-en-six [8] et all' n' bougera pu, j' te le jure. »

Mais Belhomme n'y tenait plus de douleur. Il se mit à crier comme si on lui arrachait l'âme. Le curé fut obligé de lui soutenir la tête. On pria Césaire Horlaville d'arrêter à la première maison rencontrée.

C'était une ferme en bordure sur la route. Belhomme y fut transporté ; puis on le coucha sur la table de cuisine pour recommencer l'opération. Caniveau conseillait toujours de mêler de l'eau-de-vie à l'eau, afin de griser et d'endormir la bête, de la tuer peut-être. Mais le curé préféra du vinaigre.

On fit couler le mélange goutte à goutte, cette fois afin qu'il pénétrât jusqu'au fond, puis on le laissa quelques minutes dans l'organe habité.

Une cuvette ayant été de nouveau apportée, Belhomme fut retourné tout d'une pièce par le curé et Caniveau, ces deux colosses, tandis que l'instituteur tapait avec ses doigts sur l'oreille saine, afin de bien vider l'autre.

Césaire Horlaville, lui-même, était entré pour voir, son fouet à la main.

Et, soudain, on aperçut au fond de la cuvette un point brun, pas plus gros qu'un grain d'oignon. Cela remuait, pourtant. C'était une puce ! Des cris d'étonnement s'élevèrent, puis des rires éclatants. Une puce ! Ah ! elle était bien bonne, bien bonne ! Caniveau se tapait sur la cuisse, Césaire Horlaville fit claquer son fouet ; le curé s'esclaffait à la façon des ânes qui braient, l'instituteur riait comme on éternue, et les deux femmes poussaient de petits cris de gaieté pareils au gloussement des poules.

Belhomme s'était assis sur la table, et ayant pris sur ses genoux la cuvette, il contemplait avec une attention grave et une colère joyeuse dans l'œil la bestiole vaincue qui tournait dans sa goutte d'eau.

Il grogna : « Te v'là, charogne », et cracha dessus.

Le cocher, fou de gaieté, répétait : « Eune puce, eune puce, ah! te v'là, sacré puçot, sacré puçot, sacré puçot! »

Puis, s'étant un peu calmé, il cria : « Allons, en route! V'là assez de temps perdu. »

Et les voyageurs, riant toujours, s'en allèrent vers la voiture.

Cependant Belhomme, venu le dernier, déclara : « Mé, j' m'en r'tourne à Criquetot. J'ai pu que fé au Havre à cette heure. »

Le cocher lui dit : « N'importe, paie ta place!

— Je t'en dé que la moitié pisque j'ai point passé mi-chemin.

— Tu dois tout pisque t'as r'tenu jusqu'au bout. »

Et une dispute commença qui devint bientôt une querelle furieuse : Belhomme jurait qu'il ne donnerait que vingt sous, Césaire Horlaville affirmait qu'il en recevrait quarante.

Et ils criaient, nez contre nez, les yeux dans les yeux.

Caniveau redescendit.

« D'abord, tu dés quarante sous au curé, t'entends, et pi une tournée à tout le monde, ça fait chiquante-chinq, et pi t'en donneras vingt à Césaire. Ça va-t-il, dégourdi? »

Le cocher, enchanté de voir Belhomme débourser trois francs soixante et quinze, répondit : « Ça va!

— Allons paie.

— J' paierai point. L' curé n'est pas[9] médecin d'abord.

— Si tu n' paies point, j' te r'mets dans la voiture à Césaire et j' t'emporte au Havre. »

Et le colosse, ayant saisi Belhomme par les reins, l'enleva comme un enfant.

L'autre vit bien qu'il faudrait céder. Il tira sa bourse, et paya.

Puis la voiture se remit en marche vers le Havre, tandis que Belhomme retournait à Criquetot, et tous les voyageurs, muets à présent, regardaient sur la route blanche la blouse bleue du paysan, balancée sur ses longues jambes.

À VENDRE[1]

Partir à pied, quand le soleil se lève, et marcher dans la rosée, le long des champs, au bord de la mer calme, quelle ivresse !

Quelle ivresse ! Elle entre en vous par les yeux avec la lumière, par la narine avec l'air léger, par la peau avec les souffles du vent.

Pourquoi gardons-nous le souvenir si clair, si cher, si aigu de certaines minutes d'amour avec la Terre[2], le souvenir d'une sensation délicieuse et rapide, comme de la caresse d'un paysage rencontré au détour d'une route, à l'entrée d'un vallon, au bord d'une rivière, ainsi qu'on rencontrerait une belle fille complaisante ?

Je me souviens d'un jour, entre autres. J'allais, le long de l'océan breton, vers la pointe du Finistère. J'allais, sans penser à rien, d'un pas rapide, le long des flots. C'était dans les environs de Quimperlé, dans cette partie la plus douce et la plus belle de la Bretagne.

Un matin de printemps, un de ces matins qui vous rajeunissent de vingt ans, vous refont des espérances et vous redonnent des rêves d'adolescents.

J'allais, par un chemin à peine marqué, entre les

blés et les vagues. Les blés ne remuaient point du tout, et les vagues remuaient à peine. On sentait bien l'odeur douce des champs mûrs et l'odeur marine du varech. J'allais sans penser à rien, devant moi, continuant mon voyage commencé depuis quinze jours, un tour de Bretagne par les côtes[3]. Je me sentais fort, agile, heureux et gai. J'allais.

Je ne pensais à rien! Pourquoi penser en ces heures de joie inconsciente, profonde, charnelle, joie de bête qui court dans l'herbe, ou qui vole dans l'air bleu sous le soleil? J'entendais chanter au loin des chants pieux. Une procession peut-être, car c'était un dimanche. Mais je tournai un petit cap et je demeurai immobile, ravi. Cinq gros bateaux de pêche m'apparurent remplis de gens[4], hommes, femmes, enfants, allant au pardon de Plouneven[5].

Ils longeaient la rive, doucement, poussés à peine par une brise molle et essoufflée qui gonflait un peu les voiles brunes, puis, s'épuisant aussitôt, les laissait retomber, flasques, le long des mâts.

Les lourdes barques glissaient lentement, chargées de monde. Et tout ce monde chantait. Les hommes debout sur les bordages, coiffés du grand chapeau, poussaient leurs notes puissantes, les femmes criaient leurs notes aiguës, et les voix grêles des enfants passaient comme des sons de fifre faux dans la grande clameur pieuse et violente.

Et les passagers des cinq bateaux clamaient le même cantique, dont le rythme monotone s'élevait dans le ciel calme; et les cinq bateaux allaient l'un derrière l'autre, tout près l'un de l'autre.

Ils passèrent devant moi, contre moi, et je les vis
s'éloigner, j'entendis s'affaiblir et s'éteindre leur
chant.

Et je me mis à rêver à des choses délicieuses,
comme rêvent les tout jeunes gens, d'une façon
puérile et charmante.

Comme il fuit vite, cet âge de la rêverie, le seul
âge heureux de l'existence! Jamais on n'est solitaire, jamais on n'est triste, jamais morose et désolé
quand on porte la faculté divine de s'égarer dans les
espérances, dès qu'on est seul. Quel pays de fées,
celui où tout arrive, dans l'hallucination de la
pensée qui vagabonde! Comme la vie est belle sous
la poudre d'or des songes!

Hélas! c'est fini, cela!

Je me mis à rêver. À quoi? À tout ce qu'on attend
sans cesse, à tout ce qu'on désire, à la fortune, à la
gloire, à la femme.

Et j'allais, à grands pas rapides, caressant de la
main la tête blonde des blés qui se penchaient sous
mes doigts et me chatouillaient la peau comme si
j'eusse touché des cheveux.

Je contournai un petit promontoire et j'aperçus,
au fond d'une plage étroite et ronde, une maison
blanche, bâtie sur trois terrasses qui descendaient
jusqu'à la grève.

Pourquoi la vue de cette maison me fit-elle
tressaillir de joie? Le sais-je? On trouve parfois, en
voyageant ainsi, des coins de pays qu'on croit
connaître depuis longtemps, tant ils vous sont
familiers, tant ils plaisent à votre cœur. Est-il
possible qu'on ne les ait jamais vus? qu'on n'ait
point vécu là autrefois? Tout vous séduit, vous
enchante, la ligne douce de l'horizon, la disposition
des arbres, la couleur du sable!

Oh ! la jolie maison, debout sur ses hauts gradins !
De grands arbres fruitiers avaient poussé le long des
terrasses qui descendaient vers l'eau, comme des
marches géantes. Et chacun portait, ainsi qu'une
couronne d'or, sur son faîte, un long bouquet de
genêts d'Espagne en fleur !

Je m'arrêtai, saisi d'amour pour cette demeure.
Comme j'eusse aimé la posséder, y vivre, toujours !

Je m'approchai de la porte, le cœur battant
d'envie, et j'aperçus, sur un des piliers de la bar-
rière, un grand écriteau : *À vendre.*

J'en ressentis une secousse de plaisir comme si on
me l'eût offerte, comme si on me l'eût donnée, cette
demeure ! Pourquoi ? oui, pourquoi ? Je n'en sais
rien !

« À vendre. » Donc elle n'était presque plus à
quelqu'un, elle pouvait être à tout le monde, à moi,
à moi ! Pourquoi cette joie, cette sensation d'allé-
gresse profonde, inexplicable ? Je savais bien pourtant que je ne l'achèterais point ! Comment l'aurais-
je payée ? N'importe, elle était à vendre. L'oiseau en
cage appartient à son maître, l'oiseau dans l'air est
à moi, n'étant à aucun autre.

Et j'entrai dans le jardin. Oh ! le charmant jardin
avec ses estrades superposées, ses espaliers aux
longs bras de martyrs crucifiés, ses touffes de genêts
d'or, et deux vieux figuiers au bout de chaque
terrasse.

Quand je fus sur la dernière, je regardai l'horizon.
La petite plage s'étendait à mes pieds, ronde et
sablonneuse, séparée de la haute mer par trois
rochers lourds et bruns qui en fermaient l'entrée et
devaient briser les vagues aux jours de grosse mer.

Sur la pointe, en face, deux pierres énormes, l'une
debout, l'autre couchée dans l'herbe, un menhir et

un dolmen[6], pareils à deux époux étranges, immobilisés par quelque maléfice, semblaient regarder
toujours la petite maison qu'ils avaient vu construire, eux qui connaissaient, depuis des siècles,
cette baie autrefois solitaire, la petite maison qu'ils
verraient s'écrouler, s'émietter, s'envoler, disparaître, la petite maison à vendre !

Oh ! vieux dolmen et vieux menhir, que je vous
aime !

Et je sonnai à la porte comme si j'eusse sonné
chez moi. Une femme vint m'ouvrir, une bonne, une
vieille petite bonne vêtue de noir, coiffée de blanc,
qui ressemblait à une béguine. Il me sembla que je
la connaissais aussi, cette femme.

Je lui dis : « Vous n'êtes pas bretonne, vous ? »

Elle répondit : « Non, Monsieur, je suis de Lorraine. » Elle ajouta : « Vous venez pour visiter la
maison ?

— Eh ! oui, parbleu. »

Et j'entrai.

Je reconnaissais tout, me semblait-il, les murs, les
meubles. Je m'étonnai presque de ne pas trouver
mes cannes dans le vestibule.

Je pénétrai dans le salon, un joli salon tapissé de
nattes, et qui regardait la mer par trois larges
fenêtres. Sur la cheminée, des potiches de Chine et
une grande photographie de femme. J'allais[7] vers
elle aussitôt, persuadé que je la reconnaîtrais aussi.
Et je la reconnus, bien que je fusse certain de ne
l'avoir jamais rencontrée. C'était elle, elle-même,
celle que j'attendais, que je désirais, que j'appelais,
dont le visage hantait mes rêves. Elle, celle qu'on
cherche toujours, partout, celle qu'on va voir dans
la rue tout à l'heure, qu'on va trouver sur la route
dans la campagne dès qu'on aperçoit une ombrelle

rouge sur les blés, celle qui doit être déjà arrivée dans l'hôtel où j'entre en voyage, dans le wagon où je vais monter, dans le salon dont la porte s'ouvre devant moi.

C'était elle, assurément, indubitablement elle! Je la reconnus à ses yeux qui me regardaient, à ses cheveux roulés à l'anglaise, à sa bouche surtout, à ce sourire que j'avais deviné depuis longtemps.

Je demandai aussitôt : « Quelle est cette femme? »

La bonne à tête de béguine répondit sèchement : « C'est Madame. »

Je repris : « C'est votre maîtresse? »

Elle répliqua avec son air dévot et dur : « Oh! non, Monsieur. »

Je m'assis et je prononçai : « Contez-moi ça. »

Elle demeurait stupéfaite, immobile, silencieuse.

J'insistai : « C'est la propriétaire de cette maison, alors! »

— Oh! non, Monsieur.

— À qui appartient donc cette maison?

— À mon maître, M. Tournelle. »

J'étendis le doigt vers la photographie.

« Et cette femme, qu'est-ce que c'est?

— C'est Madame.

— La femme de votre maître?

— Oh! non, Monsieur.

— Sa maîtresse alors? »

La béguine ne répondit pas. Je repris, mordu par une vague jalousie, par une colère confuse contre cet homme qui avait trouvé cette femme :

« Où sont-ils maintenant? »

La bonne murmura :

« Monsieur est à Paris, mais, pour Madame, je ne sais pas. »

Je tressaillis : « Ah ! Ils ne sont plus ensemble.

— Non, Monsieur. »

Je fus rusé ; et, d'une voix grave : « Dites-moi ce qui est arrivé, je pourrai peut être rendre service à votre maître. Je connais cette femme, c'est une méchante ! »

La vieille servante me regarda, et devant mon air ouvert et franc, elle eut confiance.

« Oh ! Monsieur, elle a rendu mon maître bien malheureux. Il a fait sa connaissance en Italie et il l'a ramenée avec lui comme s'il l'avait épousée. Elle chantait très bien. Il l'aimait, Monsieur, que ça faisait pitié de le voir. Et ils ont été en voyage dans ce pays-ci, l'an dernier. Et ils ont trouvé cette maison qui avait été bâtie par un fou, un vrai fou pour s'installer à deux lieues du village. Madame a voulu l'acheter tout de suite, pour y rester avec mon maître. Et il a acheté la maison pour lui faire plaisir.

» Ils y sont demeurés tout l'été dernier, Monsieur, et presque tout l'hiver.

» Et puis, voilà qu'un matin, à l'heure du déjeuner, Monsieur m'appelle : " Césarine, est-ce que Madame est rentrée ?

» — Mais non, Monsieur. "

» On attendit toute la journée. Mon maître était comme un furieux. On chercha partout, on ne la trouva pas. Elle était partie, Monsieur, on n'a jamais su où ni comment. »

Oh ! quelle joie m'envahit ! J'avais envie d'embrasser la béguine, de la prendre par la taille et de la faire danser dans le salon !

Ah ! elle était partie, elle s'était sauvée, elle l'avait quitté fatiguée, dégoûtée de lui ! Comme j'étais heureux !

La vieille bonne reprit : « Monsieur a eu un chagrin à mourir, et il est retourné à Paris en me laissant avec mon mari pour vendre la maison. On en demande vingt mille francs. »

Mais je n'écoutais plus ! Je pensais à elle ! Et, tout à coup, il me sembla que je n'avais qu'à repartir pour la trouver, qu'elle avait dû revenir dans le pays, ce printemps, pour voir la maison, sa gentille maison, qu'elle aurait tant aimée, sans lui.

Je jetai dix francs dans les mains de la vieille femme ; je saisis la photographie, et je m'enfuis en courant et baisant éperdument le doux visage entré dans le carton.

Je regagnai la route et me remis à marcher, en la regardant, elle ! Quelle joie qu'elle fût libre, qu'elle se fût sauvée ! Certes, j'allais la rencontrer aujourd'hui ou demain, cette semaine ou la suivante, puisqu'elle l'avait quitté ! Elle l'avait quitté parce que mon heure était venue !

Elle était libre, quelque part dans le monde ! Je n'avais plus qu'à la trouver puisque je la connaissais.

Et je caressais toujours les têtes ployantes des blés mûrs, je buvais l'air marin qui me gonflait la poitrine, je sentais le soleil me baiser le visage. J'allais, j'allais éperdu de bonheur, enivré d'espoir[8]. J'allais, sûr de la rencontrer bientôt et de la ramener pour habiter à notre tour dans la jolie maison *À vendre*. Comme elle s'y plairait, cette fois !

L'INCONNUE[1]

On parlait de bonnes fortunes et chacun en racontait d'étranges : rencontres surprenantes et délicieuses, en wagon, dans un hôtel, à l'étranger, sur une plage. Les plages, au dire de Roger des Annettes, étaient singulièrement favorables à l'amour.

Gontran, qui se taisait, fut consulté.

« C'est encore Paris qui vaut le mieux, dit-il. Il en est de la femme comme du bibelot, nous l'apprécions davantage dans les endroits où nous ne nous attendons point à en rencontrer ; mais on n'en rencontre vraiment de rares qu'à Paris. »

Il se tut quelques secondes, puis reprit :

« Cristi ! c'est gentil ! Allez un matin de printemps dans nos rues. Elles ont l'air d'éclore comme des fleurs, les petites femmes qui trottent le long des maisons. Oh ! le joli, le joli, joli spectacle ! On sent la violette au bord des trottoirs ; la violette qui passe dans les voitures lentes poussées par les marchandes.

» Il fait gai par la ville ; et on regarde les femmes. Cristi de cristi, comme elles sont tentantes avec leurs toilettes claires, leurs toilettes légères qui montrent la peau. On flâne, le nez au vent et l'esprit allumé; on flâne, et on flaire et on guette. C'est rudement bon, ces matins-là[2]!

» On la voit venir de loin, on la distingue et on la reconnaît à cent pas, celle qui va nous plaire de tout près. À la fleur de son chapeau, au mouvement de sa tête, à sa démarche, on la devine. Elle vient. On se dit : " Attention, en voilà une ", et on va au-devant d'elle en la dévorant des yeux.

» Est-ce une fillette qui fait les courses du magasin, une jeune femme qui vient de l'église ou qui va chez son amant? Qu'importe! La poitrine est ronde sous le corsage transparent. — Oh! si on pouvait mettre le doigt dessus? le doigt ou la lèvre. — Le regard est timide ou hardi, la tête brune ou blonde. Qu'importe! L'effleurement de cette femme qui trotte vous fait courir un frisson dans le dos. Et comme on la désire jusqu'au soir, celle qu'on a rencontrée ainsi! Certes, j'ai bien gardé le souvenir d'une vingtaine de créatures vues une fois ou dix fois de cette façon et dont j'aurais été follement amoureux si je les avais connues plus intimement.

» Mais voilà, celles qu'on chérirait éperdument, on ne les connaît jamais. Avez-vous remarqué ça? c'est assez drôle! On aperçoit, de temps en temps, des femmes dont la seule vue nous ravage de désirs. Mais on ne fait que les apercevoir, celles-là. Moi, quand je pense à tous les êtres adorables que j'ai coudoyés dans les rues de Paris, j'ai des crises de rage à me pendre. Où sont-elles? Qui sont-elles? Où pourrait-on les retrouver? les revoir? Un proverbe dit qu'on passe souvent à côté du bonheur, eh bien! moi je suis certain que j'ai passé plus d'une fois à côté de celle qui m'aurait pris comme un linot[3] avec l'appât de sa chair fraîche. »

Roger des Annettes avait écouté en souriant. Il répondit :

Je connais ça aussi bien que toi. Voilà ce qui m'est arrivé, à moi. Il y a cinq ans environ, je rencontrai [4] pour la première fois, sur le pont de la Concorde, une grande jeune femme un peu forte qui me fit un effet... mais un effet... étonnant. C'était une brune, une brune grasse, avec des cheveux luisants, mangeant le front, et des sourcils liant les deux yeux sous leur grand arc allant d'une tempe à l'autre. Un peu de moustache sur les lèvres faisait rêver... rêver... comme on rêve à des bois aimés en voyant un bouquet sur une table. Elle avait la taille très cambrée, la poitrine très saillante, présentée comme un défi, offerte comme une tentation. L'œil était pareil à une tache d'encre sur de l'émail blanc. Ce n'était pas un œil, mais un trou noir, un trou profond ouvert dans sa tête, dans cette femme, par où on voyait en elle, on entrait en elle. Oh ! l'étrange regard opaque et vide, sans pensée et si beau !

J'imaginai que c'était une juive. Je la suivis. Beaucoup d'hommes se retournaient. Elle marchait en se dandinant d'une façon peu gracieuse, mais troublante. Elle prit un fiacre place de la Concorde. Et je demeurai comme une bête, à côté de l'Obélisque, je demeurai frappé par la plus forte émotion de désir qui m'eût encore assailli.

J'y pensai pendant trois semaines au moins, puis je l'oubliai.

Je la revis six mois plus tard, rue de la Paix ; et je sentis, en l'apercevant, une secousse au cœur comme lorsqu'on retrouve une maîtresse follement aimée jadis. Je m'arrêtai pour bien la voir venir. Quand elle passa près de moi, à me toucher, il me sembla que j'étais devant la bouche d'un four. Puis, lorsqu'elle se fut éloignée, j'eus la sensation d'un vent frais qui me courait sur le visage. Je ne la suivis pas. J'avais peur de faire quelque sottise, peur de moi-même.

Elle hanta souvent mes rêves. Tu connais ces obsessions-là.

Je fus un an sans la retrouver ; puis, un soir, au coucher du soleil, vers le mois de mai, je la reconnus qui montait devant moi l'avenue des Champs-Élysées.

L'arc de l'Étoile se dessinait sur le rideau de feu du ciel. Une poussière d'or, un brouillard de clarté rouge voltigeait, c'était un de ces soirs délicieux qui sont les apothéoses de Paris.

Je la suivais avec l'envie furieuse de lui parler, de m'agenouiller, de lui dire l'émotion qui m'étranglait.

Deux fois je la dépassai pour revenir. Deux fois j'éprouvai de nouveau, en la croisant, cette sensation de chaleur ardente qui m'avait frappé, rue de la Paix.

Elle me regarda. Puis je la vis entrer dans une maison de la rue de Presbourg. Je l'attendis deux heures sous une porte. Elle ne sortit pas. Je me décidai alors à interroger le concierge. Il eut l'air de ne pas me comprendre : « Ça doit être une visite », dit-il.

Et je fus encore huit mois sans la revoir.

Or, un matin de janvier, par un froid de Sibérie, je suivais le boulevard Malesherbes, en courant pour m'échauffer, quand, au coin d'une rue, je heurtai si violemment une femme qu'elle laissa tomber un petit paquet.

Je voulus m'excuser. C'était elle !

Je demeurai d'abord stupide de saisissement ; puis, lui ayant rendu l'objet qu'elle tenait à la main, je lui dis brusquement :

« Je suis désolé et ravi, Madame, de vous avoir bousculée ainsi. Voilà plus de deux ans que je vous connais, que je vous admire, que j'ai le désir le plus violent de vous être présenté ; et je ne puis arriver à savoir qui vous êtes ni où vous demeurez. Excusez de semblables paroles, attribuez-les à une envie passionnée d'être au nombre de ceux qui ont le droit de vous saluer. Un pareil sentiment ne peut vous blesser, n'est-ce pas ? Vous ne me connaissez point. Je m'appelle le baron Roger des Annettes. Informez-vous, on vous dira que je suis recevable. Maintenant, si vous résistez à ma demande, vous ferez de moi un homme infiniment malheureux. Voyons, soyez bonne, donnez-moi, indiquez-moi un moyen de vous voir. »

Elle me regardait fixement, de son œil étrange et mort, et elle répondit en souriant :

« Donnez-moi votre adresse. J'irai chez vous. »

Je fus tellement stupéfait que je dus le laisser paraître. Mais je ne suis jamais longtemps à me remettre de ces surprises-là, et je m'empressai de lui donner une carte qu'elle glissa dans sa poche d'un geste rapide, d'une main habituée aux lettres escamotées.

Je balbutiai, redevenu hardi.

« Quand vous verrai-je ? »

Elle hésita, comme si elle eût fait un calcul compliqué, cherchant sans doute à se rappeler, heure par heure, l'emploi de son temps ; puis elle murmura : « Dimanche matin, voulez-vous ?

— Je crois bien que je veux. »

Et elle s'en alla, après m'avoir dévisagé, jugé,

pesé, analysé de ce regard lourd et vague qui semblait vous laisser quelque chose sur la peau, une sorte de glu, comme s'il eût projeté sur les gens un de ces liquides épais dont se servent les pieuvres pour obscurcir l'eau et endormir leurs proies.

Je me livrai, jusqu'au dimanche, à un terrible travail d'esprit pour deviner ce qu'elle était [5] et pour me fixer une règle de conduite avec elle.

Devais-je la payer ? Comment ?

Je me décidai à acheter un bijou, un joli bijou, ma foi, que je posai, dans son écrin, sur la cheminée.

Et je l'attendis, après avoir mal dormi.

Elle arriva, vers dix heures, très calme, très tranquille, et elle me tendit la main comme si elle m'eût connu beaucoup. Je la fis asseoir, je la débarrassai de son chapeau, de son voile, de sa fourrure, de son manchon. Puis je commençai, avec un certain embarras, à me montrer plus galant, car je n'avais point de temps à perdre.

Elle ne se fit nullement prier d'ailleurs, et nous n'avions pas échangé vingt paroles que je commençais à la dévêtir. Elle continua toute seule cette besogne malaisée que je ne réussis jamais à achever. Je me pique aux épingles, je serre les cordons en des nœuds indéliables au lieu de les démêler ; je brouille tout, je confonds tout, je retarde tout et je perds la tête.

Oh ! mon cher ami, connais-tu dans la vie des moments plus délicieux que ceux-là, quand on regarde, d'un peu loin, par discrétion, pour ne point effaroucher cette pudeur d'autruche qu'elles ont toutes, celle qui se dépouille, pour vous, de toutes ses étoffes bruissantes tombant en rond à ses pieds, l'une après l'autre ?

Et quoi de plus joli aussi que leurs mouvements

pour détacher ces doux vêtements qui s'abattent, vides et mous, comme s'ils venaient d'être frappés de mort ? Comme elle est superbe et saisissante l'apparition de la chair, des bras nus et de la gorge après la chute du corsage, et combien troublante la ligne du corps devinée sous le dernier voile !

Mais voilà que, tout à coup, j'aperçus une chose surprenante, une tache noire, entre les épaules ; car elle me tournait le dos ; une grande tache en relief, très noire. J'avais promis d'ailleurs de ne pas regarder.

Qu'était-ce ? Je n'en pouvais douter pourtant, et le souvenir de la moustache visible, des sourcils unissant les yeux, de cette toison de cheveux qui la coiffait comme un casque, aurait dû me préparer à cette surprise.

Je fus stupéfait cependant, et hanté brusquement par des visions et des réminiscences singulières. Il me sembla que je voyais une des magiciennes des *Mille et Une Nuits*, un de ces êtres dangereux et perfides qui ont pour mission d'entraîner les hommes en des abîmes inconnus. Je pensai à Salomon faisant passer sur une glace la reine de Saba pour s'assurer qu'elle n'avait point le pied fourchu[6].

Et... et quand il fallut lui chanter ma chanson d'amour, je découvris que je n'avais plus de voix, mais plus un filet, mon cher. Pardon, j'avais une voix de chanteur du Pape, ce dont elle s'étonna d'abord et se fâcha ensuite absolument, car elle prononça, en se rhabillant avec vivacité :

« Il était bien inutile de me déranger. »

Je voulus lui faire accepter la bague achetée pour elle, mais elle articula avec tant de hauteur : « Pour qui me prenez-vous, Monsieur ? » que je devins

rouge jusqu'aux oreilles de cet empilement d'humi-
liations. Et elle partit sans ajouter un mot.

Or voilà toute mon aventure. Mais ce qu'il y a de
pis, c'est que maintenant, je suis amoureux d'elle et
follement amoureux.

Je ne puis plus voir une femme sans penser à elle.
Toutes les autres me répugnent, me dégoûtent, à
moins qu'elles ne lui ressemblent. Je ne puis poser
un baiser sur une joue sans voir sa joue à elle à côté
de celle que j'embrasse, et sans souffrir affreusement du désir inapaisé qui me torture.

Elle assiste à tous mes rendez-vous, à toutes mes
caresses qu'elle me gâte, qu'elle me rend odieuses.
Elle est toujours là, habillée ou nue, comme ma
vraie maîtresse; elle est là, tout près de l'autre,
debout ou couchée, visible mais insaisissable. Et je
crois maintenant que c'était bien une femme ensor-
celée, qui portait entre ses épaules un talisman
mystérieux.

Qui est-elle? Je ne le sais pas encore. Je l'ai
rencontrée de nouveau deux fois. Je l'ai saluée. Elle
ne m'a point rendu mon salut, elle a feint de ne me
point connaître. Qui est-elle! Une Asiatique, peut-
être? Sans doute une juive d'Orient? Oui, une
juive! J'ai dans l'idée que c'est une juive. Mais
pourquoi? Voilà! Pourquoi? Je ne sais pas!

LA CONFIDENCE [1]

La petite baronne de Grangerie sommeillait sur
sa chaise longue, quand la petite marquise de
Rennedon [2] entra brusquement, d'un air agité, le
corsage un peu fripé, le chapeau un peu tourné, et
elle tomba sur une chaise en disant :

« Ouf! c'est fait! »

Son amie, qui la savait calme et douce d'ordinaire, s'était redressée fort surprise. Elle demanda :

« Quoi ? Qu'est-ce que tu as fait ? »

La marquise, qui semblait ne pouvoir tenir en
place, se relevant, se mit à marcher par la chambre,
puis elle se jeta sur les pieds de la chaise longue où
reposait son amie, et, lui prenant les mains :

« Écoute, chérie, jure-moi de ne jamais répéter ce
que je vais t'avouer !

— Je te le jure.

— Sur ton salut éternel ?

— Sur mon salut éternel.

— Eh bien! je viens de me venger de Simon. »

L'autre s'écria : « Oh! que tu as bien fait!

— N'est-ce pas ? Figure-toi que, depuis six mois,
il était devenu plus insupportable encore qu'autrefois; mais insupportable pour tout. Quand je l'ai
épousé, je savais bien qu'il était laid, mais je le

croyais bon. Comme je m'étais trompée! Il avait
pensé, sans doute, que je l'aimais pour lui-même,
avec son gros ventre et son nez rouge, car il se mit à
roucouler comme un tourtereau. Moi, tu comprends, ça me faisait rire, c'est de là que je l'ai
appelé : Pigeon. Les hommes, vraiment, se font de
drôles d'idées sur eux-mêmes. Quand il a compris
que je n'avais pour lui que de l'amitié, il est devenu
soupçonneux, il a commencé à me dire des choses
aigres, à me traiter de coquette, de rouée, de je ne
sais quoi. Et puis, c'est devenu plus grave à la suite
de... de... c'est fort difficile à dire ça... Enfin, il était
très amoureux de moi... très amoureux... et il me le
prouvait souvent, trop souvent. Oh ! ma chère, en
voilà un supplice que d'être... aimée par un homme
grotesque... Non, vraiment, je ne pouvais plus...
plus du tout... c'est comme si on vous arrachait une
dent tous les soirs... bien pis que ça, bien pis ! Enfin
figure-toi dans tes connaissances quelqu'un de très
vilain, de très ridicule, de très répugnant, avec un
gros ventre — c'est ça qui est affreux —, et de gros
mollets velus. Tu le vois, n'est-ce pas ? Eh bien,
figure-toi encore que ce quelqu'un-là est ton mari...
et que... tous les soirs... tu comprends. Non, c'est
odieux !... odieux !... Moi, ça me donnait des nausées, de vraies nausées... des nausées dans ma
cuvette. Vrai, je ne pouvais plus. Il devrait y avoir
une loi pour protéger les femmes dans ces cas-là. —
Mais figure-toi ça, tous les soirs... Pouah ! que c'est
sale !

» Ce n'est pas que j'aie rêvé des amours poétiques, non, jamais. On n'en trouve plus. Tous les
hommes, dans notre monde, sont des palefreniers
ou des banquiers ; ils n'aiment que les chevaux ou
l'argent ; et s'ils aiment les femmes, c'est à la façon

des chevaux, pour les montrer dans leur salon comme on montre au bois une paire d'alezans. Rien de plus. La vie est telle aujourd'hui que le sentiment n'y peut avoir aucune part.

» Vivons donc en femmes pratiques et indifférentes. Les relations même ne sont plus que des rencontres régulières, où on répète chaque fois les mêmes choses. Pour qui pourrait-on, d'ailleurs, avoir un peu d'affection ou de tendresse ? Les hommes, nos hommes, ne sont en général que des mannequins corrects à qui manquent toute intelligence et toute délicatesse. Si nous cherchons un peu d'esprit comme on cherche de l'eau dans le désert, nous appelons près de nous des artistes ; et nous voyons arriver des poseurs insupportables ou des bohèmes mal élevés. Moi je cherche un homme, comme Diogène, un seul homme dans toute la société parisienne ; mais je suis déjà bien certaine de ne pas le trouver et je ne tarderai pas à souffler ma lanterne. Pour en revenir à mon mari, comme ça me faisait une vraie révolution de le voir entrer chez moi en chemise et en caleçon, j'ai employé tous les moyens, tous, tu entends bien, pour l'éloigner et pour... le dégoûter de moi. Il a d'abord été furieux ; et puis il est devenu jaloux ; il s'est imaginé que je le trompais. Dans les premiers temps, il se contentait de me surveiller. Il regardait avec des yeux de tigre tous les hommes qui venaient à la maison ; et puis la persécution a commencé. Il m'a suivie, partout. Il a employé des moyens abominables pour me surprendre. Puis il ne m'a plus laissée causer avec personne. Dans les bals, il restait planté derrière moi, allongeant sa grosse tête de chien courant aussitôt que je disais un mot. Il me poursuivait au buffet, me défendait de danser avec celui-ci ou avec celui-là, m'emmenait au milieu du cotillon[3], me rendait stupide et ridicule et me faisait passer pour je ne sais quoi. C'est alors que j'ai cessé d'aller dans le monde.

» Dans l'intimité, c'est devenu pis encore. Figure-toi que ce misérable-là me traitait de... de... je n'oserai pas dire le mot... de catin !

» Ma chère !... il me disait le soir : " Avec qui as-tu couché aujourd'hui ? " Moi, je pleurais et il était enchanté.

» Et puis, c'est devenu pis encore. L'autre semaine, il m'emmena dîner aux Champs-Élysées. Le hasard voulut que Baubignac fût à la table voisine. Alors voilà Simon qui se met à m'écraser les pieds avec fureur et qui me grogne, par-dessus le melon : " Tu lui as donné rendez-vous, sale bête ; attends un peu. " Alors, tu ne te figurerais jamais ce qu'il a fait, ma chère : il a ôté tout doucement l'épingle de mon chapeau et il me l'a enfoncée dans le bras[4]. Moi j'ai poussé un grand cri. Tout le monde est accouru. Alors il a joué une affreuse comédie de chagrin. Tu comprends.

» À ce moment-là, je me suis dit : " Je me venge-rai et sans tarder encore. " Qu'est-ce que tu aurais fait, toi ?

— Oh ! je me serais vengée !

— Eh bien ! ça y est.

— Comment ?

— Quoi ? tu ne comprends pas ?

— Mais, ma chère... cependant...

— Eh bien, oui...

— Oui, quoi ?

— Voyons, pense à sa tête. Tu le vois bien, n'est-ce pas, avec sa grosse figure, son nez rouge et ses favoris qui tombent comme des oreilles de chien ?

— Oui.

— Pense, avec ça, qu'il est plus jaloux qu'un tigre.

— Oui.

— Eh bien, je me suis dit : Je vais me venger pour moi toute seule et pour Marie, car je comptais bien te le dire, mais rien qu'à toi, par exemple. Pense à sa figure, et pense qu'il... qu'il... qu'il est...

— Quoi... tu l'as...

— Oh! ma chérie, surtout ne le dis à personne, jure-le-moi encore!... Mais pense comme c'est comique!... pense... Il me semble tout changé depuis ce moment-là!... et je ris toute seule... toute seule... Pense donc à sa tête...!!! »

La baronne regardait son amie, et le rire fou qui lui montait à la gorge lui jaillit entre les dents; elle se mit à rire, mais à rire comme si elle avait une attaque de nerfs; et, les deux mains sur sa poitrine, la figure crispée, la respiration coupée, elle se penchait en avant comme pour tomber sur le nez.

Alors la petite marquise partit à son tour en suffoquant. Elle répétait, entre deux cascades de petits cris : « Pense... pense... est-ce drôle?... dis... pense à sa tête!... pense à ses favoris!... à son nez!... pense donc... est-ce drôle?... mais surtout... ne le dis pas... ne... le... dis pas... jamais!... »

Elles demeuraient presque suffoquées, incapables de parler, pleurant de vraies larmes dans ce délire de gaieté.

La baronne se calma la première; et toute palpitante encore : « Oh!... raconte-moi comment tu as fait ça... raconte-moi... c'est si drôle... si drôle!... »

Mais l'autre ne pouvait point parler : elle balbutiait :

« Quand j'ai eu pris ma résolution... je me suis

dit... Allons... vite... il faut que ce soit tout de suite...
Et je l'ai... fait... aujourd'hui...

— Aujourd'hui !...

— Oui... tout à l'heure... et j'ai dit à Simon de
venir me chercher chez toi pour nous amuser... Il va
venir... tout à l'heure !... Il va venir !... Pense...
pense... pense à sa tête en le regardant... »

La baronne, un peu apaisée, soufflait comme
après une course. Elle reprit :

« Oh ! dis-moi comment tu as fait... dis-moi !...

— C'est bien simple... Je me suis dit : Il est jaloux
de Baubignac ; eh bien ! ce sera Baubignac. Il est
bête comme ses pieds, mais très honnête ; incapable
de rien dire. Alors j'ai été chez lui, après déjeuner.

— Tu as été chez lui ? Sous quel prétexte ?

— Une quête... pour les orphelins...

— Raconte... vite... raconte...

— Il a été si étonné en me voyant qu'il ne pouvait
plus parler. Et puis il m'a donné deux louis pour ma
quête ; et puis comme je me levais pour m'en aller,
il m'a demandé des nouvelles de mon mari ; alors
j'ai fait semblant de ne pouvoir plus me contenir et
j'ai raconté tout ce que j'avais sur le cœur. Je l'ai
fait encore plus noir qu'il n'est, va !... Alors Baubignac s'est ému, il a cherché des moyens de me venir
en aide... et moi j'ai commencé à pleurer... mais
comme on pleure... quand on veut... Il m'a conso-
lée... il m'a fait asseoir... et puis comme je ne me
calmais pas, il m'a embrassée... Moi, je disais : " Oh,
mon pauvre ami... mon pauvre ami ! " Il répétait :
" Ma pauvre amie... ma pauvre amie ! " — et il
m'embrassait toujours... toujours... jusqu'au bout.
Voilà.

» Après ça, moi j'ai eu une grande crise de
désespoir et de reproches. — Oh ! je l'ai traité, traité

comme le dernier des derniers... Mais j'avais une envie de rire folle. Je pensais à Simon, à sa tête, à ses favoris !... Songe !... songe donc !! Dans la rue, en venant chez toi, je ne pouvais plus me tenir. Mais songe !... Ça y est !... Quoi qu'il arrive maintenant, ça y est ! Et lui qui avait tant peur de ça ! Il peut y avoir des guerres, des tremblements de terre, des épidémies, nous pouvons tous mourir... ça y est !!! Rien ne peut plus empêcher ça !! pense à sa tête... et dis-toi... ça y est !!! »

La baronne qui s'étranglait demanda :

« Reverras-tu Baubignac... ?

— Non. Jamais, par exemple... j'en ai assez... il ne vaudrait pas mieux que mon mari... »

Et elles recommencèrent à rire toutes les deux avec tant de violence qu'elles avaient des secousses d'épileptiques.

Un coup de timbre arrêta leur gaieté.

La marquise murmura : « C'est lui... regarde-le... »

La porte s'ouvrit ; et un gros homme parut, un gros homme au teint rouge, à la lèvre épaisse, aux favoris tombants ; et il roulait des yeux irrités.

Les deux jeunes femmes le regardèrent une seconde, puis elles s'abattirent brusquement sur la chaise longue, dans un tel délire de rire qu'elles gémissaient comme on fait dans les affreuses souffrances.

Et lui, répétait d'une voix sourde : « Eh bien, êtes-vous folles ?... êtes-vous folles ?... êtes-vous folles ?... »

LE BAPTÊME[1]

« Allons, docteur, un peu de cognac.
— Volontiers. »

Et le vieux médecin de marine, ayant tenu son petit verre, regarda monter jusqu'aux bords le joli liquide aux reflets dorés.

Puis il l'éleva à la hauteur de l'œil, fit passer dedans la clarté de la lampe, le flaira, en aspira quelques gouttes qu'il promena longtemps sur sa langue et sur la chair humide et délicate du palais, puis il dit :

Oh ! le charmant poison ! Ou, plutôt, le séduisant meurtrier, le délicieux destructeur de peuples !

Vous ne le connaissez pas, vous autres. Vous avez lu, il est vrai, cet admirable livre qu'on nomme *L'Assommoir*[2], mais vous n'avez pas vu, comme moi, l'alcool exterminer une tribu de sauvages, un petit royaume de nègres, l'alcool apporté par tonnelets rondelets que débarquaient d'un air placide des matelots anglais aux barbes rousses.

Mais tenez, j'ai vu, de mes yeux vu, un drame de l'alcool bien étrange et bien saisissant, et tout près d'ici, en Bretagne, dans un petit village aux environs de Pont-l'Abbé.

J'habitais alors, pendant un congé d'un an, une maison de campagne que m'avait laissée mon père. Vous connaissez cette côte plate où le vent siffle dans les ajoncs, jour et nuit, où l'on voit par places, debout ou couchées, ces énormes pierres qui furent des dieux et qui ont gardé quelque chose d'inquiétant dans leur posture, dans leur allure, dans leur forme [3]. Il me semble toujours qu'elles vont s'animer, et que je vais les voir partir par la campagne, d'un pas lent et pesant, de leur pas de colosses de granit, ou s'envoler avec des ailes immenses, des ailes de pierre, vers le paradis des Druides.

La mer enferme et domine l'horizon, la mer remuante, pleine d'écueils aux têtes noires, toujours entourés d'une bave d'écume, pareils à des chiens qui attendraient les pêcheurs.

Et eux, les hommes, ils s'en vont sur cette mer terrible qui retourne leurs barques d'une secousse de son dos verdâtre et les avale comme des pilules. Ils s'en vont dans leurs petits bateaux, le jour et la nuit, hardis, inquiets, et ivres. Ivres, ils le sont bien souvent. « Quand la bouteille est pleine, disent-ils, on voit l'écueil ; mais quand elle est vide, on ne le voit plus. »

Entrez dans ces chaumières. Jamais vous ne trouverez le père. Et si vous demandez à la femme ce qu'est devenu son homme, elle tendra les bras sur la mer sombre qui grogne et crache sa salive blanche le long du rivage. Il est resté dedans un soir qu'il avait bu un peu trop. Et le fils aîné aussi. Elle a encore quatre garçons [4], quatre grands gars blonds et forts. À bientôt leur tour.

J'habitais donc une maison de campagne près de Pont-l'Abbé. J'étais là, seul avec mon domestique, un ancien marin, et une famille bretonne qui

gardait la propriété en mon absence. Elle se compo-
sait de trois personnes, deux sœurs et un homme
qui avait épousé l'une d'elles, et qui cultivait mon
jardin.

Or, cette année-là, vers la Noël, la compagne de
mon jardinier accoucha d'un garçon.

Le mari vint me demander d'être parrain. Je ne
pouvais guère refuser, et il m'emprunta dix francs
pour les frais d'église, disait-il.

La cérémonie fut fixée au deux janvier. Depuis
huit jours la terre était couverte de neige, d'un
immense tapis livide et dur qui paraissait illimité
sur ce pays plat et bas. La mer semblait noire, au
loin derrière la plaine blanche ; et on la voyait
s'agiter, hausser son dos, rouler ses vagues, comme
si elle eût voulu se jeter sur sa pâle voisine, qui avait
l'air d'être morte, elle si calme, si morne, si froide.

À neuf heures du matin, le père Kérandec arriva
devant ma porte avec sa belle-sœur, la grande
Kermagan, et la garde qui portait l'enfant roulé
dans une couverture.

Et nous voilà partis vers l'église. Il faisait un froid
à fendre les dolmens, un de ces froids déchirants qui
cassent la peau et font souffrir horriblement de leur
brûlure de glace. Moi je pensais au pauvre petit être
qu'on portait devant nous, et je me disais que cette
race bretonne était de fer, vraiment, pour que ses
enfants fussent capables, dès leur naissance, de
supporter de pareilles promenades.

Nous arrivâmes devant l'église, mais la porte en
demeurait fermée. M. le curé était en retard.

Alors la garde, s'étant assise sur une des bornes,
près du seuil, se mit à dévêtir l'enfant. Je crus
d'abord qu'il avait mouillé ses linges, mais je vis
qu'on le mettait nu, tout nu, le misérable, tout nu,

dans l'air gelé. Je m'avançai, révolté d'une telle imprudence.

« Mais vous êtes folle ! Vous allez le tuer ! »

La femme répondit placidement : « Oh non, m'sieur not' maître, faut qu'il attende l' bon Dieu tout nu. »

Le père et la tante regardaient cela avec tranquillité. C'était l'usage. Si on ne l'avait pas suivi, il serait arrivé malheur au petit.

Je me fâchai, j'injuriai l'homme, je menaçai de m'en aller, je voulus couvrir de force la frêle créature. Ce fut en vain. La garde se sauvait devant moi en courant dans la neige, et le corps du mioche devenait violet.

J'allais quitter ces brutes quand j'aperçus le curé arrivant par la campagne suivi du sacristain et d'un gamin du pays.

Je courus vers lui et je lui dis, avec violence, mon indignation. Il ne fut point surpris, il ne hâta pas sa marche, il ne pressa point ses mouvements. Il répondit :

« Que voulez-vous, Monsieur, c'est l'usage. Ils le font tous, nous ne pouvons empêcher ça.

— Mais au moins, dépêchez-vous », criai-je.

Il reprit :

« Je ne peux pourtant pas aller plus vite. »

Et il entra dans la sacristie, tandis que nous demeurions sur le seuil de l'église où je souffrais, certes, davantage que le pauvre petit qui hurlait sous la morsure du froid.

La porte enfin s'ouvrit. Nous entrâmes. Mais l'enfant devait rester nu pendant toute la cérémonie.

Elle fut interminable. Le prêtre ânonnait les syllabes latines qui tombaient de sa bouche, scandées à contresens. Il marchait avec lenteur, avec une lenteur de tortue sacrée ; et son surplis blanc me glaçait le cœur, comme une autre neige dont il se fût enveloppé pour faire souffrir, au nom d'un Dieu inclément et barbare, cette larve humaine [5] que torturait le froid.

Le baptême enfin fut achevé selon les rites, et je vis la garde rouler de nouveau dans la longue couverture l'enfant glacé qui gémissait d'une voix aiguë et douloureuse.

Le curé me dit : « Voulez-vous venir signer le registre ? »

Je me tournai vers mon jardinier : « Rentrez bien vite, maintenant, et réchauffez-moi cet enfant-là tout de suite. » Et je lui donnai quelques conseils pour éviter, s'il en était temps encore, une fluxion de poitrine.

L'homme promit d'exécuter mes recommandations, et il s'en alla avec sa belle-sœur et la garde. Je suivis le prêtre dans la sacristie.

Quand j'eus signé, il me réclama cinq francs pour les frais.

Ayant donné dix francs au père, je refusai de payer de nouveau. Le curé menaça de déchirer la feuille et d'annuler la cérémonie. Je le menaçai à mon tour du Procureur de la République.

La querelle fut longue, je finis par payer.

À peine rentré chez moi, je voulus savoir si rien de fâcheux n'était survenu. Je courus chez Kérandec, mais le père, la belle-sœur et la garde n'étaient pas encore revenus.

L'accouchée, restée toute seule, grelottait de froid dans son lit, et elle avait faim, n'ayant rien mangé depuis la veille.

« Où diable sont-ils partis ? » demandai-je. Elle

répondit sans s'étonner, sans s'irriter : « Ils auront été bé[6] pour fêter. » C'était l'usage. Alors, je pensai à mes dix francs qui devaient payer l'église et qui paieraient l'alcool, sans doute.

J'envoyai du bouillon à la mère et j'ordonnai qu'on fît bon feu dans sa cheminée. J'étais anxieux et furieux, me promettant bien de chasser ces brutes et me demandant avec terreur ce qu'allait devenir le misérable mioche.

À six heures du soir, ils n'étaient pas revenus.

J'ordonnai à mon domestique de les attendre, et je me couchai.

Je m'endormis bientôt, car je dors comme un vrai matelot.

Je fus réveillé, dès l'aube, par mon serviteur, qui m'apportait l'eau chaude pour ma barbe.

Dès que j'eus les yeux ouverts, je demandai : « Et Kérandec ? »

L'homme hésitait, puis il balbutia : « Oh ! il est rentré, Monsieur, à minuit passé, et soûl à ne pas marcher, et la grande Kermagan aussi, et la garde aussi. Je crois bien qu'ils avaient dormi dans un fossé, de sorte que le p'tit était mort, qu'ils s'en sont pas même aperçus. »

Je me levai d'un bond, criant :

« L'enfant est mort !

— Oui, Monsieur. Ils l'ont rapporté à la mère Kérandec. Quand elle a vu ça, elle s'est mise à pleurer ; alors ils l'ont fait boire pour la consoler.

— Comment, ils l'ont fait boire ?

— Oui, Monsieur. Mais j'ai su ça seulement au matin, tout à l'heure. Comme Kérandec n'avait pu d'eau-de-vie et pu d'argent, il a pris l'essence de la lampe que Monsieur lui a donnée ; et ils ont bu ça tous les quatre, tant qu'il en est resté dans le litre. Même que la Kérandec est bien malade. »

J'avais passé mes vêtements à la hâte, et saisissant une canne, avec la résolution de taper sur toutes ces bêtes humaines, je courus chez mon jardinier.

L'accouchée agonisait soûle d'essence minérale, à côté du cadavre bleu de son enfant.

Kérandec, la garde et la grande Kermagan ronflaient sur le sol.

Je dus soigner la femme qui mourut vers midi.

Le vieux médecin s'était tu. Il reprit la bouteille d'eau-de-vie, s'en versa un nouveau verre, et ayant encore fait courir à travers la liqueur blonde la lumière des lampes qui semblait mettre en son verre un jus clair de topazes fondues, il avala, d'un trait, le liquide perfide et chaud.

IMPRUDENCE[1]

Avant le mariage, ils s'étaient aimés chastement, dans les étoiles. Ça avait été d'abord une rencontre charmante sur une plage de l'Océan. Il l'avait trouvée délicieuse, la jeune fille rose qui passait, avec ses ombrelles claires et ses toilettes fraîches, sur le grand horizon marin. Il l'avait aimée, blonde et frêle, dans ce cadre de flots bleus et de ciel immense[2]. Et il confondait l'attendrissement que cette femme à peine éclose faisait naître en lui, avec l'émotion vague et puissante qu'éveillait dans son âme, dans son cœur, et dans ses veines l'air vif et salé, et le grand paysage plein de soleil et de vagues.

Elle l'avait aimé, elle, parce qu'il lui faisait la cour, qu'il était jeune, assez riche, gentil et délicat. Elle l'avait aimé parce qu'il est naturel aux jeunes filles d'aimer les jeunes hommes qui leur disent des paroles tendres.

Alors, pendant trois mois, ils avaient vécu côte à côte, les yeux dans les yeux et les mains dans les mains. Le bonjour qu'ils échangeaient, le matin, avant le bain, dans la fraîcheur du jour nouveau, et l'adieu du soir, sur le sable, sous les étoiles, dans la tiédeur de la nuit calme, murmurés tout bas, tout bas, avaient déjà un goût de baisers, bien que leurs lèvres ne se fussent jamais rencontrées.

Ils rêvaient l'un de l'autre aussitôt endormis, pensaient l'un à l'autre aussitôt éveillés, et, sans se le dire encore, s'appelaient et se désiraient de toute leur âme et de tout leur corps.

Après le mariage, ils s'étaient adorés sur la terre. Ça avait été d'abord une sorte de rage sensuelle et infatigable ; puis une tendresse exaltée faite de poésie palpable, de caresses déjà raffinées, d'inventions gentilles et polissonnes. Tous leurs regards signifiaient quelque chose d'impur, et tous leurs gestes leur rappelaient la chaude intimité des nuits.

Maintenant, sans se l'avouer, sans le comprendre encore peut-être, ils commençaient à se lasser l'un de l'autre. Ils s'aimaient bien, pourtant ; mais ils n'avaient plus rien à se révéler, plus rien à faire qu'ils n'eussent fait souvent, plus rien à apprendre l'un par l'autre, pas même un mot d'amour nouveau, un élan imprévu, une intonation qui fît plus brûlant le verbe connu, si souvent répété.

Ils s'efforçaient, cependant, de rallumer la flamme affaiblie des premières étreintes. Ils imaginaient, chaque jour, des ruses tendres, des gamineries naïves ou compliquées, toute une suite de tentatives désespérées pour faire renaître dans leurs cœurs l'ardeur inapaisable des premiers jours, et dans leurs veines la flamme du mois nuptial.

De temps en temps, à force de fouetter leur désir ils retrouvaient une heure d'affolement factice que suivait aussitôt une lassitude dégoûtée.

Ils avaient essayé des clairs de lune, des promenades sous les feuilles dans la douceur des soirs, de la poésie des berges baignées de brume, de l'excitation des fêtes publiques.

Or, un matin, Henriette dit à Paul :

« Veux-tu m'emmener dîner au cabaret ?

— Mais oui, ma chérie.

— Dans un cabaret très connu.

— Mais oui. »

Il la regardait, l'interrogeant de l'œil, voyant bien qu'elle pensait à quelque chose qu'elle ne voulait pas dire.

Elle reprit :

« Tu sais, dans un cabaret... comment expliquer ça ?... dans un cabaret galant... dans un cabaret où on se donne des rendez-vous ? »

Il sourit : « Oui, je comprends : dans un cabinet particulier d'un grand café ?

— C'est ça. Mais d'un grand café où tu sois connu, où tu aies déjà soupé... non... dîné.. enfin tu sais... enfin... je voudrais... non, je n'oserai jamais dire ça !

— Dis-le, ma chérie ; entre nous, qu'est-ce que ça fait ? Nous n'en sommes pas aux petits secrets.

— Non, je n'oserai pas.

— Voyons, ne fais pas l'innocente. Dis-le !

— Eh bien... eh bien... je voudrais... je voudrais être prise pour ta maîtresse... na... et que les garçons qui ne savent pas que tu es marié, me regardent comme ta maîtresse, et toi aussi... que tu me croies ta maîtresse, une heure, dans cet endroit-là, où tu dois avoir des souvenirs... Voilà !... Et je croirai moi-même que je suis ta maîtresse... Je commettrai une grosse faute... Je te tromperai... avec toi... Voilà !... C'est très vilain... Mais je voudrais... Ne me fais pas rougir... Je sens que je rougis... Tu ne te figures pas comme ça me... me... troublerait de dîner comme ça avec toi, dans un endroit pas comme il faut... dans un cabinet particulier où on s'aime tous les soirs... tous les soirs...

C'est très vilain... Je suis rouge comme une pivoine.
Ne me regarde pas... »

Il riait, très amusé, et répondit :

« Oui, nous irons, ce soir, dans un endroit très
chic où je suis connu. »

Ils montaient, vers sept heures, l'escalier d'un
grand café du boulevard, lui, souriant, l'air vainqueur, elle, timide, voilée, ravie. Dès qu'ils furent
entrés dans un cabinet meublé de quatre fauteuils
et d'un large canapé de velours rouge, le maître
d'hôtel, en habit noir, entra et présenta la carte.
Paul la tendit à sa femme.

« Qu'est-ce que tu veux manger ?

— Mais je ne sais pas, moi, ce qu'on mange ici. »

Alors il lut la litanie des plats tout en ôtant son
pardessus qu'il remit aux mains du valet. Puis il
dit :

« Menu corsé — potage bisque — poulet à la
diable, râble de lièvre, homard à l'américaine,
salade de légumes bien épicée et dessert. — Nous
boirons du champagne. »

Le maître d'hôtel souriait en regardant la jeune
femme. Il reprit la carte en murmurant :

« Monsieur Paul veut-il de la tisane ou du champagne ?

— Du champagne, très sec. »

Henriette fut heureuse d'entendre que cet homme
savait le nom de son mari[3].

Ils s'assirent, côte à côte, sur le canapé et com-
mencèrent à manger.

Dix bougies les éclairaient, reflétées dans une
grande glace ternie par des milliers de noms tracés
au diamant, et qui jetaient sur le cristal clair une
sorte d'immense toile d'araignée.

Henriette buvait coup sur coup pour s'animer, bien qu'elle se sentît étourdie dès les premiers verres. Paul, excité par des souvenirs, baisait à tous moments la main de sa femme. Ses yeux brillaient.

Elle se sentait étrangement émue par ce lieu suspect, agitée, contente, un peu souillée mais vibrante. Deux valets graves, muets, habitués à tout voir et à tout oublier, à n'entrer qu'aux instants nécessaires, et à sortir aux minutes d'épanchement, allaient et venaient vite et doucement.

Vers le milieu du dîner, Henriette était grise, tout à fait grise, et Paul, en gaieté, lui pressait le genou de toute sa force. Elle bavardait maintenant, hardie, les joues rouges, le regard vif et noyé.

« Oh! voyons, Paul, confesse-toi, tu sais, je voudrais tout savoir?

— Quoi donc, ma chérie?

— Je n'ose pas te dire.

— Dis toujours...

— As-tu eu des maîtresses... beaucoup... avant moi? »

Il hésitait, un peu perplexe, ne sachant s'il devait cacher ses bonnes fortunes ou s'en vanter.

Elle reprit :

« Oh! je t'en prie, dis-moi, en as-tu eu beaucoup?

— Mais quelques-unes.

— Combien?

— Je ne sais pas, moi... Est-ce qu'on sait ces choses-là?

— Tu ne les as pas comptées?...

— Mais non.

— Oh! alors, tu en as eu beaucoup?

— Mais oui.

— Combien à peu près... seulement à peu près?

— Mais je ne sais pas du tout, ma chérie. Il y a

des années où j'en ai eu beaucoup, et des années où j'en ai eu bien moins.

— Combien par an, dis?

— Tantôt vingt ou trente, tantôt quatre ou cinq seulement.

— Oh! ça fait plus de cent femmes en tout[4].

— Mais oui, à peu près.

— Oh! que c'est dégoûtant!

— Pourquoi ça, dégoûtant?

— Mais parce que c'est dégoûtant, quand on y pense... toutes ces femmes... nues... et toujours... toujours la même chose... Oh! que c'est dégoûtant tout de même, plus de cent femmes! »

Il fut choqué qu'elle jugeât cela dégoûtant, et répondit de cet air supérieur que prennent les hommes pour faire comprendre aux femmes qu'elles disent une sottise :

« Voilà qui est drôle, par exemple! s'il est dégoûtant d'avoir cent femmes, il est dégoûtant également d'en avoir une.

— Oh non, pas du tout!

— Pourquoi non?

— Parce que, une femme, c'est une liaison, c'est un amour qui vous attache à elle, tandis que cent femmes, c'est de la saleté, de l'inconduite. Je ne comprends pas comment un homme peut se frotter à toutes ces filles qui sont sales...

— Mais non, elles sont très propres.

— On ne peut pas être propre en faisant le métier qu'elles font.

— Mais, au contraire, c'est à cause de leur métier qu'elles sont propres.

— Oh! fi! Quand on songe que la veille elles faisaient ça avec un autre! C'est ignoble!

— Ce n'est pas plus ignoble que de boire dans ce

verre où a bu je ne sais qui, ce matin, et qu'on a bien
moins lavé, sois-en certaine, que...

— Oh! tais-toi, tu me révoltes...

— Mais alors pourquoi me demandes-tu si j'ai eu
des maîtresses?

— Dis donc, tes maîtresses, c'étaient des filles,
toutes?... Toutes les cent?

— Mais non, mais non...

— Qu'est-ce que c'était alors?

— Mais des actrices... des... des petites ouvrières
et des... quelques femmes du monde...

— Combien de femmes du monde?

— Six.

— Seulement six?

— Oui.

— Elles étaient jolies?

— Mais oui.

— Plus jolies que les filles?

— Non.

— Lesquelles est-ce que tu préférais, des filles ou
des femmes du monde?

— Les filles.

— Oh! que tu es sale! Pourquoi ça?

— Parce que je n'aime guère les talents d'ama-
teur[5].

— Oh! l'horreur! Tu es abominable, sais-tu? Dis
donc, et ça t'amusait de passer comme ça de l'une à
l'autre?

— Mais oui.

— Beaucoup?

— Beaucoup.

— Qu'est-ce qui t'amusait? Est-ce qu'elles ne se
ressemblent pas?

— Mais non.

— Ah! les femmes ne se ressemblent pas...

— Pas du tout.

— En rien ?

— En rien.

— Que c'est drôle ! Qu'est-ce qu'elles ont de différent ?

— Mais, tout.

— Le corps ?

— Mais oui, le corps.

— Le corps tout entier ?

— Le corps tout entier.

— Et quoi encore ?

— Mais, la manière de... d'embrasser, de parler, de dire les moindres choses.

— Ah ! Et c'est très amusant de changer ?

— Mais oui.

— Et les hommes aussi sont différents ?

— Ça, je ne sais pas.

— Tu ne sais pas ?

— Non.

— Ils doivent être différents.

— Oui... sans doute... »

Elle resta pensive, son verre de champagne à la main. Il était plein, elle le but d'un trait ; puis, le reposant sur la table, elle jeta ses deux bras au cou de son mari, en lui murmurant dans la bouche :

« Oh ! mon chéri, comme je t'aime !... »

Il la saisit d'une étreinte emportée... Un garçon qui entrait recula en refermant la porte ; et le service fut interrompu pendant cinq minutes environ.

Quand le maître d'hôtel reparut, l'air grave et digne, apportant les fruits du dessert, elle tenait de nouveau un verre plein entre ses doigts, et, regardant au fond du liquide jaune et transparent,

comme pour y voir des choses inconnues et rêvées,
elle murmurait d'une voix songeuse :

« Oh ! oui ! ça doit être amusant tout de
même ! »

UN FOU[1]

Il était mort chef d'un haut tribunal, magistrat intègre dont la vie irréprochable était citée dans toutes les cours de France. Les avocats, les jeunes conseillers, les juges saluaient en s'inclinant très bas, par marque d'un profond respect, sa grande figure blanche et maigre qu'éclairaient deux yeux brillants et profonds.

Il avait passé sa vie à poursuivre le crime et à protéger les faibles. Les escrocs et les meurtriers n'avaient point eu d'ennemi plus redoutable, car il semblait lire, au fond de leurs âmes, leurs pensées secrètes, et démêler, d'un coup d'œil, tous les mystères de leurs intentions.

Il était donc mort, à l'âge de quatre-vingt-deux ans, entouré d'hommages et poursuivi par les regrets de tout un peuple. Des soldats en culotte rouge l'avaient escorté jusqu'à sa tombe, et des hommes en cravate blanche avaient répandu sur son cercueil des paroles désolées et des larmes qui semblaient vraies.

Or, voici l'étrange papier que le notaire, éperdu, découvrit dans le secrétaire où il avait coutume de serrer les dossiers des grands criminels.

Cela portait pour titre :

POURQUOI ?

20 juin 1851[2]. — Je sors de la séance. J'ai fait condamner Blondel à mort! Pourquoi donc cet homme avait-il tué ses cinq enfants? Pourquoi? Souvent, on rencontre de ces gens chez qui détruire la vie est une volupté. Oui, oui, ce doit être une volupté, la plus grande de toutes peut-être; car tuer n'est-il pas ce qui ressemble le plus à créer? Faire et détruire! Ces deux mots enferment l'histoire des univers, toute l'histoire des mondes, tout ce qui est, tout! Pourquoi est-ce enivrant de tuer?

25 juin. — Songer qu'un être est là qui vit, qui marche, qui court... Un être? Qu'est-ce qu'un être? Cette chose animée, qui porte en elle le principe du mouvement et une volonté réglant ce mouvement! Elle ne tient à rien, cette chose. Ses pieds ne communiquent pas au sol. C'est un grain de vie qui remue sur la terre; et ce grain de vie, venu je ne sais d'où, on peut le détruire comme on veut. Alors, rien, plus rien. Ça pourrit, c'est fini.

26 juin. — Pourquoi donc est-ce un crime de tuer? oui, pourquoi? C'est, au contraire, la loi de la nature. Tout être a pour mission de tuer: il tue pour vivre et il tue pour tuer. — Tuer est dans notre tempérament; il faut tuer! La bête tue sans cesse, tout le jour, à tout instant de son existence. — L'homme tue sans cesse pour se nourrir, mais comme il a besoin de tuer aussi, par volupté, il a inventé la chasse! L'enfant tue les insectes qu'il trouve, les petits oiseaux, tous les petits animaux qui lui tombent sous la main. Mais cela ne suffisait pas à l'irrésistible besoin de massacre qui est en nous. Ce n'est point assez de tuer la bête ; nous avons besoin aussi de tuer l'homme. Autrefois, on satisfaisait ce besoin par des sacrifices humains. Aujourd'hui, la nécessité de vivre en société a fait du meurtre un crime. On condamne et on punit l'assassin ! Mais comme nous ne pouvons vivre sans nous livrer à cet instinct naturel et impérieux de mort, nous nous soulageons, de temps en temps, par des guerres où un peuple entier égorge un autre peuple. C'est alors une débauche de sang, une débauche où s'affolent les armées et dont se grisent encore les bourgeois, les femmes et les enfants qui lisent, le soir, sous la lampe, le récit exalté des massacres.

Et on pourrait croire qu'on méprise ceux destinés [3] à accomplir ces boucheries d'hommes ! Non. On les accable d'honneurs ! On les habille avec de l'or et des draps éclatants ; ils portent des plumes sur la tête, des ornements sur la poitrine ; et on leur donne des croix, des récompenses, des titres de toute nature. Ils sont fiers, respectés, aimés des femmes, acclamés par la foule, uniquement parce qu'ils ont pour mission de répandre le sang humain ! Ils traînent par les rues leurs instruments de mort que le passant vêtu de noir regarde avec envie. Car tuer est la grande loi jetée par la nature au cœur de l'être ! Il n'est rien de plus beau et de plus honorable que de tuer !

30 juin. — Tuer est la loi ; parce que la nature aime l'éternelle jeunesse. Elle semble crier par tous ses actes inconscients : « Vite ! vite ! vite ! » Plus elle détruit, plus elle se renouvelle.

2 juillet. — L'être — qu'est-ce que l'être ? Tout et rien. Par la pensée, il est le reflet de tout. Par la mémoire et la science, il est un abrégé du monde, dont il porte l'histoire en lui. Miroir des choses et miroir des faits, chaque être humain devient un petit univers dans l'univers !

Mais voyagez ; regardez grouiller les races, et l'homme n'est plus rien ! plus rien, rien ! Montez en barque, éloignez-vous du rivage couvert de foule, et vous n'apercevez bientôt plus rien que la côte. L'être imperceptible disparaît, tant il est petit, insignifiant. Traversez l'Europe dans un train rapide, et regardez par la portière. Des hommes, des hommes, toujours des hommes, innombrables, inconnus, qui grouillent dans les champs, qui grouillent dans les rues ; des paysans stupides sachant tout juste retourner la terre ; des femmes hideuses sachant tout juste faire la soupe du mâle et enfanter[4]. Allez aux Indes, allez en Chine, et vous verrez encore s'agiter des milliards d'êtres qui naissent, vivent et meurent sans laisser plus de trace que la fourmi écrasée sur les routes. Allez aux pays des Noirs, gîtés en des cases de boue ; aux pays des Arabes blancs, abrités sous une toile brune qui flotte au vent, et vous comprendrez que l'être isolé, déterminé, n'est rien, rien. La race est tout ? Qu'est-ce que l'être, l'être quelconque d'une tribu errante du désert ? Et ces gens, qui sont des sages, ne s'inquiètent pas de la mort. L'homme ne compte point chez eux. On tue son ennemi : c'est la guerre. Cela se faisait ainsi jadis, de manoir à manoir, de province à province.

Oui, traversez le monde et regardez grouiller les humains innombrables et inconnus. Inconnus ? Ah ! voilà le mot du problème ! Tuer est un crime parce que nous avons numéroté les êtres! Quand ils naissent, on les inscrit, on les nomme, on les baptise. La loi les prend! Voilà! L'être qui n'est point enregistré ne compte pas : tuez-le dans la lande ou dans le désert, tuez-le dans la montagne ou dans la plaine, qu'importe! La nature aime la mort ; elle ne punit pas, elle!

Ce qui est sacré, par exemple, c'est l'état civil! Voilà! C'est lui qui défend l'homme. L'être est sacré parce qu'il est inscrit à l'état civil! Respect à l'état civil, le Dieu légal. À genoux!

L'État peut tuer, lui, parce qu'il a le droit de modifier l'état civil. Quand il a fait égorger deux cent mille hommes dans une guerre, il les raye sur son état civil, il les supprime par la main de ses greffiers. C'est fini. Mais nous, qui ne pouvons point changer les écritures des mairies, nous devons respecter la vie. État civil, glorieuse Divinité qui règnes dans les temples des municipalités, je te salue. Tu es plus fort que la nature. Ah! ah!

3 juillet. — Ce doit être un étrange et savoureux plaisir[5] que de tuer, d'avoir là, devant soi, l'être vivant, pensant ; de faire dedans un petit trou, rien qu'un petit trou, de voir couler cette chose rouge qui est le sang, qui fait la vie, et de n'avoir plus, devant soi, qu'un tas de chair molle, froide, inerte, vide de pensée!

5 août. — Moi qui ai passé mon existence à juger, à condamner, à tuer par des paroles prononcées, à tuer par la guillotine ceux qui avaient tué par le couteau, moi! moi! si je faisais comme tous les assassins que j'ai frappés, moi! moi! qui le saurait ?

10 août. — Qui le saurait jamais ? Me soupçon-
nerait-on, moi, moi, surtout si je choisis un être que
je n'ai aucun intérêt à supprimer ?

15 août. — La tentation ! La tentation, elle est
entrée en moi comme un ver qui rampe. Elle rampe,
elle va ; elle se promène dans mon corps entier, dans
mon esprit, qui ne pense plus qu'à ceci : tuer ; dans
mes yeux, qui ont besoin de regarder du sang, de
voir mourir ; dans mes oreilles, où passe sans cesse
quelque chose d'inconnu, d'horrible, de déchirant
et d'affolant, comme le dernier cri d'un être ; dans
mes jambes, où frissonne le désir d'aller, d'aller à
l'endroit où la chose aura lieu ; dans mes mains, qui
frémissent du besoin de tuer. Comme cela doit être
bon, rare, digne d'un homme libre, au-dessus des
autres, maître de son cœur et qui cherche des
sensations raffinées [6] !

22 août. — Je ne pouvais plus résister. J'ai tué
une petite bête pour essayer, pour commencer.
Jean, mon domestique, avait un chardonneret
dans une cage suspendue à la fenêtre de l'office. Je
l'ai envoyé faire une course, et j'ai pris le petit
oiseau dans ma main, dans ma main où je sentais
battre son cœur. Il avait chaud. Je suis monté dans
ma chambre. De temps en temps, je le serrais plus
fort ; son cœur battait plus vite ; c'était atroce et
délicieux. J'ai failli l'étouffer. Mais je n'aurais pas
vu le sang.
Alors j'ai pris des ciseaux, de courts ciseaux à
ongles, et je lui ai coupé la gorge en trois coups, tout
doucement. Il ouvrait le bec, il s'efforçait de
m'échapper, mais je le tenais, oh ! je le tenais ;

j'aurais tenu un dogue enragé et j'ai vu le sang couler. Comme c'est beau, rouge, luisant, clair, du sang ! J'avais envie de le boire. J'y ai trempé le bout de ma langue ! C'est bon. Mais il en avait si peu, ce pauvre petit oiseau ! Je n'ai pas eu le temps de jouir de cette vue comme j'aurais voulu. Ce doit être superbe de voir saigner un taureau.

Et puis j'ai fait comme les assassins, comme les vrais. J'ai lavé les ciseaux, je me suis lavé les mains, j'ai jeté l'eau et j'ai porté le corps, le cadavre, dans le jardin pour l'enterrer. Je l'ai enfoui sous un fraisier. On ne le trouvera jamais. Je mangerai tous les jours une fraise à cette plante. Vraiment, comme on peut jouir de la vie, quand on sait !

Mon domestique a pleuré ; il croit son oiseau parti. Comment me soupçonnerait-il ! Ah ! ah !

25 août. — Il faut que je tue un homme ! Il le faut.

30 août. — C'est fait. Comme c'est peu de chose !

J'étais allé me promener dans le bois de Vernes. Je ne pensais à rien, non, à rien. Voilà un enfant dans le chemin, un petit garçon qui mangeait une tartine de beurre.

Il s'arrête pour me voir passer et dit : « Bonjour, m'sieu le Président. »

Et la pensée m'entre dans la tête : « Si je le tuais ? »

Je réponds : « Tu es tout seul, mon garçon ?

— Oui, M'sieu.

— Tout seul dans le bois ?

— Oui, M'sieu. »

L'envie de le tuer me grisait comme de l'alcool. Je m'approchai tout doucement, persuadé qu'il allait s'enfuir. Et voilà que je le saisis à la gorge... Je le serre, je le serre de toute ma force! Il m'a regardé avec des yeux effrayants! Quels yeux! Tout ronds, profonds, limpides, terribles! Je n'ai jamais éprouvé une émotion si brutale... mais si courte! Il tenait mes poignets dans ses petites mains, et son corps se tordait ainsi qu'une plume sur le feu. Puis il n'a plus remué.

Mon cœur battait, ah! le cœur de l'oiseau! J'ai jeté le corps dans le fossé, puis de l'herbe par-dessus.

Je suis rentré, j'ai bien dîné. Comme c'est peu de chose! Le soir, j'étais très gai, léger, rajeuni, j'ai passé la soirée chez le préfet. On m'a trouvé spirituel.

Mais je n'ai pas vu le sang! Je suis tranquille.

30 août[7]. — On a découvert le cadavre. On cherche l'assassin. Ah! ah!

1er septembre. — On a arrêté deux rôdeurs. Les preuves manquent.

2 septembre. — Les parents sont venus me voir. Ils ont pleuré! Ah! ah!

6 octobre[8]. — On n'a rien découvert. Quelque vagabond errant aura fait le coup. Ah! ah! Si j'avais vu le sang couler, il me semble que je serais tranquille à présent!

10 octobre. — L'envie de tuer me court dans les moelles. Cela est comparable aux rages d'amour qui vous torturent à vingt ans.

20 octobre. — Encore un. J'allais le long du fleuve, après déjeuner. Et j'aperçus, sous un saule, un pêcheur endormi. Il était midi. Une bêche semblait, tout exprès, plantée dans un champ de pommes de terre voisin.

Je la pris, je revins ; je la levai comme une massue et, d'un seul coup, par le tranchant, je fendis la tête du pêcheur. Oh ! il a saigné, celui-là ! Du sang rose, plein de cervelle ! Cela coulait dans l'eau, tout doucement. Et je suis parti d'un pas grave. Si on m'avait vu ! Ah ! ah ! j'aurais fait un excellent assassin.

25 octobre. — L'affaire du pêcheur soulève un grand bruit. On accuse du meurtre son neveu, qui pêchait avec lui.

26 octobre. — Le juge d'instruction affirme que le neveu est coupable. Tout le monde le croit par la ville. Ah ! ah !

27 octobre. — Le neveu se défend bien mal. Il était parti au village acheter du pain et du fromage, affirme-t-il. Il jure qu'on a tué son oncle pendant son absence. Qui le croirait ?

28 octobre. — Le neveu a failli avouer, tant on lui fait perdre la tête ! Ah ! ah ! la justice !

15 novembre. — On a des preuves accablantes contre le neveu, qui devait hériter de son oncle. Je présiderai les assises.

25 janvier. — A mort ! à mort ! à mort ! Je l'ai fait

condamner à mort! Ah! ah! L'avocat général a parlé comme un ange! Ah! ah! Encore un. J'irai le voir exécuter!

10 mars. — C'est fini. On l'a guillotiné ce matin. Il est très bien mort! très bien! Cela m'a fait plaisir! Comme c'est beau de voir trancher la tête d'un homme! Le sang a jailli comme un flot, comme un flot! Oh! si j'avais pu, j'aurais voulu me baigner dedans. Quelle ivresse de me coucher là-dessous, de recevoir cela dans mes cheveux et sur mon visage, et de me relever tout rouge, tout rouge! Ah! si on savait!

Maintenant j'attendrai, je puis attendre. Il faudrait si peu de chose pour me laisser surprendre.

. . . .

Le manuscrit contenait encore beaucoup de pages, mais sans relater aucun crime nouveau.

Les médecins aliénistes à qui on l'a confié, affirment qu'il existe dans le monde beaucoup de fous ignorés, aussi adroits et aussi redoutables que ce monstrueux dément.

TRIBUNAUX RUSTIQUES[1]

La salle de la justice de paix de Gorgeville[2] est pleine de paysans, qui attendent, immobiles le long des murs, l'ouverture de la séance.

Il y en a des grands et des petits, des gros rouges et des maigres qui ont l'air taillés dans une souche de pommiers. Ils ont posé par terre leurs paniers et ils restent tranquilles, silencieux, préoccupés par leur affaire. Ils ont apporté avec eux des odeurs d'étable et de sueur, de lait aigre et de fumier. Des mouches bourdonnent sous le plafond blanc. On entend, par la porte ouverte, chanter les coqs.

Sur une sorte d'estrade s'étend une longue table couverte d'un tapis vert. Un vieux homme ridé écrit, assis à l'extrémité gauche. Un gendarme, raide sur sa chaise, regarde en l'air à l'extrémité droite. Et sur la muraille nue, un grand Christ de bois, tordu dans une pose douloureuse, semble offrir encore sa souffrance éternelle pour la cause de ces brutes aux senteurs de bêtes.

M. le juge de paix entre enfin. Il est ventru, coloré, et il secoue, dans son pas rapide de gros homme pressé, sa grande robe noire de magistrat : il s'assied, pose sa toque sur la table et regarde l'assistance avec un air de profond mépris.

C'est un lettré de province et un bel esprit d'arrondissement, un de ceux qui traduisent Horace, goûtent les petits vers de Voltaire et savent par cœur *Vert-Vert* ainsi que les poésies grivoises de Parny[3].

Il prononce :

« Allons, monsieur Potel, appelez les affaires. »

Puis souriant, il murmure :

Quidquid tentabam dicere versus erat[4]

Le greffier alors, levant son front chauve, bredouille d'une voix inintelligible : « Madame Victoire Bascule contre Isidore Paturon. »

Une énorme femme s'avance, une dame de campagne, une dame de chef-lieu de canton, avec un chapeau à rubans, une chaîne de montre en feston sur le ventre, des bagues aux doigts et des boucles d'oreilles luisantes comme des chandelles allumées.

Le juge de paix la salue d'un coup d'œil de connaissance où perce une raillerie, et dit :

« Madame Bascule, articulez vos griefs. »

La partie adverse se tient de l'autre côté. Elle est représentée par trois personnes. Au milieu, un jeune paysan de vingt-cinq ans, joufflu comme une pomme et rouge comme un coquelicot[5]. À sa droite, sa femme toute jeune, maigre, petite, pareille à une poule cayenne[6], avec une tête mince et plate que coiffe, comme une crête, un bonnet rose. Elle a un œil rond, étonné et colère, qui regarde de côté comme celui des volailles. À la gauche du garçon se tient son père, vieux homme courbé, dont le corps tortu disparaît dans sa blouse empesée, comme sous une cloche.

Mme Bascule s'explique :

« Monsieur le Juge de paix, voici quinze ans que j'ai recueilli ce garçon. Je l'ai élevé et aimé comme une mère, j'ai tout fait pour lui, j'en ai fait un homme. Il m'avait promis, il m'avait juré de ne pas me quitter, il m'en a même fait un acte, moyennant lequel je lui ai donné un petit bien, ma terre de Bec-de-Mortin, qui vaut dans les six mille. Or, voilà qu'une petite chose, une petite rien du tout, une petite morveuse...

LE JUGE DE PAIX. — Modérez-vous, madame Bascule.

Mme BASCULE. — Une petite... une petite... je m'entends... lui a tourné[7] la tête, lui a fait je ne sais quoi, non, je ne sais quoi... et il s'en va l'épouser ce sot, ce grand bête, et il lui porte mon bien en mariage, mon bien du Bec-de-Mortin... Ah! mais non, ah! mais non... J'ai un papier, le voilà... Qu'il me rende mon bien, alors. Nous avons fait un acte de notaire pour le bien et un acte de papier privé pour l'amitié. L'un vaut l'autre. Chacun son droit, est-ce pas vrai?

Elle tend au juge de paix un papier timbré grand ouvert.

ISIDORE PATURON. — C'est pas vrai.

LE JUGE DE PAIX. — Taisez-vous. Vous parlerez à votre tour. *(Il lit.)*

« Je soussigné, Isidore Paturon, promets par la présente à Mme Bascule, ma bienfaitrice, de ne jamais la quitter vivant, et de la servir avec dévouement.

» Gorgeville, le 5 août 1883[8]. »

LE JUGE DE PAIX. — Il y a une croix comme signature; vous ne savez donc pas écrire?

ISIDORE. — Non. J' sais point.

LE JUGE. — C'est vous qui l'avez faite, cette croix?

ISIDORE. — Non, c'est point mé.

LE JUGE. — Qu'est-ce[9] qui l'a faite, alors ?

ISIDORE. — C'est elle.

LE JUGE. — Vous êtes prêt à jurer que vous n'avez pas fait cette croix ?

ISIDORE, *avec précipitation.* — Sur la tête d' mon pé, d' ma mé, d' mon grand-pé, de ma grand-mé, et du bon Dieu qui m'entend, je jure que c'est point mé. *(Il lève la main et crache de côté pour appuyer son serment.)*

LE JUGE DE PAIX, *riant.* — Quels ont donc été vos rapports avec Mme Bascule, ici présente ?

ISIDORE. — A m'a servi de traînée. *(Rires dans l'auditoire.)*

LE JUGE. — Modérez vos expressions. Vous voulez dire que vos relations n'ont pas été aussi pures qu'elle le prétend.

LE PÈRE PATURON, *prenant la parole.* — I n'avait point quinze ans, point quinze ans, m'sieur l' Juge, quand a m' la débouché...

LE JUGE. — Vous voulez dire débauché ?

LE PÈRE. — Je sais ti mé ? I n'avait point quinze ans. Y en avait déjà ben quatre qu'a l'élevait en brochette[10], qu'a l' nourrissait comme un poulet gras, à l' faire crever de nourriture, sauf votre respect. Et pi, quand l' temps fut v'nu qui lui sembla prêt, qu'a l'a détravé...

LE JUGE. — Dépravé... Et vous avez laissé faire ?...

LE PÈRE. — Celle-là ou ben une autre, fallait ben qu' ça arrive !...

LE JUGE. — Alors de quoi vous plaignez-vous ?

LE PÈRE. — De rien ! Oh ! me plains de rien mé, de rien, seulement qu'i n'en veut pu, li, qu'il est ben libre. Je demande protection à la loi.

Mme BASCULE. — Ces gens m'accablent de

mensonges, monsieur le Juge. J'en ai fait un homme.

LE JUGE. — Parbleu.

Mᵐᵉ BASCULE. — Et il me renie, il m'abandonne, il me vole mon bien...

ISIDORE. — C'est pas vrai, m'sieu l' Juge. J' voulus la quitter, v'là cinq ans, vu qu'elle avait grossi d'excès, et que ça m'allait point. Ça me déplaisait, quoi ? Je li dis donc que j' vas partir. Alors v'là qu'a pleure comme une gouttière et qu'a me promet son bien du Bec-de-Mortin pour rester quéque z'années, rien que quatre ou cinq. Mé, je dis « oui » pardi ! Quéque vous auriez fait, vous ?

Je suis donc resté cinq ans [11], jour pour jour, heure pour heure. J'étais quitte. Chacun son dû. Ça valait bien ça ! (*La femme d'Isidore, muette jusque-là, crie d'une voix perçante de perruche :*)

« Mais guétez-la, guétez-la [12], m'sieu l' Juge, c'te meule, et dites-mé que ça valait bien ça ? »

LE PÈRE *hoche la tête d'un air convaincu et répète :*
— Pardi, oui, ça valait bien ça. (*Mᵐᵉ Bascule s'affaisse sur le banc derrière elle, et se met à pleurer.*)

LE JUGE DE PAIX, *paternel.* — Que voulez-vous, chère dame, je n'y peux rien. Vous lui avez donné votre terre du Bec-de-Mortin par acte parfaitement régulier. C'est à lui, bien à lui. Il avait le droit incontestable de faire ce qu'il a fait et de l'apporter en dot à sa femme. Je n'ai pas à entrer dans les questions de... de... délicatesse... Je ne peux envisager les faits qu'au point de vue de la loi. Je n'y peux rien.

LE PÈRE PATURON, *d'une voix fière.* — J' pourrais-ti r'tourner cheuz nous ?

LE JUGE. — Parfaitement. (*Ils s'en vont sous les regards sympathiques des paysans, comme des gens dont la cause est gagnée. Mme Bascule sanglote sur son banc.)*

LE JUGE DE PAIX, *souriant*. — Remettez-vous, chère dame. Voyons, voyons, remettez-vous... et... si j'ai un conseil à vous donner, c'est de chercher un autre... un autre élève...

Mme BASCULE, *à travers ses larmes*. — Je n'en trouverai pas... pas...

LE JUGE. — Je regrette de ne pouvoir vous en indiquer un. *(Elle jette un regard désespéré vers le Christ douloureux et tordu sur sa croix, puis elle se lève et s'en va, à petits pas, avec des hoquets de chagrin, cachant sa figure dans son mouchoir.)*

LE JUGE DE PAIX *se tourne vers son greffier et d'une voix goguenarde*. — Calypso ne pouvait se consoler du départ d'Ulysse [13]... *(Puis d'une voix grave :)*

« Appelez les affaires suivantes. »

LE GREFFIER *bredouille*. — Célestin Polyte Lecacheur. — Prosper Magloire Dieulafait...

L'ÉPINGLE [1]

Je ne dirai ni le nom du pays [2], ni celui de l'homme. C'était loin, bien loin d'ici, sur une côte fertile et brûlante. Nous suivions [3], depuis le matin, le rivage couvert de récoltes et la mer bleue couverte de soleil. Des fleurs poussaient tout près des vagues, des vagues légères, si douces, endormantes. Il faisait chaud ; c'était une molle chaleur parfumée de terre grasse, humide et féconde ; on croyait respirer des germes.

On m'avait dit que, ce soir-là, je trouverais l'hospitalité dans la maison du Français qui habitait au bout d'un promontoire, dans un bois d'orangers. Qui était-il ? Je l'ignorais encore. Il était arrivé un matin, dix ans plus tôt ; il avait acheté de la terre, planté des vignes, semé des grains ; il avait travaillé, cet homme, avec passion, avec fureur. Puis de mois en mois, d'année en année, agrandissant son domaine, fécondant sans arrêt le sol puissant et vierge, il avait ainsi amassé une fortune par son labeur infatigable.

Pourtant il travaillait toujours, disait-on. Levé dès l'aurore, parcourant ses champs jusqu'à la nuit, surveillant sans cesse, il semblait harcelé par une idée fixe, torturé par l'insatiable désir de l'argent que rien n'endort, que rien n'apaise.

Maintenant, il semblait très riche.

Le soleil baissait quand j'atteignis sa demeure. Elle se dressait en effet au bout d'un cap au milieu des orangers. C'était une large maison carrée toute simple et dominant la mer.

Comme j'approchais, un homme à grande barbe parut sur la porte. L'ayant salué, je lui demandai un asile pour la nuit. Il me tendit la main en souriant.

« Entrez, Monsieur, vous êtes chez vous. »

Il me conduisit dans une chambre, mit à mes ordres un serviteur, avec une aisance parfaite et une bonne grâce familière d'homme du monde ; puis il me quitta en disant :

« Nous dînerons lorsque vous voudrez bien descendre. »

Nous dînâmes en effet, en tête à tête, sur une terrasse en face de la mer. Je lui parlai d'abord de ce pays si riche, si lointain, si inconnu ! Il souriait, répondant avec distraction :

« Oui, cette terre est belle. Mais aucune terre ne plaît loin de celle qu'on aime.

— Vous regrettez la France ?

— Je regrette Paris.

— Pourquoi n'y retournez-vous pas ?

— Oh ! j'y reviendrai. »

Et, tout doucement, nous nous mîmes à parler du monde français, des boulevards et des choses de Paris. Il m'interrogeait en homme qui a connu cela, me citait des noms, tous les noms familiers sur le trottoir du Vaudeville.

« Qui voit-on chez Tortoni aujourd'hui [4] ?

— Toujours les mêmes, sauf les morts. »

Je le regardais avec attention, poursuivi par un vague souvenir. Certes, j'avais vu cette tête-là quel-

que part ! Mais où ? mais quand ? Il semblait fatigué, bien que vigoureux, triste, bien que résolu. Sa
grande barbe blonde tombait sur sa poitrine, et
parfois il la prenait près du menton et, la serrant
dans sa main refermée, l'y faisait glisser jusqu'au
bout. Un peu chauve, il avait des sourcils épais et
une forte moustache qui se mêlait aux poils des
joues.

Derrière nous, le soleil s'enfonçait dans la mer,
jetant sur la côte un brouillard de feu. Les orangers
en fleur exhalaient dans l'air du soir leur arôme
violent et délicieux. Lui ne voyait rien que moi, et,
le regard fixe, il semblait apercevoir dans mes yeux,
apercevoir au fond de mon âme l'image lointaine,
aimée et connue du large trottoir ombragé, qui va
de la Madeleine à la rue Drouot.

« Connaissez-vous Boutrelle ?

— Oui, certes.

— Est-il bien changé ?

— Oui, tout blanc.

— Et La Ridamie ?

— Toujours le même.

— Et les femmes ? Parlez-moi des femmes.
Voyons. Connaissez-vous Suzanne Verner ?

— Oui, très forte, finie.

— Ah ! Et Sophie Astier ?

— Morte.

— Pauvre fille ! Est-ce que... Connaissez-vous... »

Mais il se tut brusquement. Puis, la voix changée,
la figure pâlie soudain, il reprit :

« Non, il vaut mieux que je ne parle plus de cela,
ça me ravage. »

Puis, comme pour changer la marche de son
esprit, il se leva.

« Voulez-vous rentrer ?

— Je veux bien. »

Et il me précéda dans sa maison.

Les pièces du bas étaient énormes, nues, tristes, semblaient abandonnées. Des assiettes et des verres traînaient sur des tables, laissés là par les serviteurs à peau basanée qui rôdaient sans cesse dans cette vaste demeure. Deux fusils pendaient à deux clous sur le mur; et, dans les encoignures, on voyait des bêches, des lignes de pêche, des feuilles de palmier séchées, des objets de toute espèce posés au hasard des rentrées et qui se trouvaient à portée de la main pour le hasard des sorties et des besognes.

Mon hôte sourit :

« C'est le logis, ou plutôt le taudis d'un exilé, dit-il, mais ma chambre est plus propre. Allons-y. »

Je crus, en y entrant, pénétrer dans le magasin d'un brocanteur, tant elle était remplie de choses, de ces choses disparates, bizarres et variées qu'on sent être des souvenirs. Sur les murs, deux jolis dessins de peintres connus, des étoffes, des armes, épées et pistolets, puis, juste au milieu du panneau principal, un carré de satin blanc encadré d'or.

Surpris, je m'approchai pour voir, et j'aperçus une épingle à cheveux piquée au centre de l'étoffe brillante.

Mon hôte posa sa main sur mon épaule :

« Voilà, dit-il en souriant, la seule chose que je regarde ici, et la seule que je voie depuis dix ans. M. Prudhomme proclamait : " Ce sabre est le plus beau jour de ma vie[5] ", moi, je puis dire : " Cette épingle est toute ma vie ". »

Je cherchais une phrase banale; je finis par prononcer :

« Vous avez souffert par une femme ? »

Il reprit brusquement :

« Dites que je souffre comme un misérable... Mais venez sur mon balcon. Un nom m'est venu tout à l'heure sur les lèvres que je n'ai point osé prononcer, car si vous m'aviez répondu « morte », comme vous avez fait pour Sophie Astier, je me serais brûlé la cervelle, aujourd'hui même. »

Nous étions sortis sur le large balcon d'où l'on voyait deux golfes, l'un à droite, et l'autre à gauche, enfermés par de hautes montagnes grises. C'était l'heure crépusculaire où le soleil disparu n'éclaire plus la terre que par les reflets du ciel.

Il reprit :

« Est-ce que Jeanne de Limours vit encore ? »

Son œil s'était fixé sur le mien, plein d'une angoisse frémissante.

Je souris : « Parbleu... et plus jolie que jamais.

— Vous la connaissez ?

— Oui. »

Il hésitait : « Tout à fait... ?

— Non. »

Il me prit la main : « Parlez-moi d'elle.

— Mais je n'ai rien à en dire ; c'est une des femmes, ou plutôt une des filles les plus charmantes et les plus cotées de Paris. Elle mène une existence agréable et princière, voilà tout. »

Il murmura : « Je l'aime », comme s'il eût dit : « Je vais mourir. » Puis, brusquement : « Ah ! pendant trois ans ce fut une existence effroyable et délicieuse que la nôtre. J'ai failli la tuer cinq ou six fois ; elle a tenté de me crever les yeux avec cette épingle que vous venez de voir. Tenez, regardez ce petit point blanc sous mon œil gauche. Nous nous aimions ! Comment pourrais-je expliquer cette passion-là ? Vous ne la comprendriez point.

» Il doit exister un amour simple, fait du double

élan de deux cœurs et de deux âmes ; mais il existe assurément un amour atroce, cruellement torturant, fait de l'invincible enlacement de deux êtres disparates qui se détestent en s'adorant.

» Cette fille m'a ruiné en trois ans. Je possédais quatre millions qu'elle a mangés de son air calme, tranquillement, qu'elle a croqués avec un sourire doux qui semblait tomber de ses yeux sur ses lèvres.

» Vous la connaissez ? Elle a en elle quelque chose d'irrésistible ! Quoi ? Je ne sais pas. Sont-ce ces yeux gris dont le regard entre comme une vrille et reste en vous comme le crochet d'une flèche ? C'est plutôt ce sourire doux, indifférent et séduisant, qui reste sur sa face à la façon d'un masque. Sa grâce lente pénètre peu à peu, se dégage d'elle comme un parfum, de sa taille longue, à peine balancée quand elle passe, car elle semble glisser plutôt que marcher, de sa voix un peu traînante, jolie, et qui semble être la musique de son sourire, de son geste aussi, de son geste toujours modéré, toujours juste et qui grise l'œil tant il est harmonieux. Pendant trois ans, je n'ai vu qu'elle sur la terre ! Comme j'ai souffert ! Car elle me trompait avec tout le monde ! Pourquoi ? Pour rien, pour tromper. Et quand je l'avais appris, quand je la traitais de fille et de gueuse, elle avouait tranquillement : " Est-ce que nous sommes mariés ? " disait-elle.

» Depuis que je suis ici, j'ai tant songé à elle que j'ai fini par la comprendre : cette fille-là, c'est Manon Lescaut revenue. C'est Manon, qui ne pourrait pas aimer sans tromper, Manon pour qui l'amour, le plaisir et l'argent ne font qu'un[6]. »

Il se tut. Puis, après quelques minutes :

« Quand j'eus mangé mon dernier sou pour elle,

elle m'a dit simplement : " Vous comprenez, mon
cher, que je ne peux pas vivre de l'air et du temps [7].
Je vous aime beaucoup, je vous aime plus que
personne, mais il faut vivre. La misère et moi ne
ferons jamais bon ménage. "

» Et si je vous disais, pourtant, quelle vie atroce
j'ai menée à côté d'elle ! Quand je la regardais,
j'avais autant envie de la tuer que de l'embrasser.
Quand je la regardais... je sentais un besoin furieux
d'ouvrir les bras, de l'étreindre et de l'étrangler. Il y
avait en elle, derrière ses yeux, quelque chose de
perfide et d'insaisissable qui me faisait l'exécrer ; et
c'est peut-être à cause de cela que je l'aimais tant.
En elle, le Féminin, l'odieux et affolant Féminin
était plus puissant qu'en aucune autre femme. Elle
en était chargée, surchargée comme d'un fluide
grisant et vénéneux. Elle était Femme, plus qu'on
ne l'a jamais été [8].

» Et tenez, quand je sortais avec elle, elle posait
son œil sur tous les hommes d'une telle façon,
qu'elle semblait se donner à chacun, d'un seul
regard. Cela m'exaspérait et m'attachait à elle
davantage, cependant. Cette créature, rien qu'en
passant dans la rue, appartenait à tout le monde,
malgré moi, malgré elle, par le fait de sa nature
même, bien qu'elle eût l'allure modeste et douce.
Comprenez-vous ?

» Et quel supplice ! Au théâtre, au restaurant, il
me semblait qu'on la possédait sous mes yeux. Et
dès que je la laissais seule, d'autres, en effet, la
possédaient.

» Voilà dix ans que je ne l'ai vue, et je l'aime plus
que jamais ! »

La nuit s'était répandue sur la terre. Un parfum
puissant d'orangers flottait dans l'air.

Je lui dis :

« La reverrez-vous ? »

Il répondit :

« Parbleu ! J'ai maintenant ici, tant en terre qu'en argent, sept à huit cent mille francs. Quand le million sera complet, je vendrai tout et je partirai. J'en ai pour un an avec elle — une bonne année entière[9]. — Et puis adieu, ma vie sera close. »

Je demandai : « Mais ensuite ?

— Ensuite, je ne sais pas. Ce sera fini ! Je lui demanderai peut-être de me prendre comme valet de chambre[10]. »

LES BÉCASSES [1]

Ma chère amie [2], vous me demandez pourquoi je ne rentre pas à Paris ; vous vous étonnez, et vous vous fâchez presque. La raison que je vais vous donner va, sans doute, vous révolter : est-ce qu'un chasseur rentre à Paris au moment du passage des bécasses [3] ?

Certes, je comprends et j'aime assez cette vie de la ville, qui va de la chambre au trottoir ; mais je préfère la vie libre, la rude vie d'automne du chasseur.

À Paris, il me semble que je ne suis jamais dehors ; car les rues ne sont, en somme, que de grands appartements communs, et sans plafond. Est-on à l'air, entre deux murs, les pieds sur des pavés de bois ou de pierre, le regard borné partout par des bâtiments, sans aucun horizon de verdure, de plaines ou de bois ? Des milliers de voisins vous coudoient, vous poussent, vous saluent et vous parlent ; et le fait de recevoir de l'eau sur un parapluie quand il pleut ne suffit pas à me donner l'impression, la sensation de l'espace.

Ici, je perçois bien nettement, et délicieusement la différence du dedans et du dehors [4]... Mais ce n'est pas de cela que je veux vous parler...

Donc les bécasses passent.

Il faut vous dire que j'habite une grande maison normande, dans une vallée, auprès d'une petite rivière, et que je chasse presque tous les jours.

Les autres jours, je lis ; je lis même des choses que les hommes de Paris n'ont pas le temps de connaître, des choses très sérieuses, très profondes, très curieuses, écrites par un brave savant de génie, un étranger qui a passé toute sa vie à étudier la même question et a observé les mêmes faits relatifs à l'influence du fonctionnement de nos organes sur notre intelligence [5].

Mais je veux vous parler des bécasses. Donc mes deux amis, les frères d'Orgemol et moi, nous restons ici pendant la saison de chasse, en attendant les premiers froids. Puis, dès qu'il gèle, nous partons pour leur ferme de Cannetot [6] près de Fécamp, parce qu'il y a là un petit bois délicieux, un petit bois divin, où viennent loger toutes les bécasses qui passent.

Vous connaissez les d'Orgemol, ces deux géants, ces deux Normands des premiers temps, ces deux mâles de la vieille et puissante race de conquérants qui envahit la France, prit et garda l'Angleterre, s'établit sur toutes les côtes du vieux monde, éleva des villes partout, passa comme un flot sur la Sicile en y créant un art admirable, battit tous les rois, pilla les plus fières cités, roula les papes dans leurs ruses de prêtres et les joua, plus madrés que ces pontifes italiens, et surtout laissa des enfants dans tous les lits de la terre. Les d'Orgemol sont deux Normands timbrés au meilleur titre [7], ils ont tout des Normands, la voix, l'accent, l'esprit, les cheveux blonds et les yeux couleur de la mer.

Quand nous sommes ensemble, nous parlons

patois, nous vivons, pensons, agissons en Normands, nous devenons des Normands terriens plus paysans que nos fermiers.

Or, depuis quinze jours, nous attendions les bécasses.

Chaque matin l'aîné, Simon, me disait : « Hé, v'là l' vent qui passe à l'est, y va geler. Dans deux jours, elles viendront. »

Le cadet Gaspard, plus précis, attendait que la gelée fût venue pour l'annoncer.

Or, jeudi dernier, il entra dans ma chambre dès l'aurore en criant :

« Ça y est, la terre est toute blanche. Deux jours comme ça et nous allons à Cannetot. »

Deux jours plus tard, en effet, nous partions pour Cannetot. Certes, vous auriez ri en nous voyant. Nous nous déplaçons dans une étrange voiture de chasse que mon père fit construire autrefois. Construire est le seul mot que je puisse employer en parlant de ce monument voyageur, ou plutôt de ce tremblement de terre roulant. Il y a de tout là-dedans : caisses pour les provisions, caisses pour les armes, caisses pour les malles, caisses à claire-voie pour les chiens. Tout y est à l'abri, excepté les hommes, perchés sur des banquettes à balustrades, hautes comme un troisième étage et portées par quatre roues gigantesques. On parvient là-dessus comme on peut, en se servant des pieds, des mains et même des dents à l'occasion, car aucun marche-pied ne donne accès sur cet édifice.

Donc, les deux d'Orgemol et moi nous escaladons cette montagne, en des accoutrements de Lapons. Nous sommes vêtus de peaux de mouton ; nous portons des bas de laine énormes par-dessus nos pantalons, et des guêtres par-dessus nos bas de laine ; nous avons des coiffures en fourrure noire et des gants en fourrure blanche. Quand nous sommes installés, Jean, mon domestique, nous jette nos trois bassets, Pif, Paf[8] et Moustache. Pif appartient à Simon, Paf à Gaspard et Moustache à moi. On dirait trois petits crocodiles à poil. Ils sont longs, bas, crochus, avec des pattes torses, et tellement velus qu'ils ont l'air de broussailles jaunes. À peine voit-on leurs yeux noirs sous leurs sourcils, et leurs crocs blancs sous leurs barbes. Jamais on ne les enferme dans les chenils roulants de la voiture. Chacun de nous garde le sien sous ses pieds pour avoir chaud.

Et nous voilà partis, secoués abominablement. Il gelait, il gelait ferme. Nous étions contents. Vers cinq heures nous arrivions. Le fermier, maître Picot, nous attendait devant la porte. C'est aussi un gaillard, pas grand, mais rond, trapu, vigoureux comme un dogue, rusé comme un renard, toujours souriant, toujours content et sachant faire argent de tout.

C'est grande fête pour lui, au moment des bécasses.

La ferme est vaste, un vieux bâtiment dans une cour à pommiers, entourée de quatre rangs de hêtres qui bataillent toute l'année contre le vent de mer.

Nous entrons dans la cuisine où flambe un beau feu en notre honneur.

Notre table est mise tout contre la haute cheminée où tourne et cuit, devant la flamme claire, un gros poulet dont le jus coule dans un plat de terre.

La fermière alors nous salue, une grande femme muette, très polie, tout occupée des soins de la maison, la tête pleine d'affaires et de chiffres, prix des grains, des volailles, des moutons, des bœufs.

C'est une femme d'ordre, rangée et sévère, connue à sa valeur dans les environs.

Au fond de la cuisine s'étend la grande table où viendront s'asseoir tout à l'heure les valets de tout ordre, charretiers, laboureurs, goujats, filles de ferme, bergers; et tous ces gens mangeront en silence sous l'œil actif de la maîtresse, en nous regardant dîner avec maître Picot, qui dira des blagues pour rire. Puis, quand tout son personnel sera repu, madame Picot prendra, seule, son repas rapide et frugal sur un coin de table, en surveillant la servante.

Aux jours ordinaires elle dîne avec tout son monde.

Nous couchons tous les trois, les d'Orgemol et moi, dans une chambre blanche, toute nue, peinte à la chaux, et qui contient seulement nos trois lits, trois chaises et trois cuvettes.

Gaspard s'éveille toujours le premier, et sonne une diane retentissante. En une demi-heure tout le monde est prêt et on part avec maître Picot qui chasse avec nous.

Maître Picot me préfère à ses maîtres. Pourquoi ? sans doute parce que je ne suis pas son maître. Donc nous voilà tous les deux qui gagnons le bois par la droite, tandis que les deux frères vont attaquer par la gauche. Simon a la direction des chiens qu'il traîne, tous les trois attachés au bout d'une corde.

Car nous ne chassons pas la bécasse, mais le lapin. Nous sommes convaincus qu'il ne faut pas chercher la bécasse, mais la trouver. On tombe dessus et on la tue, voilà. Quand on veut spéciale-ment en rencontrer, on ne les pince jamais. C'est vraiment une chose belle et curieuse que d'entendre dans l'air frais du matin, la détonation brève du

fusil, puis la voix formidable de Gaspard emplir
l'horizon et hurler : « Bécasse. — Elle y est. »

Moi je suis sournois. Quand j'ai tué une bécasse,
je crie : « Lapin ! » Et je triomphe avec excès lorsqu'on sort les pièces du carnier, au déjeuner de
midi.

Donc, nous voilà, maître Picot et moi, dans le
petit bois dont les feuilles tombent avec un murmure doux et continu, un murmure sec, un peu
triste, elles sont mortes[9]. Il fait froid, un froid
léger qui pique les yeux, le nez, et les oreilles et
qui a poudré d'une fine mousse blanche le bout
des herbes et la terre brune des labourés. Mais on
a chaud tout le long des membres, sous la grosse
peau de mouton. Le soleil est gai dans l'air bleu,
il ne chauffe guère, mais il est gai. Il fait bon
chasser au bois par les frais matins d'hiver.

Là-bas, un chien jette un aboiement aigu. C'est
Pif. Je connais sa voix frêle. Puis, plus rien. Voilà
un autre cri, puis un autre ; et Paf à son tour
donne de la gueule. Que fait donc Moustache ?
Ah ! le voilà qui piaule comme une poule qu'on
étrangle ! Ils ont levé un lapin. Attention, maître
Picot !

Ils s'éloignent, se rapprochent, s'écartent
encore, puis reviennent ; nous suivons leurs allées
imprévues, en courant dans les petits chemins,
l'esprit en éveil, le doigt sur la gâchette du fusil.

Ils remontent vers la plaine, nous remontons
aussi. Soudain, une tache grise, une ombre tra-
verse le sentier. J'épaule et je tire. La fumée
légère s'envole dans l'air bleu ; et j'aperçois sur
l'herbe une pincée de poil blanc qui remue. Alors
je hurle de toute ma force : « Lapin, lapin. — Il y
est ! » Et je le montre aux trois chiens, aux trois

crocodiles velus qui me félicitent en remuant la queue ; puis s'en vont en chercher un autre.

Maître Picot m'avait rejoint. Moustache se remit à japper. Le fermier dit : « Ça pourrait bien être un lièvre, allons au bord de la plaine. »

Mais au moment où je sortais du bois, j'aperçus, debout, à dix pas de moi, enveloppé dans son immense manteau jaunâtre, coiffé d'un bonnet de laine, et tricotant toujours un bas, comme font les bergers chez nous, le pâtre de maître Picot, Gargan, le muet. Je lui dis, selon l'usage : « Bonjour, pasteur. » Et il leva la main pour me saluer, bien qu'il n'eût pas entendu ma voix ; mais il avait vu le mouvement de mes lèvres.

Depuis quinze ans je le connaissais, ce berger. Depuis quinze ans je le voyais chaque automne, debout au bord ou au milieu d'un champ, le corps immobile, et ses mains tricotant toujours. Son troupeau le suivait comme une meute, semblait obéir à son œil.

Maître Picot me serra le bras :

« Vous savez que le berger a tué sa femme. »

Je fus stupéfait : « Gargan ? Le sourd-muet ? »

— Oui, cet hiver, et il a été jugé à Rouen. Je vais vous conter ça. »

Et il m'entraîna dans le taillis, car le pasteur savait cueillir les mots sur la bouche de son maître comme s'il les eût entendus. Il ne comprenait que lui ; mais, en face de lui, il n'était plus sourd ; et le maître, par contre, devinait comme un sorcier toutes les intentions de la pantomime du muet, tous les gestes de ses doigts, les plis de ses joues et le reflet de ses yeux.

Voici cette simple histoire, sombre fait divers, comme il s'en passe aux champs quelquefois.

Gargan était fils d'un marneux [10], d'un de ces hommes qui descendent dans les marnières pour extraire cette sorte de pierre molle, blanche et fondante, qu'on sème sur les terres. Sourd-muet de naissance, on l'avait élevé à garder des vaches le long des fossés des routes.

Puis, recueilli par le père de Picot, il était devenu berger de la ferme. C'était un excellent berger, dévoué, probe, et qui savait replacer les membres démis, bien que personne ne lui eût jamais rien appris.

Quand Picot prit la ferme à son tour, Gargan avait trente ans et en paraissait quarante. Il était haut, maigre et barbu, barbu comme un patriarche.

Or, vers cette époque, une bonne femme du pays, très pauvre, la Martel, mourut laissant une fillette de quinze ans, qu'on appelait la Goutte à cause de son amour immodéré pour l'eau-de-vie.

Picot recueillit cette guenilleuse et l'employa à de menues besognes, la nourrissant sans la payer, en échange de son travail. Elle couchait sous la grange, dans l'étable ou dans l'écurie, sur la paille ou sur le fumier, quelque part, n'importe où, car on ne donne pas un lit à ces va-nu-pieds. Elle couchait donc n'importe où, avec n'importe qui, peut-être avec le charretier ou le goujat. Mais il arriva que, bientôt, elle s'adonna avec le sourd et s'accoupla avec lui d'une façon continue. Comment s'unirent ces deux misères ? comment se comprirent-elles ? Avait-il jamais connu une femme avant cette rôdeuse de granges, lui qui n'avait jamais causé avec personne ? Est-ce elle qui le fut trouver dans sa hutte roulante, et qui le séduisit, Ève d'ornière, au bord d'un chemin ? On ne sait pas. On sut seulement, un jour, qu'ils vivaient ensemble comme mari et femme.

Personne ne s'en étonna. Et Picot trouva même cet accouplement naturel.

Mais voilà que le curé apprit cette union sans messe et se fâcha. Il fit des reproches à Mme Picot, inquiéta sa conscience, la menaça de châtiments mystérieux. Que faire ? C'était bien simple. On allait les marier à l'église et à la mairie. Ils n'avaient rien ni l'un ni l'autre : lui, pas une culotte entière ; elle, pas un jupon d'une seule pièce. Donc, rien ne s'opposait à ce que la loi et la religion fussent satisfaites. On les unit, en une heure, devant maire et curé, et on crut tout réglé pour le mieux.

Mais voilà que, bientôt, ce fut un jeu dans le pays (pardon pour ce vilain mot !) de faire cocu ce pauvre Gargan. Avant qu'il fût marié, personne ne songeait à coucher avec la Goutte ; et, maintenant, chacun voulait son tour, histoire de rire. Tout le monde y passait pour un petit verre, derrière le dos du mari. L'aventure fit même tant de bruit aux environs qu'il vint des messieurs de Goderville pour voir ça.

Moyennant un demi-litre, la Goutte leur donnait le spectacle avec n'importe qui, dans un fossé, derrière un mur, tandis qu'on apercevait en même temps, la silhouette immobile de Gargan, tricotant un bas à cent pas de là et suivi de son troupeau bêlant. Et on riait à s'en rendre malade dans tous les cafés de la contrée ; on ne parlait que de ça, le soir, devant le feu ; on s'abordait sur les routes en se demandant : « As-tu payé la goutte à la Goutte ? » On savait ce que cela voulait dire.

Le berger ne semblait rien voir. Mais voilà qu'un jour, le gars Poirot, de Sasseville, appela d'un signe la femme à Gargan derrière une meule en lui faisant voir une bouteille pleine. Elle comprit et accourut en riant ; or, à peine étaient-ils occupés à leur besogne criminelle que le pâtre tomba sur eux comme s'il fût sorti d'un nuage. Poirot s'enfuit, à cloche-pied, la culotte sur les talons, tandis que le muet, avec des cris de bête, serrait la gorge de sa femme.

Des gens accoururent qui travaillaient dans la plaine. Il était trop tard ; elle avait la langue noire, les yeux sortis de la tête, du sang lui coulait par le nez. Elle était morte.

Le berger fut jugé par le tribunal de Rouen. Comme il était muet, Picot lui servait d'interprète. Les détails de l'affaire amusèrent beaucoup l'auditoire. Mais le fermier n'avait qu'une idée : c'était de faire acquitter son pasteur, et il s'y prenait en malin.

Il raconta d'abord toute l'histoire du sourd et celle de son mariage ; puis, quand il en vint au crime, il interrogea lui-même l'assassin.

Toute l'assistance était silencieuse.

Picot prononçait avec lenteur : « Savais-tu qu'elle te trompait ? » Et, en même temps, il mimait sa question avec les yeux.

L'autre fit « non » de la tête.

« T'étais couché dans la meule quand tu l'as surpris[11] ? » Et il faisait le geste d'un homme qui aperçoit une chose dégoûtante.

L'autre fit « oui » de la tête.

Alors, le fermier, imitant les signes du maire qui marie, et du prêtre qui unit au nom de Dieu, demanda à son serviteur s'il avait tué sa femme parce qu'elle était liée à lui devant les hommes et devant le ciel.

Le berger fit « oui » de la tête.

Picot lui dit : « Allons, montre comment c'est arrivé ? »

Alors, le sourd mima lui-même toute la scène. Il montra qu'il dormait dans la meule ; qu'il s'était réveillé en sentant remuer la paille, qu'il avait regardé tout doucement, et qu'il avait vu la chose.

Il s'était dressé, entre les deux gendarmes, et, brusquement, il imita le mouvement obscène du couple criminel enlacé devant lui.

Un rire tumultueux s'éleva dans la salle, puis s'arrêta net ; car le berger, les yeux hagards, remuant sa mâchoire et sa grande barbe comme s'il eût mordu quelque chose, les bras tendus, la tête en avant, répétait l'action terrible du meurtrier qui étrangle un être.

Et il hurlait affreusement, tellement affolé de colère qu'il croyait la tenir encore et que les gendarmes furent obligés de le saisir et de l'asseoir de force pour le calmer.

Un grand frisson d'angoisse courut dans l'assistance. Alors maître Picot, posant la main sur l'épaule de son serviteur, dit simplement : « Il a de l'honneur, cet homme-là. »

Et le berger fut acquitté.

Quant à moi, ma chère amie, j'écoutais, fort ému, la fin de cette aventure que je vous ai racontée en termes bien grossiers, pour ne rien changer au récit du fermier, quand un coup de fusil éclata au milieu du bois ; et la voix formidable de Gaspard gronda dans le vent comme un coup de canon.

« Bécasse. Elle y est. »

Et voilà comment j'emploie mon temps à guetter des bécasses qui passent tandis que vous allez aussi voir passer au bois les premières toilettes d'hiver.

EN WAGON[1]

Le soleil allait disparaître derrière la grande chaîne dont le puy de Dôme est le géant, et l'ombre des cimes s'étendait dans la profonde vallée de Royat[2].

Quelques personnes se promenaient dans le parc, autour du kiosque de la musique. D'autres demeuraient encore assises, par groupes, malgré la fraîcheur du soir.

Dans un de ces groupes on causait avec animation, car il était question d'une grave affaire qui tourmentait beaucoup Mmes de Sarcagnes, de Vaulacelles et de Bridoie. Dans quelques jours allaient commencer les vacances[3], et il s'agissait de faire venir leurs fils élevés chez les Jésuites et chez les Dominicains.

Or ces dames n'avaient point envie d'entreprendre elles-mêmes le voyage pour ramener leurs descendants, et elles ne connaissaient justement personne qu'elles pussent charger de ce soin délicat. On touchait aux derniers jours de juillet. Paris était vide. Elles cherchaient, sans trouver, un nom qui leur offrît les garanties désirées.

Leur embarras s'augmentait de ce qu'une vilaine affaire de mœurs avait eu lieu quelques jours

auparavant dans un wagon. Et ces dames demeuraient persuadées que toutes les filles de la capitale
passaient leur existence dans les rapides, entre
l'Auvergne et la gare de Lyon. Les échos de *Gil
Blas*[4], d'ailleurs, au dire [de][5] M. de Bridoie, signa-
laient la présence à Vichy, au Mont-Dore et à La
Bourboule, de toutes les horizontales connues et
inconnues. Pour y être, elles avaient dû y venir en
wagon ; et elles s'en retournaient indubitablement
encore en wagon ; elles devaient même s'en retourner sans cesse pour revenir tous les jours. C'était
donc un va-et-vient continu d'impures sur cette
maudite ligne. Ces dames se désolaient que l'accès
des gares ne fût pas interdit aux femmes suspectes.

Or, Roger de Sarcagnes avait quinze ans, Gontran
de Vaulacelles treize ans et Roland de Bridoie onze
ans. Que faire ? Elles ne pouvaient pas, cependant,
exposer leurs chers enfants au contact de pareilles
créatures. Que pouvaient-ils entendre, que pouvaient-ils voir, que pouvaient-ils apprendre, s'ils
passaient une journée entière, ou une nuit, dans un
compartiment qui enfermerait, peut-être, une ou
deux de ces drôlesses avec un ou deux de leurs
compagnons ?

La situation semblait sans issue, quand Mme de
Martinsec vint à passer. Elle s'arrêta pour dire
bonjour à ses amies qui lui racontèrent leurs
angoisses.

« Mais c'est bien simple, s'écria-t-elle, je vais vous
prêter l'abbé. Je peux très bien m'en passer pendant
quarante-huit heures. L'éducation de Rodolphe ne
sera pas compromise pour si peu. Il ira chercher vos
enfants et vous les ramènera. »

Il fut donc convenu que l'abbé Lecuir, un jeune
prêtre, fort instruit, précepteur de Rodolphe de

Martinsec, irait à Paris, la semaine suivante, chercher les trois jeunes gens.

L'abbé partit donc le vendredi ; et il se trouvait à
la gare de Lyon le dimanche matin pour prendre,
avec ses trois gamins, le rapide de huit heures, le
nouveau rapide direct organisé depuis quelques
jours seulement, sur la réclamation générale de
tous les baigneurs de l'Auvergne.

Il se promenait sur le quai de départ, suivi de ses
collégiens, comme une poule de ses poussins, et il
cherchait un compartiment vide ou occupé par des
gens d'aspect respectable, car il avait l'esprit hanté
par toutes les recommandations minutieuses que
lui avaient faites Mmes de Sarcagnes, de Vaulacelles
et de Bridoie.

Or il aperçut tout à coup devant une portière un
vieux monsieur et une vieille dame à cheveux
blancs qui causaient avec une autre dame installée
dans l'intérieur du wagon. Le vieux monsieur était
officier de la Légion d'honneur ; et ces gens avaient
l'aspect le plus comme il faut. « Voici mon affaire »,
pensa l'abbé. Il fit monter les trois élèves et les
suivit.

La vieille dame disait :

« Surtout soigne-toi bien, mon enfant. »

La jeune répondit :

« Oh ! oui, maman, ne crains rien.

— Appelle le médecin aussitôt que tu te sentiras
souffrante.

— Oui, oui, maman.

— Allons, adieu, ma fille.

— Adieu, maman. »

Il y eut une longue embrassade, puis un employé
ferma les portières et le train se mit en route.

Ils étaient seuls. L'abbé, ravi, se félicitait de son
adresse, et il se mit à causer avec les jeunes gens
qui lui étaient confiés. Il avait été convenu, le jour
de son départ, que Mme de Martinsec l'autoriserait
à donner des répétitions pendant toutes les
vacances à ces trois garçons, et il voulait sonder un
peu l'intelligence et le caractère de ses nouveaux
élèves.

Roger de Sarcagnes, le plus grand, était un de
ces hauts collégiens poussés trop vite, maigres et
pâles, et dont les articulations ne semblent pas
tout à fait soudées. Il parlait lentement, d'une
façon naïve.

Gontran de Vaulacelles, au contraire, demeurait
tout petit, trapu, et il était malin, sournois, mauvais et drôle. Il se moquait toujours de tout le
monde, avait des mots de grande personne, des
répliques à double sens qui inquiétaient ses
parents.

Le plus jeune, Roland de Bridoie, ne paraissait
montrer aucune aptitude pour rien : c'était une
bonne petite bête qui ressemblerait à son papa.

L'abbé les avait prévenus qu'ils seraient sous ses
ordres pendant ces deux mois d'été : et il leur fit
un sermon bien senti sur leurs devoirs envers lui,
sur la façon dont il entendait les gouverner, sur la
méthode qu'il emploierait envers eux.

C'était un abbé d'âme droite et simple, un peu
phraseur et plein de systèmes.

Son discours fut interrompu par un profond
soupir que poussa leur voisine. Il tourna la tête
vers elle. Elle demeurait assise dans son coin, les
yeux fixes, les joues un peu pâles. L'abbé revint à
ses disciples.

Le train roulait à toute vitesse, traversait des

plaines, des bois, passait sous des ponts et sur des ponts, secouait de sa trépidation frémissante le chapelet de voyageurs enfermés dans les wagons.

Gontran de Vaulacelles, maintenant, interrogeait l'abbé Lecuir sur Royat, sur les amusements du pays. Y avait-il une rivière ? Pouvait-on pêcher ? Aurait-il un cheval, comme l'autre année ? etc.

La jeune femme, tout à coup, jeta une sorte de cri, un « ah ! » de souffrance vite réprimé.

Le prêtre, inquiet, lui demanda :

« Vous sentez-vous indisposée, madame ? »

Elle répondit : « Non, non, monsieur l'abbé, ce n'est rien, une légère douleur, ce n'est rien. Je suis un peu malade depuis quelque temps, et le mouvement du train me fatigue. » Sa figure était devenue livide, en effet.

Il insista : « Si je puis quelque chose pour vous, madame ?

— Oh ! non, — rien du tout, monsieur l'abbé. Je vous remercie. »

Le prêtre reprit sa causerie avec ses élèves, les préparant à son enseignement et à sa direction.

Les heures passaient. Le convoi s'arrêtait de temps en temps, puis repartait. La jeune femme, maintenant, paraissait dormir et elle ne bougeait plus, enfoncée en son coin. Bien que le jour fût plus qu'à moitié écoulé, elle n'avait encore rien mangé. L'abbé pensait : « Cette personne doit être bien souffrante. »

Il ne restait plus que deux heures de route pour atteindre Clermont-Ferrand, quand la voyageuse se mit brusquement à gémir. Elle s'était laissée presque tomber de sa banquette et, appuyée sur les mains, les yeux hagards, les traits crispés, elle répétait : « Oh ! mon Dieu ! oh ! mon Dieu ! »

L'abbé s'élança :

« Madame…, madame…, madame, qu'avez-vous ? »

Elle balbutia : « Je… je… crois que… que… que je vais accoucher. » Et elle commença aussitôt à crier d'une effroyable façon. Elle poussait une longue clameur affolée qui semblait déchirer sa gorge au passage, une clameur aiguë, affreuse, dont l'intonation sinistre disait l'angoisse de son âme et la torture de son corps.

Le pauvre prêtre éperdu, debout devant elle, ne savait que faire, que dire, que tenter, et il murmurait : « Mon Dieu, si je savais… Mon Dieu, si je savais ! » Il était rouge jusqu'au blanc des yeux ; et ses trois élèves regardaient avec stupeur cette femme étendue qui criait.

Tout à coup, elle se tordit, élevant ses bras sur sa tête, et son flanc eut une secousse étrange, une convulsion qui la parcourut.

L'abbé pensa qu'elle allait mourir, mourir devant lui privée de secours et de soins, par sa faute. Alors il dit d'une voix résolue :

« Je vais vous aider, madame. Je ne sais pas… mais je vous aiderai comme je pourrai. Je dois mon assistance à toute créature qui souffre. »

Puis, s'étant retourné vers les trois gamins, il cria :

« Vous — vous allez passer vos têtes à la portière ; et si un de vous se retourne, il me copiera mille vers de Virgile. »

Il abaissa lui-même les trois glaces, y plaça les trois têtes, ramena contre le cou les rideaux bleus, et il répéta :

« Si vous faites seulement un mouvement, vous serez privés d'excursions pendant toutes les vacances. Et n'oubliez point que je ne pardonne jamais, moi. »

Et il revint vers la jeune femme, en relevant les manches de sa soutane.

. . . .

Elle gémissait toujours, et, par moments, hurlait. L'abbé, la face cramoisie, l'assistait, l'exhortait, la réconfortait, et, sans cesse, il levait les yeux vers les trois gamins qui coulaient des regards furtifs, vite détournés, vers la mystérieuse besogne accomplie par leur nouveau précepteur.

« Monsieur de Vaulacelles, vous me copierez vingt fois le verbe " désobéir " ! » criait-il.

« Monsieur de Bridoie, vous serez privé de dessert pendant un mois. »

Soudain la jeune femme cessa sa plainte persistante, et presque aussitôt un cri bizarre et léger qui ressemblait à un aboiement et à un miaulement fit retourner, d'un seul élan, les trois collégiens persuadés qu'ils venaient d'entendre un chien nouveau-né.

L'abbé tenait dans ses mains un petit enfant tout nu. Il le regardait avec des yeux effarés ; il semblait content et désolé, prêt à rire et prêt à pleurer ; on l'aurait cru fou, tant sa figure exprimait de choses par le jeu rapide des yeux, des lèvres et des joues.

Il déclara, comme s'il eût annoncé à ses élèves une grande nouvelle :

« C'est un garçon. »

Puis aussitôt il reprit :

« Monsieur de Sarcagnes, passez-moi la bouteille d'eau qui est dans le filet. — Bien. — Débouchez-la. — Très bien. — Versez-m'en quelques gouttes dans la main, seulement quelques gouttes. — Parfait. »

Et il répandit cette eau sur le front nu du petit être qu'il portait, en prononçant :

« Je te baptise, au nom du Père, du Fils et du Saint-Esprit. Ainsi soit-il. »

Le train entrait en gare de Clermont. La figure de Mme de Bridoie apparut à la portière. Alors l'abbé, perdant la tête, lui présenta la frêle bête humaine[6] qu'il venait de cueillir, en murmurant : « C'est madame qui vient d'avoir un petit accident en route. »

Il avait l'air d'avoir ramassé cet enfant dans un égout ; et, les cheveux mouillés de sueur, le rabat sur l'épaule, la robe maculée, il répétait : « Ils n'ont rien vu — rien du tout — j'en réponds. — Ils regardaient tous trois par la portière. — J'en réponds, — ils n'ont rien vu. »

Et il descendit du compartiment avec quatre garçons au lieu de trois qu'il était allé chercher, tandis que Mmes de Bridoie, de Vaulacelles et de Sarcagnes, livides, échangeaient des regards éperdus, sans trouver un seul mot à dire.

Le soir, les trois familles dînaient ensemble pour fêter l'arrivée des collégiens. Mais on ne parlait guère ; les pères, les mères et les enfants eux-mêmes semblaient préoccupés.

Tout à coup, le plus jeune, Roland de Bridoie, demanda :

« Dis, maman, où l'abbé l'a-t-il trouvé, ce petit garçon ? »

La mère ne répondit pas directement.

« Allons, dîne, et laisse-nous tranquilles avec tes questions. »

Il se tut quelques minutes, puis reprit :

« Il n'y avait personne que cette dame qui avait

mal au ventre. C'est donc que l'abbé est prestidigitateur, comme Robert Houdin[7] qui fait venir un
bocal de poissons sous un tapis.

— Tais-toi, voyons. C'est le bon Dieu qui l'a
envoyé.

— Mais où l'avait-il mis, le bon Dieu ? Je n'ai rien
vu, moi. Est-il entré par la portière, dis ? »

Mme de Bridoie, impatientée, répliqua :

« Voyons, c'est fini, tais-toi. Il est venu sous un
chou comme tous les petits enfants. Tu le sais bien.

— Mais il n'y avait pas de chou dans le wagon ? »

Alors Gontran de Vaulacelles, qui écoutait avec
un air sournois, sourit et dit :

« Si, il y avait un chou. Mais il n'y a que M. le curé
qui l'a vu. »

ÇA IRA [1]

J'étais descendu à Barviller [2] uniquement parce que j'avais lu dans un guide (je ne sais plus lequel [3]) : Beau musée, deux Rubens, un Téniers, un Ribera.

Donc je pensais : « Allons voir ça. Je dînerai à l'hôtel de l'Europe, que le guide affirme excellent, et je repartirai le lendemain. »

Le musée était fermé : on ne l'ouvre que sur la demande des voyageurs ; il fut donc ouvert à ma requête, et je pus contempler quelques croûtes attribuées par un conservateur fantaisiste aux premiers maîtres de la peinture.

Puis je me trouvai tout seul, et n'ayant absolument rien à faire, dans une longue rue de petite ville inconnue, bâtie au milieu de plaines interminables, je parcourus cette *artère*, j'examinai quelques pauvres magasins ; puis, comme il était quatre heures, je fus saisi par un de ces découragements qui rendent fous les plus énergiques.

Que faire ? Mon Dieu, que faire ? J'aurais payé cinq cents francs l'idée d'une distraction quelconque ! Me trouvant à sec d'inventions, je me décidai tout simplement à fumer un bon cigare et je cherchai le bureau de tabac. Je le reconnus bientôt à sa lanterne rouge, j'entrai. La marchande me tendit plusieurs boîtes au choix ; ayant regardé les cigares, que je jugeai détestables, je considérai, par hasard, la patronne.

C'était une femme de quarante-cinq ans environ, forte et grisonnante. Elle avait une figure grasse, respectable, en qui il me sembla trouver quelque chose de familier. Pourtant je ne connaissais point cette dame ? Non, je ne la connaissais pas assurément. Mais ne se pouvait-il faire que je l'eusse rencontrée ? Oui, c'était possible ! Ce visage-là devait être une connaissance de mon œil, une vieille connaissance perdue de vue, et changée, engraissée énormément sans doute.

Je murmurai :

« Excusez-moi, madame, de vous examiner ainsi, mais il me semble que je vous connais depuis longtemps. »

Elle répondit en rougissant :

« C'est drôle... Moi aussi. »

Je poussai un cri : « Ah ! Ça ira ! »

Elle leva ses deux mains avec un désespoir comique, épouvantée de ce mot et balbutiant :

« Oh ! oh ! Si on vous entendait... » Puis soudain elle s'écria à son tour : « Tiens, c'est toi, Georges ! » Puis elle regarda avec frayeur si on ne l'avait point écoutée. Mais nous étions seuls, bien seuls !

« Ça ira. » Comment avais-je pu reconnaître *Ça ira*, la pauvre *Ça ira*, la maigre *Ça ira*, la désolée *Ça ira*, dans cette tranquille et grasse fonctionnaire du gouvernement[4] ?

Ça ira ! Que de souvenirs s'éveillèrent brusquement en moi : Bougival, La Grenouillère, Chatou, le restaurant Fournaise[5], les longues journées en yole au bord des berges, dix ans de ma vie passés dans ce coin de pays, sur ce délicieux bout de rivière.

Nous étions alors une bande d'une douzaine, habitant la maison Galopois, à Chatou, et vivant là d'une drôle de façon, toujours à moitié nus et à moitié gris. Les mœurs des canotiers d'aujourd'hui ont bien changé. Ces messieurs portent des monocles.

Or notre bande possédait une vingtaine de canotières, régulières et irrégulières. Dans certains dimanches, nous en avions quatre ; dans certains autres, nous les avions toutes. Quelques-unes étaient là, pour ainsi dire, à demeure, les autres venaient quand elles n'avaient rien de mieux à faire. Cinq ou six vivaient sur le commun, sur les hommes sans femmes, et, parmi celles-là, *Ça ira*.

C'était une pauvre fille maigre et qui boitait. Cela lui donnait des allures de sauterelle. Elle était timide, gauche, maladroite en tout ce qu'elle faisait. Elle s'accrochait avec crainte, au plus humble, au plus inaperçu, au moins riche de nous, qui la gardait un jour ou un mois, suivant ses moyens. Comment s'était-elle trouvée parmi nous, personne ne le savait plus. L'avait-on rencontrée, un soir de pochardise, au bal des Canotiers et emmenée dans une de ces rafles de femmes que nous faisions souvent ? L'avions-nous invitée à déjeuner, en la voyant seule, assise à une petite table, dans un coin ? Aucun de nous ne l'aurait pu dire ; mais elle faisait partie de la bande.

Nous l'avions baptisée *Ça ira*, parce qu'elle se plaignait toujours de la destinée, de sa malchance, de ses déboires. On lui disait chaque dimanche : « Eh bien, *Ça ira*, ça va-t-il ? » Et elle répondait toujours : « Non, pas trop, mais faut espérer que ça ira mieux un jour. »

Comment ce pauvre être disgracieux et gauche était-il arrivé à faire le métier qui demande le plus de grâce, d'adresse, de ruse et de beauté ? Mystère. Paris, d'ailleurs, est plein de filles d'amour laides à dégoûter un gendarme.

Que faisait-elle pendant les six autres jours de la semaine ? Plusieurs fois, elle nous avait dit qu'elle travaillait. À quoi ? Nous l'ignorions, indifférents à son existence.

Et puis, je l'avais à peu près perdue de vue. Notre groupe s'était émietté peu à peu, laissant la place à une autre génération, à qui nous avions aussi laissé *Ça ira*. Je l'appris en allant déjeuner chez Fournaise de temps en temps.

Nos successeurs, ignorant pourquoi nous l'avions baptisée ainsi, avaient cru à un nom d'Orientale et la nommaient Zaïra ; puis ils avaient cédé à leur tour leurs canots et quelques canotières à la génération suivante. (Une génération de canotiers vit, en général, trois ans sur l'eau, puis quitte la Seine pour entrer dans la magistrature, la médecine ou la politique.)

Zaïra était alors devenue Zara, puis, plus tard, Zara s'était encore modifié en Sarah. On la crut alors israélite.

Les tout derniers, ceux à monocle, l'appelaient donc tout simplement « La Juive ».

Puis elle disparut.

Et voilà que je la retrouvais marchande de tabac à Barviller.

Je lui dis :
« Eh bien, ça va donc, à présent ? »

Elle répondit : « Un peu mieux. »

Une curiosité me saisit de connaître la vie de cette femme. Autrefois je n'y aurais point songé ; aujourd'hui, je me sentais intrigué, attiré, tout à fait intéressé. Je lui demandai :

« Comment as-tu fait pour avoir de la chance ?

— Je ne sais pas. Ça m'est arrivé comme je m'y attendais le moins.

— Est-ce à Chatou que tu l'as rencontrée ?

— Oh non !

— Où ça donc ?

— À Paris, dans l'hôtel que j'habitais.

— Ah ! Est-ce que tu n'avais pas une place à Paris ?

— Oui, j'étais chez Mme Ravelet.

— Qui ça, Mme Ravelet ?

— Tu ne connais pas Mme Ravelet ? Oh !

— Mais non.

— La modiste, la grande modiste de la rue de Rivoli. »

Et la voilà qui se met à me raconter mille choses de sa vie ancienne, mille choses secrètes de la vie parisienne, l'intérieur d'une maison de modes, l'existence de ces demoiselles, leurs aventures, leurs idées, toute l'histoire d'un cœur d'ouvrière, cet épervier de trottoir qui chasse par les rues, le matin, en allant au magasin, le midi, en flânant, nu-tête, après le repas, et le soir en montant chez elle.

Elle disait, heureuse de parler de l'autrefois :

Si tu savais comme on est canaille... et comme on en fait de roides. Nous nous les racontions chaque jour. Vrai, on se moque des hommes, tu sais !

Moi, la première rosserie que j'ai faite, c'est au sujet d'un parapluie. J'en avais un vieux en alpaga,

un parapluie à en être honteuse. Comme je le
fermais en arrivant, un jour de pluie, voilà la
grande Louise qui me dit : « Comment ! tu oses
sortir avec ça !

— Mais je n'en ai pas d'autre, et en ce moment,
les fonds sont bas. »

Ils étaient toujours bas, les fonds !

Elle me répond : « Va en chercher un à la Madeleine. »

Moi ça m'étonne.

Elle reprend : « C'est là que nous les prenons,
toutes ; on en a autant qu'on veut. » Et elle m'explique la chose. C'est bien simple.

Donc, je m'en allai avec Irma à la Madeleine.
Nous trouvons le sacristain et nous lui expliquons
comment nous avons oublié un parapluie la
semaine d'avant. Alors il nous demande si nous
nous rappelons son manche, et je lui fais l'explication d'un manche avec une pomme d'agate. Il nous
introduit dans une chambre où il y avait plus de
cinquante parapluies perdus ; nous les regardons
tous et nous ne trouvons pas le mien ; mais moi j'en
choisis un beau, un très beau, à manche d'ivoire
sculpté. Louise est allée le réclamer quelques jours
après. Elle l'a décrit avant de l'avoir vu, et on le lui
a donné sans méfiance.

Pour faire ça, on s'habillait très chic.

Et elle riait en ouvrant et laissant retomber le
couvercle à charnières de la grande boîte à tabac.

Elle reprit :

Oh ! on en avait des tours, et on en avait de si
drôles. Tiens, nous étions cinq à l'atelier, quatre
ordinaires et une très bien, Irma, la belle Irma. Elle

était très distinguée, et elle avait un amant au conseil d'État. Ça ne l'empêchait pas de lui en faire porter joliment. Voilà qu'un hiver elle nous dit : « Vous ne savez pas, nous allons en faire une bien bonne. » Et elle nous conta son idée.

Tu sais Irma, elle avait une tournure à troubler la tête de tous les hommes, et puis une taille, et puis des hanches qui leur faisaient venir l'eau à la bouche. Donc, elle imagina de nous faire gagner cent francs à chacune pour nous acheter des bagues, et elle arrangea la chose que voici :

Tu sais que je n'étais pas riche, à ce moment-là, les autres non plus ; ça n'allait guère, nous gagnions cent francs par mois au magasin, rien de plus. Il fallait trouver. Je sais bien que nous avions chacune deux ou trois amants habitués qui donnaient un peu, mais pas beaucoup. À la promenade de midi, il arrivait quelquefois qu'on amorçait un monsieur qui revenait le lendemain ; on le faisait poser quinze jours, et puis on cédait. Mais ces hommes-là, ça ne rapporte jamais gros. Ceux de Chatou, c'était pour le plaisir ! Oh ! si tu savais les ruses que nous avions ; vrai, c'était à mourir de rire. Donc, quand Irma nous proposa de nous faire gagner cent francs, nous voilà toutes allumées. C'est très vilain ce que je vais te raconter, mais ça ne fait rien ; tu connais la vie, toi, et puis quand on est resté quatre ans à Chatou...

Donc elle nous dit : « Nous allons lever au bal de l'Opéra ce qu'il y a de mieux à Paris comme hommes, les plus distingués et les plus riches. Moi, je les connais. »

Nous n'avons pas cru, d'abord, que c'était vrai ; parce que ces hommes-là ne sont pas faits pour les modistes, pour Irma oui, mais pour nous, non. Oh !

elle était d'un chic, cette Irma ! Tu sais, nous avions coutume de dire à l'atelier que si l'empereur l'avait connue, il l'aurait certainement épousée.

Pour lors, elle nous fit habiller de ce que nous avions de mieux et elle nous dit : « Vous, vous n'entrerez pas au bal, vous allez rester chacune dans un fiacre dans les rues voisines. Un monsieur viendra qui montera dans votre voiture. Dès qu'il sera entré, vous l'embrasserez le plus gentiment que vous pourrez ; et puis vous pousserez un grand cri pour montrer que vous vous êtes trompée, que vous en attendiez un autre. Ça allumera le pigeon de voir qu'il prend la place d'un autre, et il voudra rester par force ; vous résisterez, vous ferez les cent coups pour le chasser... et puis... vous irez souper avec lui... Alors il vous devra un bon dédommagement. »

Tu ne comprends point encore, n'est-ce pas ? Eh bien, voici ce qu'elle fit, la rosse.

Elle nous fit monter toutes les quatre dans quatre voitures, des voitures de cercle, des voitures bien comme il faut, puis elle nous plaça dans des rues voisines de l'Opéra. Alors, elle alla au bal, toute seule. Comme elle connaissait, par leur nom, les hommes les plus marquants de Paris, parce que la patronne fournissait leurs femmes, elle en choisit d'abord un pour l'intriguer. Elle lui en dit de toutes les sortes, car elle a de l'esprit aussi. Quand elle le vit bien emballé, elle ôta son loup, et il fut pris comme dans un filet. Donc il voulut l'emmener tout de suite, et elle lui donna rendez-vous, dans une demi-heure, dans une voiture en face du n° 20 de la rue Taitbout. C'était moi, dans cette voiture-là ! J'étais bien enveloppée et la figure voilée. Donc, tout d'un coup, un monsieur passa la tête à la portière, et il dit : « C'est vous ? »

Je réponds tout bas : « Oui, c'est moi, montez vite. »

Il monte ; et moi je le saisis dans mes bras et je l'embrasse, mais je l'embrasse à lui couper la respiration ; puis je reprends :

« Oh ! Que je suis heureuse ! que je suis heureuse ! »

Et, tout d'un coup, je crie :

« Mais ce n'est pas toi ! Oh ! mon Dieu ! Oh ! mon Dieu ! » Et je me mets à pleurer.

Tu juges si voilà un homme embarrassé ! Il cherche d'abord à me consoler ; il s'excuse, proteste qu'il s'est trompé aussi !

Moi, je pleurais toujours, mais moins fort ; et je poussais de gros soupirs. Alors il me dit des choses très douces. C'était un homme tout à fait comme il faut ; et puis ça l'amusait maintenant de me voir pleurer de moins en moins.

Bref, de fil en aiguille, il m'a proposé d'aller souper. Moi, j'ai refusé ; j'ai voulu sauter de la voiture ; il m'a retenue par la taille ; et puis embrassée ; comme j'avais fait à son entrée.

Et puis... et puis... nous avons... soupé... tu comprends... et il m'a donné... devine... voyons, devine... il m'a donné cinq cents francs !... crois-tu qu'il y en a des hommes généreux.

Enfin, la chose a réussi pour tout le monde. C'est Louise qui a eu le moins avec deux cents francs. Mais, tu sais, Louise, vrai, elle était trop maigre !

La marchande de tabac allait toujours, vidant d'un seul coup tous ses souvenirs amassés depuis si longtemps dans son cœur fermé de débitante officielle. Tout l'autrefois pauvre et drôle remuait son âme. Elle regrettait cette vie galante et bohème du trottoir parisien, faite de privations et de caresses payées, de rire et de misère, de ruses et d'amour vrai par moments.

Je lui dis : « Mais comment as-tu obtenu ton débit de tabac ? »

Elle sourit : « Oh ! c'est toute une histoire. Figure-toi que j'avais dans mon hôtel, porte à porte, un étudiant en droit, mais tu sais, un de ces étudiants qui ne font rien. Celui-là, il vivait au café, du matin au soir ; et il aimait le billard, comme je n'ai jamais vu aimer personne.

» Quand j'étais seule, nous passions la soirée ensemble quelquefois. C'est de lui que j'ai eu Roger.

— Qui ça, Roger ?

— Mon fils.

— Ah !

— Il me donna une petite pension pour élever le gosse, mais je pensais bien que ce garçon-là ne me rapporterait rien, d'autant plus que je n'ai jamais vu un homme aussi fainéant, mais là, jamais. Au bout de dix ans, il en était encore à son premier examen. Quand sa famille vit qu'on n'en pourrait rien tirer, elle le rappela chez elle en province ; mais nous étions demeurés en correspondance à cause de l'enfant. Et puis, figure-toi qu'aux dernières élections, il y a deux ans, j'apprends qu'il a été nommé député dans son pays. Et puis il a fait des discours à la Chambre. Vrai, dans le royaume des aveugles, comme on dit... Mais pour finir, j'ai été le trouver et il m'a fait obtenir, tout de suite, un bureau de tabac comme fille de déporté[6]... C'est vrai que mon père a été déporté, mais je n'avais jamais pensé non plus que ça pourrait me servir.

» Bref... Tiens, voilà Roger. »

Un grand jeune homme entrait, correct, grave, poseur.

Il embrassa sur le front sa mère qui me dit :

« Tenez, monsieur, c'est mon fils, chef de bureau à la mairie... Vous savez... c'est un futur sous-préfet. »

Je saluai dignement ce fonctionnaire, et je sortis pour gagner l'hôtel, après avoir serré, avec gravité, la main tendue de *Ça ira.*

DÉCOUVERTE[1]

Le bateau était couvert de monde. La traversée
s'annonçant fort belle, les Havraises allaient faire
un tour à Trouville[2].

On détacha les amarres ; un dernier coup de
sifflet annonça le départ, et, aussitôt, un frémisse-
ment secoua le corps entier du navire, tandis qu'on
entendait, le long de ses flancs, un bruit d'eau
remuée.

Les roues tournèrent quelques secondes, s'arrêtèrent, repartirent doucement ; puis le capitaine,
debout sur sa passerelle, ayant crié par le porte-voix
qui descend dans les profondeurs de la machine :
« En route ! » elles se mirent à battre la mer avec
rapidité.

Nous filions le long de la jetée, couverte de
monde. Des gens sur le bateau agitaient leurs
mouchoirs, comme s'ils partaient pour l'Amérique,
et les amis restés à terre répondaient de la même
façon.

Le grand soleil de juillet tombait sur les
ombrelles rouges, sur les toilettes claires, sur les
visages joyeux, sur l'océan à peine remué par des
ondulations. Quand on fut sorti du port, le petit
bâtiment fit une courbe rapide, dirigeant son nez

pointu sur la côte lointaine entrevue à travers la brume matinale.

À notre gauche s'ouvrait l'embouchure de la Seine, large de vingt kilomètres. De place en place les grosses bouées indiquaient les bancs de sable, et on reconnaissait au loin les eaux douces et bourbeuses du fleuve qui, ne se mêlant point à l'eau salée, dessinaient de grands rubans jaunes à travers l'immense nappe verte et pure de la pleine mer.

J'éprouve, aussitôt que je monte sur un bateau, le besoin de marcher de long en large, comme un marin qui fait le quart. Pourquoi ? Je n'en sais rien. Donc je me mis à circuler sur le pont à travers la foule des voyageurs.

Tout à coup, on m'appela. Je me retournai. C'était un de mes vieux amis, Henri Sidoine, que je n'avais point vu depuis dix ans.

Après nous être serré les mains, nous recommençâmes ensemble, en parlant de choses et d'autres, la promenade d'ours en cage que j'accomplissais tout seul auparavant. Et nous regardions, tout en causant, les deux lignes de voyageurs assis sur les deux côtés du pont.

Tout à coup Sidoine prononça avec une véritable expression de rage :

« C'est plein d'Anglais ici ! Les sales gens[3] ! »

C'était plein d'Anglais, en effet. Les hommes debout lorgnaient l'horizon d'un air important qui semblait dire : « C'est nous, les Anglais, qui sommes les maîtres de la mer ! Boum, boum ! nous voilà ! »

Et tous les voiles blancs qui flottaient sur leurs chapeaux blancs avaient l'air des drapeaux de leur suffisance.

Les jeunes misses plates, dont les chaussures aussi rappelaient les constructions navales de leur patrie[4], serrant en des châles multicolores leur taille droite et leurs bras minces, souriaient vaguement au radieux paysage. Leurs petites têtes, poussées au bout de ces longs corps, portaient des chapeaux anglais d'une forme étrange, et derrière leurs crânes leurs maigres chevelures enroulées ressemblaient à des couleuvres lofées[5].

Et les vieilles misses, encore plus grêles, ouvrant au vent leur mâchoire nationale, paraissaient menacer l'espace de leurs dents jaunes et démesurées.

On sentait, en passant près d'elles, une odeur de caoutchouc et d'eau dentifrice.

Sidoine répéta, avec une colère grandissante :

« Les sales gens ! On ne pourra donc pas les empêcher de venir en France ? »

Je demandai en souriant :

« Pourquoi leur en veux-tu ? Quant à moi, ils me sont parfaitement indifférents. »

Il prononça :

« Oui, toi, parbleu ! Mais moi, j'ai épousé une Anglaise. Voilà. »

Je m'arrêtai pour lui rire au nez.

« Ah ! diable. Conte-moi ça. Et elle te rend donc très malheureux ? »

Il haussa les épaules :

« Non, pas précisément...

— Alors... elle te... elle te... trompe ?

— Malheureusement non. Ça me ferait une cause de divorce[6] et j'en serais débarrassé.

— Alors je ne comprends pas !

— Tu ne comprends pas ? Ça ne m'étonne point. Eh bien, elle a tout simplement appris le français, pas autre chose ! Écoute :

Je n'avais pas le moindre désir de me marier, quand je vins passer l'été à Étretat, voici deux ans. Rien de plus dangereux que les villes d'eaux. On ne se figure pas combien les fillettes y sont à leur avantage. Paris sied aux femmes et la campagne aux jeunes filles.

Les promenades à âne, les bains du matin, les déjeuners sur l'herbe, autant de pièges à mariage. Et, vraiment, il n'y a rien de plus gentil qu'une enfant de dix-huit ans qui court à travers un champ ou qui ramasse des fleurs le long d'un chemin[7].

Je fis la connaissance d'une famille anglaise descendue au même hôtel que moi. Le père ressemblait aux hommes que tu vois là, et la mère à toutes les Anglaises.

Il y avait deux fils, de ces garçons tout en os, qui jouent du matin au soir à des jeux violents, avec des balles, des massues ou des raquettes[8]; puis deux filles, l'aînée, une sèche, encore une Anglaise de boîte à conserve; la cadette, une merveille. Une blonde, ou plutôt une blondine avec une tête venue du ciel. Quand elles se mettent à être jolies, les gredines, elles sont divines. Celle-là avait des yeux bleus, de ces yeux bleus qui semblent contenir toute la poésie, tout le rêve, toute l'espérance, tout le bonheur du monde!

Quel horizon ça vous ouvre dans les songes infinis, deux yeux de femme comme ceux-là! Comme ça répond bien à l'attente éternelle et confuse de notre cœur!

Il faut dire aussi que, nous autres Français, nous adorons les étrangères. Aussitôt que nous rencontrons une Russe, une Italienne, une Suédoise, une Espagnole ou une Anglaise un peu jolie, nous en tombons amoureux instantanément. Tout ce qui vient du dehors nous enthousiasme, drap pour culottes, chapeaux, gants, fusils et... femmes. Nous avons tort, cependant.

Mais je crois que ce qui nous séduit le plus dans les exotiques, c'est leur défaut de prononciation. Aussitôt qu'une femme parle mal notre langue, elle est charmante ; si elle fait une faute de français par mot, elle est exquise, et si elle baragouine d'une façon tout à fait inintelligible, elle devient irrésistible.

Tu ne te figures pas comme c'est gentil d'entendre dire à une mignonne bouche rose : « J'aimé bôcoup la gigotte. »

Ma petite Anglaise, Kate, parlait une langue invraisemblable. Je n'y comprenais rien dans les premiers jours, tant elle inventait de mots inattendus ; puis, je devins absolument amoureux de cet argot comique et gai.

Tous les termes estropiés, bizarres, ridicules, prenaient sur ses lèvres un charme délicieux ; et nous avions, le soir, sur la terrasse du Casino, de longues conversations qui ressemblaient à des énigmes parlées.

Je l'épousai ! Je l'aimais follement comme on peut aimer un Rêve. Car les vrais amants n'adorent jamais qu'un rêve qui a pris une forme de femme.

Te rappelles-tu les admirables vers de Louis Bouilhet :

Tu n'as jamais été, dans tes jours les plus rares,
Qu'un banal instrument sous mon archet vainqueur,
Et, comme un air qui sonne au bois creux des
     guitares,
J'ai fait chanter mon rêve au vide de ton cœur[9].

Eh bien, mon cher, le seul tort que j'ai eu, ç'a été de donner à ma femme un professeur de français.

Tant qu'elle a martyrisé le dictionnaire et supplicié la grammaire, je l'ai chérie.

Nos causeries étaient simples. Elles me révélaient la grâce surprenante de son être, l'élégance incomparable de son geste ; elles me la montraient comme un merveilleux bijou parlant, une poupée de chair faite pour le baiser, sachant énumérer à peu près ce qu'elle aimait, pousser parfois des exclamations bizarres, et exprimer d'une façon coquette, à force d'être incompréhensible et imprévue, des émotions ou des sensations peu compliquées.

Elle ressemblait bien aux jolis jouets qui disent « papa » et « maman », en prononçant — Baâba — et Baâmban.

Aurais-je pu croire que...

Elle parle, à présent... Elle parle... mal... très mal... Elle fait tout autant de fautes... Mais on la comprend... oui, je la comprends... je sais... je la connais...

J'ai ouvert ma poupée pour regarder dedans... j'ai vu. Et il faut causer, mon cher !

Ah ! tu ne les connais pas, toi, les opinions, les idées, les théories d'une jeune Anglaise bien élevée, à laquelle je ne peux rien reprocher, et qui me répète, du matin au soir, toutes les phrases d'un dictionnaire de la conversation à l'usage des pensionnats de jeunes personnes.

Tu as vu ces surprises du cotillon [10], ces jolis papiers dorés qui renferment d'exécrables bonbons. J'en avais une. Je l'ai déchirée. J'ai voulu manger le dedans et suis resté tellement dégoûté que j'ai des haut-le-cœur, à présent, rien qu'en apercevant une de ses compatriotes.

J'ai épousé un perroquet à qui une vieille institutrice anglaise aurait enseigné le français : comprends-tu ?

. . . .

Le port de Trouville montrait maintenant ses jetées de bois couvertes de monde.

Je dis :

« Où est ta femme ? »

Il prononça :

« Je l'ai ramenée à Étretat.

— Et toi, où vas-tu ?

— Moi ? moi, je vais me distraire à Trouville [11]. »

Puis, après un silence, il ajouta :

« Tu ne te figures pas comme ça peut être bête quelquefois, une femme. »

SOLITUDE[1]

C'était après un dîner d'hommes. On avait été fort gai. Un d'eux, un vieil ami, me dit :

« Veux-tu remonter à pied l'avenue des Champs-Élysées ? »

Et nous voilà partis, suivant à pas lents la longue promenade, sous les arbres à peine vêtus de feuilles encore. Aucun bruit, que cette rumeur confuse et continue que fait Paris. Un vent frais nous passait sur le visage, et la légion des étoiles semait sur le ciel noir une poudre d'or.

Mon compagnon me dit :

« Je ne sais pourquoi, je respire mieux ici, la nuit, que partout ailleurs. Il me semble que ma pensée s'y élargit. J'ai, par moments, ces espèces de lueurs dans l'esprit qui font croire, pendant une seconde, qu'on va découvrir le divin secret des choses. Puis la fenêtre se referme. C'est fini. »

De temps en temps, nous voyions glisser deux ombres le long des massifs ; nous passions devant un banc où deux êtres, assis côte à côte, ne faisaient qu'une tache noire.

Mon voisin murmura :

Pauvres gens! Ce n'est pas du dégoût qu'ils m'inspirent, mais une immense pitié. Parmi tous les mystères de la vie humaine, il en est un que j'ai pénétré : notre grand tourment dans l'existence vient de ce que nous sommes éternellement seuls, et tous nos efforts, tous nos actes ne tendent qu'à fuir cette solitude. Ceux-là, ces amoureux des bancs en plein air, cherchent, comme nous, comme toutes les créatures, à faire cesser leur isolement, rien que pendant une minute au moins ; mais ils demeurent, ils demeureront toujours seuls ; et nous aussi.

On s'en aperçoit plus ou moins, voilà tout.

Depuis quelque temps j'endure cet abominable supplice d'avoir compris, d'avoir découvert l'affreuse solitude où je vis, et je sais que rien ne peut la faire cesser, rien, entends-tu ! Quoi que nous tentions, quoi que nous fassions, quels que soient l'élan de nos cœurs, l'appel de nos lèvres et l'étreinte de nos bras, nous sommes toujours seuls.

Je t'ai entraîné ce soir, à cette promenade, pour ne pas rentrer chez moi, parce que je souffre horriblement, maintenant, de la solitude de mon logement. À quoi cela me servira-t-il ? Je te parle, tu m'écoutes, et nous sommes seuls tous deux, côte à côte, mais seuls. Me comprends-tu ?

Bienheureux les simples d'esprit, dit l'Écriture [2]. Ils ont l'illusion du bonheur. Ils ne sentent pas, ceux-là, notre misère solitaire, ils n'errent pas, comme moi, dans la vie, sans autre contact que celui des coudes, sans autre joie que l'égoïste satisfaction de comprendre, de voir, de deviner et de souffrir sans fin de la connaissance de notre éternel isolement.

Tu me trouves un peu fou, n'est-ce pas ?

Écoute-moi. Depuis que j'ai senti la solitude de mon être, il me semble que je m'enfonce, chaque

jour davantage, dans un souterrain sombre, dont je
ne trouve pas les bords, dont je ne connais pas la fin,
et qui n'a point de bout, peut-être ! J'y vais sans
personne avec moi, sans personne autour de moi,
sans personne de vivant faisant cette même route
ténébreuse. Ce souterrain, c'est la vie. Parfois
j'entends des bruits, des voix, des cris... je m'avance
à tâtons vers ces rumeurs confuses. Mais je ne sais
jamais au juste d'où elles partent ; je ne rencontre
jamais personne, je ne trouve jamais une autre
main dans ce noir qui m'entoure. Me comprends-
tu ?

Quelques hommes ont parfois deviné cette souffrance atroce.

Musset s'est écrié :

> *Qui vient ? Qui m'appelle ? Personne.*
> *Je suis seul. — C'est l'heure qui sonne.*
> *Ô solitude ! — Ô pauvreté*[3] *!*

Mais, chez lui, ce n'était là qu'un doute passager,
et non pas une certitude définitive, comme chez
moi. Il était poète ; il peuplait la vie de fantômes, de
rêves. Il n'était jamais vraiment seul. — Moi, je suis
seul !

Gustave Flaubert, un des grands malheureux de
ce monde, parce qu'il était un des grands lucides,
n'écrivit-il pas à une amie cette phrase désespé-
rante : « Nous sommes tous dans un désert. Personne ne comprend personne[4]. »

Non, personne ne comprend personne, quoi qu'on
pense, quoi qu'on dise, quoi qu'on tente. La terre
sait-elle ce qui se passe dans ces étoiles que voilà,
jetées comme une graine de feu à travers l'espace, si
loin que nous apercevons seulement la clarté de
quelques-unes, alors que l'innombrable armée des

autres est perdue dans l'infini, si proches qu'elles forment peut-être un tout, comme les molécules d'un corps ?

Eh bien, l'homme ne sait pas davantage ce qui se passe dans un autre homme. Nous sommes plus loin l'un de l'autre que ces astres, plus isolés surtout, parce que la pensée est insondable.

Sais-tu quelque chose de plus affreux que ce constant frôlement des êtres que nous ne pouvons pénétrer ! Nous nous aimons les uns les autres comme si nous étions enchaînés, tout près, les bras tendus, sans parvenir à nous joindre. Un torturant besoin d'union nous travaille, mais tous nos efforts restent stériles, nos abandons inutiles, nos confidences infructueuses, nos étreintes impuissantes, nos caresses vaines. Quand nous voulons nous mêler, nos élans de l'un vers l'autre ne font que nous heurter l'un à l'autre.

Je ne me sens jamais plus seul que lorsque je livre mon cœur à quelque ami, parce que je comprends mieux alors l'infranchissable obstacle. Il est là, cet homme ; je vois ses yeux clairs sur moi ! mais son âme, derrière eux, je ne la connais point. Il m'écoute. Que pense-t-il ? Oui, que pense-t-il ? Tu ne comprends pas ce tourment ? Il me hait peut-être ? ou me méprise ? ou se moque de moi ? Il réfléchit à ce que je dis, il me juge, il me raille, il me condamne, m'estime médiocre ou sot. Comment savoir ce qu'il pense ? Comment savoir s'il m'aime comme je l'aime ? et ce qui s'agite dans cette petite tête ronde ? Quel mystère que la pensée inconnue d'un être, la pensée cachée et libre, que nous ne pouvons ni connaître, ni conduire, ni dominer, ni vaincre !

Et moi, j'ai beau vouloir me donner tout entier,

ouvrir toutes les portes de mon âme, je ne parviens point à me livrer. Je garde au fond, tout au fond, ce lieu secret du *Moi* où personne ne pénètre. Personne ne peut le découvrir, y entrer, parce que personne ne me ressemble, parce que personne ne comprend personne.

Me comprends-tu, au moins, en ce moment, toi ? Non, tu me juges fou ! tu m'examines, tu te gardes de moi ! Tu te demandes : « Qu'est-ce qu'il a, ce soir ? » Mais si tu parviens à saisir un jour, à bien deviner mon horrible et subtile souffrance, viens-t'en me dire seulement : *Je t'ai compris !* et tu me rendras heureux, une seconde, peut-être.

Ce sont les femmes qui me font encore le mieux apercevoir ma solitude.

Misère ! misère ! Comme j'ai souffert par elles, parce qu'elles m'ont donné souvent, plus que les hommes, l'illusion de n'être pas seul !

Quand on entre dans l'Amour, il semble qu'on s'élargit. Une félicité surhumaine vous envahit ! Sais-tu pourquoi ? Sais-tu d'où vient cette sensation d'immense bonheur ? C'est uniquement parce qu'on s'imagine n'être plus seul. L'isolement, l'abandon de l'être humain paraît cesser. Quelle erreur !

Plus tourmentée encore que nous par cet éternel besoin d'amour qui ronge notre cœur solitaire, la femme est le grand mensonge du Rêve.

Tu connais ces heures délicieuses passées face à face avec cet être à longs cheveux, aux traits charmeurs et dont le regard nous affole. Quel délire égare notre esprit ! Quelle illusion nous emporte !

Elle et moi, nous n'allons plus faire qu'un, tout à l'heure, semble-t-il ? Mais ce tout à l'heure n'arrive jamais, et, après des semaines d'attente, d'espérance et de joie trompeuse, je me retrouve

tout à coup, un jour, plus seul que je ne l'avais
encore été.

Après chaque baiser, après chaque étreinte, l'isolement s'agrandit. Et comme il est navrant, épouvantable !

Un poète, M. Sully Prudhomme, n'a-t-il pas écrit :
Les caresses ne sont que d'inquiets transports,
Infructueux essais du pauvre amour qui tente
L'impossible union des âmes par les corps[5]...

Et puis, adieu. C'est fini. C'est à peine si on
reconnaît cette femme qui a été tout pour nous
pendant un moment de la vie, et dont nous n'avons
jamais connu la pensée intime et banale sans
doute !

Aux heures mêmes où il semblait que, dans un
accord mystérieux des êtres, dans un complet
emmêlement des désirs et de toutes les aspirations,
on était descendu jusqu'au profond de son âme, un
mot, un seul mot, parfois, nous révélait notre
erreur, nous montrait, comme un éclair dans la
nuit, le trou noir entre nous.

Et pourtant, ce qu'il y a encore de meilleur au
monde, c'est de passer un soir auprès d'une femme
qu'on aime, sans parler, heureux presque complètement par la seule sensation de sa présence. Ne
demandons pas plus, car jamais deux êtres ne se
mêlent.

Quant à moi, maintenant, j'ai fermé mon âme. Je
ne dis plus à personne ce que je crois, ce que je
pense et ce que j'aime. Me sachant condamné à
l'horrible solitude, je regarde les choses, sans
jamais émettre mon avis. Que m'importent les
opinions, les querelles, les plaisirs, les croyances !
Ne pouvant rien partager avec personne, je me suis
désintéressé de tout. Ma pensée, invisible, demeure

inexplorée. J'ai des phrases banales pour répondre
aux interrogations de chaque jour, et un sourire qui
dit : « oui », quand je ne veux même pas prendre la
peine de parler.

Me comprends-tu ?

Nous avions remonté la longue avenue jusqu'à
l'arc de triomphe de l'Étoile, puis nous étions
redescendus jusqu'à la place de la Concorde, car il
avait énoncé tout cela lentement, en ajoutant
encore beaucoup d'autres choses dont je ne me
souviens plus.

Il s'arrêta et, brusquement, tendant le bras vers le
haut obélisque de granit, debout sur le pavé de
Paris et qui perdait, au milieu des étoiles, son long
profil égyptien, monument exilé, portant au flanc
l'histoire de son pays écrite en signes étranges, mon
ami s'écria :

« Tiens, nous sommes tous comme cette pierre. »

Puis il me quitta sans ajouter un mot.

Était-il gris ? Était-il fou ? Était-il sage ? Je ne le
sais encore. Parfois il me semble qu'il avait raison ;
parfois il me semble qu'il avait perdu l'esprit.

AU BORD DU LIT[1]

Un grand feu flambait dans l'âtre[2]. Sur la table japonaise, deux tasses à thé se faisaient face, tandis que la théière fumait à côté contre le sucrier flanqué du carafon de rhum.

Le comte de Sallure jeta son chapeau, ses gants et sa fourrure sur une chaise, tandis que la comtesse, débarrassée de sa sortie de bal, rajustait un peu ses cheveux devant la glace. Elle se souriait aimablement à elle-même en tapotant, du bout de ses doigts fins et luisants de bagues, les cheveux frisés des tempes. Puis elle se tourna vers son mari. Il la regardait depuis quelques secondes, et semblait hésiter comme si une pensée l'eût gêné.

Enfin il dit :

« Vous a-t-on assez fait la cour, ce soir ? »

Elle le considéra dans les yeux, le regard allumé d'une flamme de triomphe et de défi, et répondit :

« Je l'espère bien ! »

Puis elle s'assit à sa place. Il se mit en face d'elle et reprit en cassant une brioche :

« C'en était presque ridicule... pour moi. »

Elle demanda : « Est-ce une scène ? avez-vous l'intention de me faire des reproches ?

— Non, ma chère amie, je dis seulement que ce

M. Burel a été presque inconvenant auprès de vous. Si... si... si j'avais eu des droits... je me serais fâché.

— Mon cher ami, soyez franc. Vous ne pensez plus aujourd'hui comme vous pensiez l'an dernier, voilà tout. Quand j'ai su que vous aviez une maîtresse, une maîtresse que vous aimiez, vous ne vous occupiez guère si on me faisait ou si on ne me faisait pas la cour. Je vous ai dit mon chagrin, j'ai dit, comme vous ce soir, mais avec plus de raison : " Mon ami, vous compromettez Mᵐᵉ de Servy, vous me faites de la peine et vous me rendez ridicule. " Qu'avez-vous répondu ? Oh ! vous m'avez parfaitement laissé entendre que j'étais libre, que le mariage, entre gens intelligents, n'était qu'une association d'intérêts, un lien social, mais non un lien moral. Est-ce vrai ? Vous m'avez laissé comprendre que votre maîtresse était infiniment mieux que moi, plus séduisante, plus femme ! Vous avez dit : plus femme ! Tout cela était entouré, bien entendu, de ménagements d'homme bien élevé, enveloppé de compliments, énoncé avec une délicatesse à laquelle je rends hommage. Je n'en ai pas moins parfaitement compris.

» Il a été convenu que nous vivrions désormais ensemble, mais complètement séparés. Nous avions un enfant qui formait entre nous un trait d'union.

» Vous m'avez presque laissé deviner que vous ne teniez qu'aux apparences, que je pouvais, s'il me plaisait, prendre un amant pourvu que cette liaison restât secrète. Vous avez longuement disserté et fort bien, sur la finesse des femmes, sur leur habileté pour ménager les convenances, etc., etc.

» J'ai compris, mon ami, parfaitement compris. Vous aimiez alors beaucoup, beaucoup Mᵐᵉ de Servy, et ma tendresse légitime, ma tendresse légale vous gênait. Je vous enlevais, sans doute, quelques-uns de vos moyens. Nous avons, depuis lors, vécu séparés. Nous allons dans le monde ensemble, nous en revenons ensemble, puis nous rentrons chacun chez nous.

» Or, depuis un mois ou deux, vous prenez des allures d'homme jaloux. Qu'est-ce que cela veut dire ?

— Ma chère amie, je ne suis point jaloux, mais j'ai peur de vous voir vous compromettre. Vous êtes jeune, vive, aventureuse...

— Pardon, si nous parlons d'aventures, je demande à faire la balance entre nous.

— Voyons, ne plaisantez pas, je vous prie. Je vous parle en ami, en ami sérieux. Quant à tout ce que vous venez de dire, c'est fortement exagéré.

— Pas du tout. Vous avez avoué, vous m'avez avoué votre liaison, ce qui équivalait à me donner l'autorisation de vous imiter. Je ne l'ai pas fait...

— Permettez...

— Laissez-moi donc parler. Je ne l'ai pas fait. Je n'ai point d'amant, et je n'en ai pas eu... jusqu'ici. J'attends... je cherche... je ne trouve pas. Il me faut quelqu'un de bien... de mieux que vous... C'est un compliment que je vous fais et vous n'avez pas l'air de le remarquer.

— Ma chère, toutes ces plaisanteries sont absolument déplacées.

— Mais je ne plaisante pas le moins du monde. Vous m'avez parlé du dix-huitième siècle, vous m'avez laissé entendre que vous étiez régence. Je n'ai rien oublié. Le jour où il me conviendra de cesser d'être ce que je suis, vous aurez beau faire, entendez-vous, vous serez, sans même vous en douter... cocu comme d'autres.

— Oh!... pouvez-vous prononcer de pareils mots ?

— De pareils mots !... Mais vous avez ri comme un fou quand Mme de Gers a déclaré que M. de Servy avait l'air d'un cocu à la recherche de ses cornes.

— Ce qui peut paraître drôle dans la bouche de Mme de Gers devient inconvenant dans la vôtre.

— Pas du tout. Mais vous trouvez très plaisant le mot cocu quand il s'agit de M. de Servy, et vous le jugez fort malsonnant quand il s'agit de vous. Tout dépend du point de vue. D'ailleurs je ne tiens pas à ce mot, je ne l'ai prononcé que pour voir si vous êtes mûr.

— Mûr... Pour quoi ?

— Mais pour l'être. Quand un homme se fâche en entendant dire cette parole, c'est qu'il... brûle. Dans deux mois, vous rirez tout le premier si je parle d'un... coiffé. Alors... oui... quand on l'est, on ne le sent pas.

— Vous êtes, ce soir, tout à fait mal élevée. Je ne vous ai jamais vue ainsi.

— Ah ! voilà... j'ai changé... en mal. C'est votre faute.

— Voyons, ma chère, parlons sérieusement. Je vous prie, je vous supplie de ne pas autoriser, comme vous l'avez fait ce soir, les poursuites inconvenantes de M. Burel.

— Vous êtes jaloux. Je le disais bien.

— Mais non, non. Seulement je désire n'être pas ridicule. Je ne veux pas être ridicule. Et si je revois ce monsieur vous parler dans les... épaules, ou plutôt entre les seins...

— Il cherchait un porte-voix.

— Je... je lui tirerai les oreilles.

— Seriez-vous amoureux de moi, par hasard ?

— On le pourrait être de femmes moins jolies.

— Tiens, comme vous voilà! C'est que je ne suis plus amoureuse de vous, moi! »

Le comte s'est levé. Il fait le tour de la petite table, et, passant derrière sa femme, lui dépose vivement un baiser sur la nuque. Elle se dresse d'une secousse, et le regardant au fond des yeux :

« Plus de ces plaisanteries-là, entre nous, s'il vous plaît. Nous vivons séparés. C'est fini.

— Voyons, ne vous fâchez pas. Je vous trouve ravissante depuis quelque temps.

— Alors... alors... c'est que j'ai gagné. Vous aussi... vous me trouvez... mûre.

— Je vous trouve ravissante, ma chère; vous avez des bras, un teint, des épaules...

— Qui plairaient à M. Burel...

— Vous êtes féroce. Mais là... vrai... je ne connais pas de femme aussi séduisante que vous.

— Vous êtes à jeun.

— Hein?

— Je dis : Vous êtes à jeun.

— Comment ça?

— Quand on est à jeun, on a faim, et quand on a faim, on se décide à manger des choses qu'on n'aimerait point à un autre moment. Je suis le plat... négligé jadis que vous ne seriez pas fâché de vous mettre sous la dent... ce soir.

— Oh! Marguerite! Qui vous a appris à parler comme ça?

— Vous! Voyons : depuis votre rupture avec Mme de Servy, vous avez eu, à ma connaissance, quatre maîtresses, des cocottes celles-là, des artistes dans leur partie. Alors, comment voulez-vous que j'explique autrement que par un jeûne momentané vos... velléités de ce soir ?

— Je serai franc et brutal, sans politesse. Je suis redevenu amoureux de vous. Pour de vrai, très fort. Voilà.

— Tiens, tiens ! Alors vous voudriez... recommencer ?

— Oui, madame.

— Ce soir !

— Oh ! Marguerite !

— Bon. Vous voilà encore scandalisé. Mon cher, entendons-nous. Nous ne sommes plus rien l'un à l'autre, n'est-ce pas ? Je suis votre femme, c'est vrai, mais votre femme — libre. J'allais prendre un engagement d'un autre côté, vous me demandez la préférence. Je vous la donnerai... à prix égal.

— Je ne comprends pas.

— Je m'explique. Suis-je aussi bien que vos cocottes ? Soyez franc.

— Mille fois mieux.

— Mieux que la mieux ?

— Mille fois.

— Eh bien, combien vous a-t-elle coûté, la mieux, en trois mois ?

— Je n'y suis plus.

— Je dis : combien vous a coûté, en trois mois, la plus charmante de vos maîtresses, en argent, bijoux, soupers, dîners, théâtre, etc., entretien complet, enfin ?

— Est-ce que je sais, moi ?

— Vous devez savoir. Voyons, un prix moyen, modéré. Cinq mille francs par mois [3] : est-ce à peu près juste ?

— Oui... à peu près.

— Eh bien, mon ami, donnez-moi tout de suite cinq mille francs et je suis à vous pour un mois, à compter de ce soir.

— Vous êtes folle.

— Vous le prenez ainsi : bonsoir. »

La comtesse sort, et entre dans sa chambre à coucher. Le lit est entrouvert. Un vague parfum flotte, imprègne les tentures.

Le comte apparaissant à la porte :

« Ça sent très bon, ici.

— Vraiment ?... Ça n'a pourtant pas changé. Je me sers toujours de peau d'Espagne[4]. »

— Tiens... c'est étonnant... ça sent très bon.

— C'est possible. Mais vous, faites-moi le plaisir[5] de vous en aller parce que je vais me coucher.

— Marguerite !

— Allez-vous-en ! »

Il entre tout à fait et s'assied dans un fauteuil.

La comtesse : « Ah ! c'est comme ça. Eh bien, tant pis pour vous. »

Elle ôte son corsage de bal lentement, dégageant ses bras nus et blancs. Elle les lève au-dessus de sa tête pour se décoiffer devant la glace ; et, sous une mousse de dentelle, quelque chose de rose apparaît au bord du corset de soie noire.

Le comte se lève vivement et vient vers elle.

La comtesse : « Ne m'approchez pas, ou je me fâche !... »

Il la saisit à pleins bras et cherche ses lèvres.

Alors, elle, se penchant vivement, saisit sur sa toilette un verre d'eau parfumée pour sa bouche, et, par-dessus l'épaule, le lance en plein visage de son mari.

Il se relève, ruisselant d'eau, furieux, murmurant :
« C'est stupide.

— Ça se peut... Mais vous savez mes conditions : cinq mille francs.

— Mais ce serait idiot !...

— Pourquoi ça ?

— Comment, pourquoi ? Un mari payer pour coucher avec sa femme !...

— Oh !... quels vilains mots vous employez !...

— C'est possible. Je répète que ce serait idiot de payer sa femme, sa femme légitime.

— Il est bien plus bête, quand on a une femme légitime, d'aller payer des cocottes.

— Soit, mais je ne veux pas être ridicule. »

La comtesse s'est assise sur une chaise longue. Elle retire lentement ses bas en les retournant comme une peau de serpent. Sa jambe rose sort de la gaine de soie mauve, et le pied mignon se pose sur le tapis.

Le comte s'approche un peu et d'une voix tendre :
« Quelle drôle d'idée vous avez là ?

— Quelle idée ?

— De me demander cinq mille francs.

— Rien de plus naturel. Nous sommes étrangers l'un à l'autre, n'est-ce pas ? Or, vous me désirez. Vous ne pouvez pas m'épouser puisque nous sommes mariés. Alors vous m'achetez, un peu moins peut-être qu'une autre.

» Or, réfléchissez. Cet argent, au lieu d'aller chez une gueuse qui en ferait je ne sais quoi, restera dans votre maison, dans votre ménage. Et puis, pour un homme intelligent, est-il quelque chose de plus amusant, de plus original que de se payer sa propre femme ? On n'aime bien, en amour illégitime, que ce qui coûte cher, très cher. Vous donnez à notre amour... légitime, un prix nouveau, une saveur de débauche, un ragoût de... polissonnerie en le... tarifant comme un amour coté. Est-ce pas vrai ? »

Elle s'est levée presque nue et se dirige vers un cabinet de toilette.

« Maintenant, monsieur, allez-vous-en, ou je sonne ma femme de chambre. »

Le comte debout, perplexe, mécontent, la regarde, et, brusquement, lui jetant à la tête son portefeuille.

« Tiens, gredine, en voilà six mille... Mais tu sais ?... »

La comtesse ramasse l'argent, le compte, et d'une voix lente :

« Quoi ?
— Ne t'y accoutume pas. »

Elle éclate de rire, et allant vers lui :

« Chaque mois, cinq mille, monsieur, ou bien je vous renvoie à vos cocottes. Et même si... si vous êtes content... je vous demanderai de l'augmentation[6]. »

PETIT SOLDAT [1]

Chaque dimanche, sitôt qu'ils étaient libres, les deux petits soldats se mettaient en marche.

Ils tournaient à droite en sortant de la caserne, traversaient Courbevoie à grands pas rapides, comme s'ils eussent fait une promenade militaire ; puis, dès qu'ils avaient quitté les maisons, ils suivaient, d'une allure plus calme, la grand-route poussiéreuse et nue qui mène à Bezons.

Ils étaient petits, maigres, perdus dans leur capote trop large, trop longue, dont les manches couvraient leurs mains, gênés par la culotte rouge, trop vaste, qui les forçait à écarter les jambes pour aller vite. Et sous le shako raide et haut, on ne voyait plus qu'un rien du tout de figure, deux pauvres figures creuses de Bretons, naïves, d'une naïveté presque animale, avec des yeux bleus doux et calmes.

Ils ne parlaient jamais durant le trajet, allant devant eux, avec la même idée en tête, qui leur tenait lieu de causerie, car ils avaient trouvé à l'entrée du petit bois des Champioux [2], un endroit leur rappelant leur pays, et ils ne se sentaient bien que là.

Au croisement des routes de Colombes et de

Chatou, comme on arrivait sous les arbres, ils
ôtaient leur coiffure qui leur écrasait la tête, et ils
s'essuyaient le front.

Ils s'arrêtaient toujours un peu sur le pont de
Bezons pour regarder la Seine. Ils demeuraient là,
deux ou trois minutes, courbés en deux, penchés
sur le parapet ; ou bien ils considéraient le grand
bassin d'Argenteuil où couraient les voiles
blanches et inclinées des clippers, qui, peut-être,
leur remémoraient la mer bretonne, le port de
Vannes dont ils étaient voisins, et les bateaux
pêcheurs s'en allant à travers le Morbihan, vers le
large.

Dès qu'ils avaient franchi la Seine, ils achetaient
leurs provisions chez le charcutier, le boulanger et
le marchand de vin du pays. Un morceau de
boudin, quatre sous de pain et un litre de petit
bleu[3] constituaient leurs vivres emportés dans
leurs mouchoirs. Mais, aussitôt sortis du village, ils
n'avançaient plus qu'à pas très lents et ils se
mettaient à parler.

Devant eux, une plaine maigre, semée de bouquets d'arbres, conduisait au bois, au petit bois qui
leur avait paru ressembler à celui de Kermarivan[4].
Les blés et les avoines bordaient l'étroit chemin
perdu dans la jeune verdure des récoltes, et Jean
Kerderen disait chaque fois à Luc Le Ganidec :

« C'est tout comme auprès de Plounivon[4].

— Oui, c'est tout comme. »

Ils s'en allaient, côte à côte, l'esprit plein de
vagues souvenirs du pays, plein d'images réveil-
lées, d'images naïves comme les feuilles coloriées
d'un sou. Ils revoyaient un coin de champ, une
haie, un bout de lande, un carrefour, une croix de
granit.

Chaque fois aussi, ils s'arrêtaient auprès d'une pierre qui bornait une propriété, parce qu'elle avait quelque chose du dolmen de Locneuven[4].

En arrivant au premier bouquet d'arbres, Luc Le Ganidec cueillait tous les dimanches une baguette, une baguette de coudrier; il se mettait à arracher tout doucement l'écorce en pensant aux gens de là-bas.

Jean Kerderen portait les provisions.

De temps en temps, Luc citait un nom, rappelait un fait de leur enfance, en quelques mots seulement qui leur donnaient longtemps à songer. Et le pays, le cher pays lointain les repossédait peu à peu, les envahissait, leur envoyait, à travers la distance, ses formes, ses bruits, ses horizons connus, ses odeurs, l'odeur de la lande verte où courait l'air marin.

Ils ne sentaient plus les exhalaisons du fumier parisien dont sont engraissées les terres de la banlieue, mais le parfum des ajoncs fleuris que cueille et qu'emporte la brise salée du large. Et les voiles des canotiers, apparues au-dessus des berges, leur semblaient les voiles des caboteurs, aperçues derrière la longue plaine qui s'en allait de chez eux jusqu'au bord des flots.

Ils marchaient à petits pas, Luc Le Ganidec et Jean Kerderen, contents et tristes, hantés par un chagrin doux, un chagrin lent et pénétrant de bête en cage, qui se souvient.

Et quand Luc avait fini de dépouiller la mince baguette de son écorce, ils arrivaient au coin du bois où ils déjeunaient tous les dimanches.

Ils retrouvaient les deux briques cachées par eux dans un taillis, et ils allumaient un petit feu de branches pour cuire leur boudin sur la pointe de leur couteau.

Et quand ils avaient déjeuné, mangé leur pain jusqu'à la dernière miette, et bu leur vin jusqu'à la dernière goutte, ils demeuraient assis dans l'herbe, côte à côte, sans rien dire, les yeux au loin, les paupières lourdes, les doigts croisés comme à la messe, leurs jambes rouges allongées à côté des coquelicots du champ ; et le cuir de leurs shakos et le cuivre de leurs boutons luisaient sous le soleil ardent, faisaient s'arrêter les alouettes qui chantaient en planant sur leurs têtes.

Vers midi, ils commençaient à tourner leurs regards de temps en temps du côté du village de Bezons, car la fille à la vache allait venir.

Elle passait devant eux tous les dimanches pour aller traire et remiser[5] sa vache, la seule vache du pays qui fût à l'herbe, et qui pâturait une étroite prairie sur la lisière du bois, plus loin.

Ils apercevaient bientôt la servante, seul être humain marchant à travers la campagne, et ils se sentaient réjouis par les reflets brillants que jetait le seau de fer-blanc sous la flamme du soleil. Jamais ils ne parlaient d'elle. Ils étaient seulement contents de la voir, sans comprendre pourquoi.

C'était une grande fille vigoureuse, rousse et brûlée par l'ardeur des jours clairs, une grande fille hardie de la campagne parisienne.

Une fois, en les revoyant assis à la même place, elle leur dit :

« Bonjour... vous v'nez donc toujours ici ? »

Luc Le Ganidec, plus osant, balbutia :

« Oui, nous v'nons au repos. »

Ce fut tout. Mais le dimanche suivant, elle rit en les apercevant, elle rit avec une bienveillance protectrice de femme dégourdie qui sentait leur timidité, et elle demanda :

« Qué qu' vous faites comme ça ? C'est-il qu' vous r'gardez pousser l'herbe ? »

Luc égayé sourit aussi : « P'tête ben. »

Elle reprit : « Hein ! Ça va pas vite. »

Il répliqua, riant toujours : « Pour ça, non. »

Elle passa. Mais en revenant avec son seau plein de lait, elle s'arrêta encore devant eux, et leur dit :

« En voulez-vous une goutte ? Ça vous rappellera l' pays. »

Avec son instinct d'être de même race, loin de chez elle aussi peut-être, elle avait deviné et touché juste.

Ils furent émus tous les deux. Alors elle fit couler un peu de lait, non sans peine, dans le goulot du litre de verre où ils apportaient leur vin ; et Luc but le premier, à petites gorgées, en s'arrêtant à tout moment pour regarder s'il ne dépassait point sa part. Puis il donna la bouteille à Jean.

Elle demeurait debout devant eux, les mains sur ses hanches, son seau par terre à ses pieds, contente du plaisir qu'elle leur faisait.

Puis elle s'en alla, en criant : « Allons, adieu ; à dimanche ! »

Et ils suivirent des yeux, aussi longtemps qu'ils purent la voir, sa haute silhouette qui s'en allait, qui diminuait, qui semblait s'enfoncer dans la verdure des terres.

Quand ils quittèrent la caserne, la semaine d'après, Jean dit à Luc :

« Faut-il pas li acheter qué'que chose de bon ? »

Et ils demeurèrent fort embarrassés devant le problème d'une friandise à choisir pour la fille à la vache.

Luc opinait pour un morceau d'andouille, mais Jean préférait des berlingots, car il aimait les sucreries. Son avis l'emporta et ils prirent, chez un épicier, pour deux sous de bonbons blanc et rouge.

Ils déjeunèrent plus vite que de coutume, agités par l'attente.

Jean l'aperçut le premier : « La v'là », dit-il. Luc reprit : « Oui. La v'là. »

Elle riait de loin en les voyant, elle cria : « Ça va-t-il comme vous voulez ? » Ils répondirent ensemble :

« Et de vot' part ? » Alors elle causa, elle parla de choses simples qui les intéressaient, du temps, de la récolte, de ses maîtres.

Ils n'osaient point offrir leurs bonbons qui fondaient doucement dans la poche de Jean.

Luc enfin s'enhardit et murmura :

« Nous vous avons apporté quelque chose. »

Elle demanda : « Qué'que c'est donc ? »

Alors Jean, rouge jusqu'aux oreilles, atteignit le mince cornet de papier et le lui tendit.

Elle se mit à manger les petits morceaux de sucre qu'elle roulait d'une joue à l'autre et qui faisaient des bosses sous la chair. Les deux soldats, assis devant elle, la regardaient, émus et ravis.

Puis elle alla traire sa vache, et elle leur donna encore du lait en revenant.

Ils pensèrent à elle toute la semaine, et ils en parlèrent plusieurs fois. Le dimanche suivant, elle s'assit à côté d'eux pour deviser plus longtemps, et tous trois, côte à côte, les yeux perdus au loin, les genoux enfermés dans leurs mains croisées, ils racontèrent des menus faits et des menus détails des villages où ils étaient nés, tandis que la vache, là-bas, voyant arrêtée en route la servante, tendait vers elle sa lourde tête aux naseaux humides, et mugissait longuement pour l'appeler.

La fille accepta bientôt de manger un morceau avec eux et de boire un petit coup de vin. Souvent, elle leur apportait des prunes dans sa poche ; car la saison des prunes était venue. Sa présence dégourdissait les deux petits soldats bretons qui bavardaient comme deux oiseaux.

Or, un mardi, Luc Le Ganidec demanda une permission, ce qui ne lui arrivait jamais, et il ne rentra qu'à dix heures du soir.

Jean, inquiet, cherchait en sa tête pour quelle raison son camarade avait bien pu sortir ainsi.

Le vendredi suivant, Luc, ayant emprunté dix sous à son voisin de lit, demanda encore et obtint l'autorisation de quitter[6] pendant quelques heures.

Et quand il se mit en route avec Jean pour la promenade du dimanche, il avait l'air tout drôle, tout remué, tout changé. Kerderen ne comprenait pas, mais il soupçonnait vaguement quelque chose, sans deviner ce que ça pouvait être.

Ils ne dirent pas un mot jusqu'à leur place habituelle, dont ils avaient usé l'herbe à force de s'asseoir au même endroit ; et ils déjeunèrent lentement. Ils n'avaient faim ni l'un ni l'autre.

Bientôt la fille apparut. Ils la regardaient venir comme ils faisaient tous les dimanches. Quand elle fut tout près, Luc se leva et fit deux p.. Elle posa son seau par terre, et l'embrassa. Elle l'embrassa fougueusement, en lui jetant ses bras au cou, sans s'occuper de Jean, sans songer qu'il était là, sans le voir.

Et il demeurait éperdu, lui, le pauvre Jean, si éperdu qu'il ne comprenait pas, l'âme bouleversée, le cœur crevé, sans se rendre compte encore.

Puis, la fille s'assit à côté de Luc, et ils se mirent à bavarder.

Jean ne les regardait pas, il devinait maintenant pourquoi son camarade était sorti deux fois pendant la semaine, et il sentait en lui un chagrin cuisant, une sorte de blessure, ce déchirement que font les trahisons.

Luc et la fille se levèrent pour aller ensemble remiser la vache.

Jean les suivit des yeux. Il les vit s'éloigner côte à côte. La culotte rouge de son camarade faisait une tache éclatante dans le chemin. Ce fut Luc qui ramassa le maillet et frappa sur le pieu qui retenait la bête.

La fille se baissa pour la traire, tandis qu'il caressait d'une main distraite l'échine coupante de l'animal. Puis ils laissèrent le seau dans l'herbe et ils s'enfoncèrent sous le bois.

Jean ne voyait plus rien que le mur de feuilles où ils étaient entrés ; et il se sentait si troublé que, s'il avait essayé de se lever, il serait tombé sur place assurément.

Il demeurait immobile, abruti d'étonnement et de souffrance, d'une souffrance naïve et profonde. Il avait envie de pleurer, de se sauver, de se cacher, de ne plus voir personne jamais.

Tout à coup, il les aperçut qui sortaient du taillis. Ils revinrent doucement en se tenant par la main, comme font les promis dans les villages. C'était Luc qui portait le seau.

Ils s'embrassèrent encore avant de se quitter, et la fille s'en alla après avoir jeté à Jean un bonsoir amical et un sourire d'intelligence. Elle ne pensa point à lui offrir du lait ce jour-là.

Les deux petits soldats demeurèrent côte à côte, immobiles comme toujours, silencieux et calmes, sans que la placidité de leur visage montrât rien de ce qui troublait leur cœur. Le soleil tombait sur eux. La vache, parfois, mugissait en les regardant de loin.

À l'heure ordinaire, ils se levèrent pour revenir. Luc épluchait une baguette. Jean portait le litre vide. Il le déposa chez le marchand de vin de Bezons. Puis ils s'engagèrent sur le pont, et, comme chaque dimanche, ils s'arrêtèrent au milieu, afin de regarder couler l'eau quelques instants.

Jean se penchait, se penchait de plus en plus sur la balustrade de fer, comme s'il avait vu dans le courant quelque chose qui l'attirait. Luc lui dit : « C'est-il que tu veux y boire un coup ? » Comme il prononçait le dernier mot, la tête de Jean emporta le reste, les jambes enlevées décrivirent un cercle dans l'air, et le petit soldat bleu et rouge tomba d'un bloc, entra et disparut dans l'eau.

Luc, la gorge paralysée d'angoisse, essayait en vain de crier. Il vit plus loin quelque chose remuer ; puis la tête de son camarade surgit à la surface du fleuve, pour y rentrer aussitôt.

Plus loin encore, il aperçut, de nouveau, une main, une seule main qui sortit de la rivière, et y replongea. Ce fut tout.

Les mariniers accourus ne retrouvèrent point le corps ce jour-là.

Luc revint seul à la caserne, en courant, la tête affolée, et il raconta l'accident, les yeux et la voix

pleins de larmes, et se mouchant coup sur coup :
« Il se pencha... il se... il se pencha... si bien... si bien
que la tête fit culbute... et... et... le v'la qui tombe...
qui tombe... »

Il ne put en dire plus long, tant l'émotion l'étranglait. — S'il avait su...

DOSSIER

CHRONOLOGIE

1846   *9 novembre.* Mariage, à Rouen, de Gustave de Maupassant et de Laure Le Poittevin. Né en 1821, d'une famille d'origine lorraine installée en Normandie depuis plus d'un siècle et à laquelle un jugement du Tribunal civil de Rouen vient de reconnaître le droit à la particule, Gustave épouse la fille (née comme lui en 1821) d'un filateur. Cette même année 1846 voit le frère de Laure, Alfred Le Poittevin, l'ami intime de Flaubert, épouser la sœur de Gustave, Louise de Maupassant.

1850   *5 août.* Naissance d'Henry René Albert Guy de Maupassant, au château de Miromesnil, d'après l'acte dressé en la mairie de la commune de Tourville-sur-Arques (près de Dieppe), à Sotteville-lès-Rouen, d'après son acte de décès en 1893, ou, bien plus probablement, d'après les recherches et déductions d'érudits, à Fécamp, chez sa grand-mère Le Poittevin, rue Sous-le-Bois (aujourd'hui quai Guy-de-Maupassant). Autre légende, née dans la presse du vivant même de Maupassant et encore tenace, mais parfaitement controuvée (malgré la grande intimité, réelle, de Flaubert avec la fantasque Laure) : celle qui fait de l'auteur de *Madame Bovary* le père de Guy...
      18 août. Mort de Balzac.

1851   *17 août.* Baptême de Guy en l'église de Tourville.
      2 décembre. Coup d'État de Louis-Napoléon.

1852   *2 décembre.* Restauration de l'Empire.
      Hugo, exilé à Jersey, publie *Napoléon-le-Petit.*

1853   Publication de *Châtiments*, de Hugo.

1854   La famille Maupassant s'installe au château de Grainville-Ymauville, près du Havre.
Début de la guerre de Crimée.

1855   Exposition universelle de Paris.
Nerval (trouvé pendu le 26 janvier), *Aurélia*.

1856   *Février-avril*. Congrès et traité de Paris, qui consacrent le prestige et la puissance de Napoléon III.
19 mai. Naissance d'Hervé, second fils de Laure et Gustave de Maupassant.

1857   *Juin*. Élection de cinq députés républicains au Corps Législatif.
Publication de *Madame Bovary* et des *Fleurs du Mal*, qui valent à Flaubert et à Baudelaire de retentissants procès intentés par le gouvernement impérial pour immoralité (Flaubert est acquitté, Baudelaire condamné).

1858   *14 janvier*. Attentat d'Orsini.
Traduction française des *Récits d'un chasseur*, de Tourguéniev.

1859   À demi ruiné, Gustave de Maupassant prend un emploi à la banque Stolz, à Paris où la famille s'installe (3, rue du Marché, à Passy).
Octobre. Guy entre au lycée Napoléon (l'actuel lycée Henri-IV) ; bon élève, doux et appliqué.

1860   La séparation intervient entre Gustave, égoïste, léger, faible, coureur, dépensier, et Laure, hypersensible, autoritaire, dépressive. Gustave reste à Paris, où il sera, vingt-cinq années durant, caissier des titres à la banque Évrard ; Laure se retire dans leur villa des Verguies, à Étretat, avec ses deux fils dont elle confie la première éducation à l'abbé Aubourg.

1862   Tourguéniev publie *Pères et fils* (en russe, à Moscou — la première traduction française paraîtra l'année suivante), portrait du « nihiliste » Bazarov qui fait l'objet d'une vive et longue polémique.
Flaubert, *Salammbô* ; Hugo, *Les Misérables* ; Leconte de Lisle, *Poèmes barbares*.

1863   *Octobre*. Guy est pensionnaire à Yvetot, dans un « couvent triste, où règnent les curés, l'hypocrisie, l'ennui, etc., et d'où s'exhale une odeur de soutane qui se répand dans toute la ville ». L'élève est toutefois jugé docile et assidu. Il écrit sans doute alors ses premiers vers, qu'il envoie à sa mère.

Dans son *Églogue très amoureuse*, il prétendra avoir eu cette année-là, à treize ans — avec une petite *Jeannette* qui en avait quatorze — sa première expérience sexuelle.

Fromentin, *Dominique*; Renan, *Vie de Jésus*.

1864 *10 avril.* Maximilien de Habsbourg proclamé empereur du Mexique.

1866 *Été.* À Étretat, Guy sauve de la noyade l'écrivain anglais A. C. Swinburne, qui l'invite dans son étrange et sulfureuse « chaumière de Dolmancé ».

1867 *31 août.* Mort de Baudelaire.
Zola, *Thérèse Raquin*.

1868 *Printemps.* Pour une pièce de vers (dédiée à une cousine jeune mariée) jugée trop audacieuse par les Pères, Guy est renvoyé de l'institution; il achève sa rhétorique, puis sa philosophie, au lycée de Rouen, comme interne (il a pour correspondant le grand ami de Flaubert, le poète Louis Bouilhet).
Daudet, *Le Petit Chose*.

1869 *28 février.* Mort de Lamartine.
18 juillet. Mort de Louis Bouilhet.
27 juillet. Guy, bachelier ès lettres.
Octobre. Il s'installe à Paris et s'inscrit à la faculté de droit.
Flaubert, *L'Éducation sentimentale*; Goncourt, *Madame Gervaisais*; Lautréamont, *Les Chants de Maldoror*. Inauguration du canal de Suez.

1870 *19 juillet.* Déclaration de guerre de la France à la Prusse. Guy est aussitôt mobilisé, versé dans l'Intendance, à Rouen. Pendant la débâcle, il manque d'être fait prisonnier.
Taine, *De l'intelligence*. Mort de Charles Dickens.

1871 *Janvier.* Création de l'empire d'Allemagne à Versailles. Armistice. Traité de Francfort.
Mars-mai. La Commune.
Septembre. Après avoir vainement tenté d'obtenir une mutation, Maupassant se fait remplacer et quitte l'uniforme; il regagne Étretat.
Renan, *La Réforme intellectuelle et morale*. Mort de Pierre Leroux.

1872 *Mars*. Maupassant obtient un emploi (non rémunéré) au ministère de la Marine.

    Octobre. Il s'inscrit en deuxième année de droit, et est nommé surnuméraire à la direction des Colonies (avec un traitement de 125 fr. par mois).

    Daudet, *Tartarin de Tarascon*; Hugo, *L'Année terrible*; Zola, *La Curée*.

1873 *Mai*. Démission de Thiers; Mac-Mahon, président de la République : l' « ordre moral ».

    Été. Joyeuses parties de canotage sur la Seine, avec les camarades qui constituent l'équipage de la yole *La Feuille de rose* : Léon Fontaine, Robert Pinchon, Albert de Joinville. Maupassant couche deux nuits par semaine à Argenteuil; chaque matin à la salle d'armes, de cinq à sept heures.

    Septembre. Rentré à Paris, il est triste et découragé, mais travaille pourtant assidûment, sous la direction de Flaubert, à des contes.

    Barbey d'Aurevilly, *Les Diaboliques*; Daudet, *Contes du Lundi*; Rimbaud, *Une saison en enfer*.

1874 *Avril*. Maupassant est nommé commis de quatrième classe au ministère.

    Hiver. Chez Flaubert, rue Murillo, Maupassant fait la connaissance d'Edmond de Goncourt, avec qui les relations resteront très cordiales durant une douzaine d'années.

    Flaubert, *La Tentation de saint Antoine*; Gobineau, *Les Pléiades*; Verlaine, *Romances sans paroles*. Première exposition, chez Nadar, des « impressionnistes ».

1875 Publication, dans l'*Almanach lorrain de Pont-à-Mousson* (que dirige un cousin de Léon Fontaine) pour 1875, sous la signature de « Joseph Prunier », du premier conte de Maupassant : *La Main d'écorché*.

    Mort de son grand-père Jules de Maupassant; sa succession suscite d'âpres querelles entre ses enfants et petits-enfants.

    30 janvier. Vote de l'amendement Wallon, fondant la Troisième République.

    19 avril. Dans l'atelier du peintre Maurice Leloir, devant Flaubert, Tourguéniev et quelques autres amis, Maupassant joue une pièce de sa façon, pornographique et scatologique, *À la Feuille de rose, maison turque* — avec Mirbeau, Pinchon, Fontaine et Leloir tenant les autres rôles.

    Cette année-là, Maupassant fait la connaissance de Tourguéniev, de Zola et de Mallarmé (qui vient de s'installer rue de Rome) ; il a ses entrées au salon de la princesse Mathilde.

Zola, *La Faute de l'abbé Mouret*. Mort de Tristan Corbière et de H. C. Andersen.

1876   *Une répétition* est refusée au théâtre du Vaudeville, mais Maupassant commence à publier des contes, poèmes et essais dans divers journaux. Il participe régulièrement à des dîners et réunions chez Huysmans, Catulle Mendès, Zola, et passe tous ses dimanches chez Flaubert. Il souffre d'herpès et de douleurs cardiaques.

Richepin, *La Chanson des gueux* ; Verne, *Michel Strogoff*. Mort de George Sand.

1877   *24 janvier.* Lettre de Tourguéniev à Flaubert : « Le pauvre Maupassant perd tous les poils de son corps... il est toujours très gentil, mais bien laid à cette heure. »

2 mars. Lettre de Maupassant à Robert Pinchon : « J'ai la vérole ! enfin ! la vraie !! pas la méprisable chaude-pisse, pas l'ecclésiastique christaline, pas les bourgeoises crêtes-de-coq, ou les légumineux choux-fleurs, non, non, la grande vérole, celle dont est mort François Ier. Et j'en suis fier, morbleu ! et je méprise par-dessus tout les bourgeois. Alleluia ! J'ai la vérole, par conséquent je n'ai plus peur de l'attraper. »

16 avril. Journal de Goncourt : « Ce soir, Huysmans, Céard, Hennique, Paul Alexis, Octave Mirbeau, Guy de Maupassant, la jeunesse des lettres réaliste, naturaliste nous a sacrés, Flaubert, Zola et moi, sacrés officiellement les trois Maîtres de l'heure présente, dans un dîner des plus cordiaux et des plus gais. »

4 mai. Gambetta : « Le cléricalisme, voilà l'ennemi ! »

Août. Maupassant, qui a obtenu un congé de deux mois, fait une cure en Suisse, à Loèche-les-Bains.

Flaubert, *Trois Contes* ; Goncourt, *La Fille Élisa* ; Zola, *L'Assommoir*.

1878   Maupassant ne réussit pas à faire jouer son drame histori-que, *La Trahison de la comtesse de Rhune*.

Mars-mai. Il interrompt la rédaction du roman auquel il travaille depuis quelques mois *(Une vie)* pour composer un long poème (506 vers), *Vénus rustique* (« Diable, c'est roide, roide », écrit-il à sa mère le 3 avril).

18 décembre. Il démissionne du ministère de la Marine pour entrer, grâce à l'entremise de Flaubert, à l'Instruction publique. Il fréquente le groupe des Hydropathes et le salon de Nina de Villard (la « dame aux éventails » de Manet).

1879   *30 janvier.* Démission de Mac-Mahon. Élection de Jules Grévy à la présidence de la République.

19 février. Première de l'*Histoire du vieux temps* (un acte, écrit cinq ans plus tôt, remanié sur les conseils de Flaubert) au théâtre de Ballande.

Septembre. Voyage en Bretagne et à Jersey.

Zola, *Nana.*

1880   *11 janvier.* Maupassant est cité à comparaître devant le juge d'Étampes, suite à une information ouverte pour outrage à la morale publique contre l'auteur du poème *Une fille* qu'a publié la *Revue moderne*. Flaubert intervient ; un non-lieu sera délivré un mois et demi plus tard.

Février-mars. Paralysie de l'accommodation de l'œil droit, troubles cardiaques, chute des cheveux (alopécie).

17 avril. Publication chez Charpentier des *Soirées de Médan* (six nouvelles, de Zola, Maupassant, Huysmans, Céard, Hennique et Alexis) : grand succès de la nouvelle de Maupassant, *Boule de suif.* Huit jours plus tard, chez le même éditeur, un recueil, *Des vers*, auquel Zola consacrera un article élogieux.

8 mai. Mort de Flaubert, foudroyé par l'apoplexie. Immense chagrin de Maupassant.

31 mai. Avec *Préparatifs de voyage*, première nouvelle de la série des *Dimanches d'un bourgeois de Paris*, Maupassant commence au quotidien *Le Gaulois* une collaboration qui durera jusqu'en 1888.

1er juin. Maupassant obtient de l'administration un congé de trois mois avec traitement, — qui sera suivi d'un autre à demi-traitement, puis d'un de six mois sans traitement ; il sera rayé des cadres de l'Instruction publique en 1882.

14 juillet. Première Fête nationale (elle inspire à Maupassant le sixième « Dimanche d'un bourgeois de Paris », *Avant la fête*).

Septembre-octobre. Voyage en Corse.

Décembre. Maupassant reçoit une première lettre de la jeune « Gisèle d'Estoc » (Marie-Élisa Courbe, née en 1863), qui deviendra sa maîtresse dès sa seconde visite.

Ministère Jules Ferry. Amnistie des Communards, qui rentrent en France. Expulsion et dissolution de la Compagnie de Jésus.

Schopenhauer, *Pensées, maximes et fragments* (trad.
J. Bourdeau); trad. de *Guerre et Paix* de Tolstoï. Zola, *Le
Roman expérimental*.

1881 *Mai.* Publication, chez Victor Havard, de *La Maison Tellier*,
premier recueil de contes et nouvelles (huit) de Maupassant.
Été. Voyage en Algérie; retour par la Corse.

29 octobre. Avec une chronique sur *Les Femmes*, Maupassant commence une longue collaboration à *Gil Blas* (qui
durera jusqu'en 1891) sous le pseudonyme de « Maufrigneuse ».

Il donne au *Nouveau Parnasse satyrique du XIX⁰ siècle*
(imprimé clandestinement en Belgique à 175 exemplaires)
trois poèmes érotiques : *Ma source*, *La Femme à barbe* et *69*.

Loi instituant la gratuité de l'enseignement primaire.

Flaubert, *Bouvard et Pécuchet* (posth.); France, *Le Crime
de Sylvestre Bonnard*; Vallès, *Le Bachelier*; Verlaine, *Sagesse*
Renoir achève *Le Déjeuner des canotiers*, Manet commence
Le Bar des Folies-Bergère. Mort de Dostoïevski.

1882 *Janvier.* Maupassant se blesse à la main d'un coup de
revolver, par accident, semble-t-il.

Mai. Publication, chez Henry Kistemaeckers à Bruxelles,
de *Mademoiselle Fifi* (sept nouvelles), alors que Maupassant
séjourne sur la Côte d'Azur.

Juillet. Voyage en Bretagne.

Loi Jules Ferry organisant l'enseignement primaire laï-
que et obligatoire. Mort de Gambetta. Krach de l'Union
Générale. Constitution de la Triple-Alliance. Déroulède
fonde la Ligue des Patriotes. Koch découvre le bacille de la
tuberculose, Pasteur, la vaccination anticharbonneuse;
Charcot commence ses cours à la Salpêtrière.

Becque, *Les Corbeaux*; Huysmans, *À Vau-l'eau*; Zola, *Pot-
Bouille*. Mort de Gobineau.

1883 *27 février.* Naissance à Paris (rue des Dames, dans le
XVII⁰ arrondissement), « de père inconnu », de Lucien, fils
de Joséphine Litzelmann (1857-1920) et, très vraisemblablement, de Maupassant (qui aura encore deux filles,
Lucienne en 1884 et Marguerite en 1887, de la jeune
modiste).

Avril. Maupassant publie, chez Havard, son premier
roman, *Une vie* (qui a d'abord paru en feuilleton dans *Gil
Blas*), et une réédition de *Mademoiselle Fifi* augmentée de
onze nouvelles. *Une vie* effarouche la pudeur de la librairie

Hachette, qui en interdit la diffusion dans les bibliothèques de gare dont elle a le monopole ; l'affaire provoquera une interpellation à la Chambre, et Hachette annulera sa décision.

30 avril. Mort de Manet.

Juin. Publication, chez Rouveyre et Blond, des *Contes de la Bécasse* (dix-sept contes).

3 septembre. Mort de Tourguéniev. Maupassant écrit plusieurs articles sur « l'inventeur du mot " nihilisme " ».

1er novembre. François Tassart (1866-1949) entre au service de Maupassant.

Décembre. Publication, chez Monnier, de *Clair de lune* (douze nouvelles).

Cette année 1883, Maupassant fait construire à Étretat, sur le terrain que sa mère lui a cédé, une maison qu'il veut appeler « la Maison Tellier »... et qu'il baptisera finalement, sur la suggestion de sa grande amie Hermine Lecomte du Noüy, « la Guillette ».

Mort de Karl Marx, de Manet, de Wagner. Bonnetain, *Charlot s'amuse* ; Brunetière, *Le Roman naturaliste* ; Loti, *Mon frère Yves* ; Rollinat, *Les Névroses* ; Verlaine, *Les Poètes maudits* ; Villiers de L'Isle-Adam, *Contes cruels* ; Zola, *Au bonheur des Dames.* Nietzsche, *Ainsi parlait Zarathoustra.*

1884   *Au soleil*, journal de voyage en Algérie, paraît chez Havard.

Février. Maupassant préface les *Lettres de Gustave Flaubert à George Sand.* À Cannes, il met accidentellement le feu à sa chambre.

La jeune et belle comtesse Emmanuela Potocka tient alors une grande place dans la vie de Maupassant, qui est fidèle à ses étranges « dîners des Macchabées » — où chaque convive doit tenir le rôle d'un « mort d'amour ».

Mars-mai. Correspondance sentimentale avec une inconnue, qu'il ne rencontrera sans doute pas et qui mourra le 31 octobre de cette année : Marie Bashkirtseff.

Mai. Publication, chez Havard, de *Miss Harriet* (douze nouvelles).

Juillet. Publication, chez Paul Ollendorff, des *Sœurs Rondoli* (quinze nouvelles). Loi Naquet rétablissant le divorce.

Novembre. Publication, chez Havard, d'*Yvette* (huit nouvelles).

Él. Bourges, *Le Crépuscule des dieux* ; Daudet, *Sapho* ; Huysmans, *À rebours* ; Zola, *La Joie de vivre.* Massenet, *Manon.*

1885 *14 février.* Mort de Jules Vallès.

    Mars. Publication, chez Havard, des *Contes du jour et de la nuit* (vingt et un contes), titre dont on ignore la raison.

    Avril-mai. Voyage en Italie et en Sicile, en compagnie de trois « macchabées » de la comtesse Potocka.

    Mai. Publication, chez Havard, de *Bel-Ami*, deuxième roman de Maupassant (qui a d'abord paru en feuilleton dans *Gil Blas*).

    22 mai. Mort de Victor Hugo.

    Juillet-août. Saison à Châtelguyon.

    Novembre. Achat d'un nouveau yacht, le *Bel-Ami I*.

    Décembre. Publication, chez Ollendorff, de *Monsieur Parent* (dix-sept nouvelles). Maupassant fait la connaissance de Marie Kann, qui deviendra sa maîtresse.

    Bourget, *Cruelle Énigme* et *Nouveaux Essais de Psychologie contemporaine*; Laforgue, *Complaintes*; Verlaine, *Jadis et naguère*; Zola, *Germinal*.

    Affaire de Lang-son, chute de Jules Ferry.

1886 *Janvier.* Publication, chez Marpon et Flammarion, de *Toine* (dix-huit nouvelles).

    19 janvier. Mariage d'Hervé de Maupassant avec Marie-Thérèse Fanton d'Andon.

    Avril-mai. Maupassant rend compte du Salon dans cinq articles du xixe *Siècle*. Publication chez Havard de *La Petite Roque* (dix nouvelles). Maupassant provoque en duel Jean Lorrain, qui l'a peint, dans son roman *Très Russe*, sous le nom de « Beaufrilan » (parodie de « Maufrigneuse »), comme « l'étalon modèle, littéraire et plastique, du grand haras Flaubert, Zola et Cie, vainqueur à toutes les courses de Cythère et primé jusqu'à Lesbos, couru et hors concours, traînant tout un passé de vieilles hystériques, bas-bleus d'alcôve, éprises du beau mâle qu'il se glorifie d'être »... Mais l'affaire s'arrange avant qu'on n'aille sur le pré.

    Juillet. Nouveau séjour à Châtelguyon, apparemment pour vérifier certains détails qui doivent apparaître dans *Mont-Oriol*.

    Août. Voyage en Angleterre, où l'a invité le baron Ferdinand de Rothschild.

    Drumont, *La France juive*; Loti, *Pêcheur d'Islande*; Rimbaud, *Illuminations* (dans *La Vogue*); Vogüé, *Le Roman russe*; Zola, *L'Œuvre*.

    Le général Boulanger, ministre de la Guerre.

1887   *Janvier.* Publication chez Havard de *Mont-Oriol*, troisième roman, qui a d'abord paru en feuilleton dans le *Gil Blas*.

   Mai. Publication chez Ollendorff du recueil *Le Horla* (quatorze nouvelles, dont *Sauvée*, qui a déjà paru dans *La Petite Roque* : Maupassant ne s'en aperçoit qu'après la mise en vente du volume !).

   9 juillet. Voyage en ballon (un aérostat nommé *Le Horla*), de Paris jusqu'à la frontière belgo-hollandaise.

   18 août. Manifeste des « Cinq » (Bonnetain, Descaves, Guiches, Margueritte et Rosny) contre *La Terre* de Zola, qui vient de paraître.

   Son frère Hervé donne des signes de déséquilibre ; Guy se rend dans le Midi pour le faire examiner.

   Octobre. Voyage en Algérie et Tunisie ; il quittera Tunis le 6 janvier pour rentrer en France.

   Mallarmé, *Poésies.* Antoine fonde le Théâtre-Libre. Mort de Jules Laforgue.

   Sadi Carnot élu président de la République après la démission *(2 décembre)* de Jules Grévy bousculé par les scandales.

1888   *Janvier.* Publication chez Ollendorff de son quatrième roman, *Pierre et Jean* (d'abord paru en feuilleton dans *La Nouvelle Revue*), précédé d'une étude sur « Le Roman ». Menace de procès contre *Le Figaro* qui, publiant cette étude dans son *Supplément littéraire*, en a dénaturé le sens en y pratiquant des coupures et en donnant un texte fautif.

   Maupassant achète un nouveau yacht, le *Bel-Ami II.*

   Mai. Réédition, chez Ollendorff, du recueil *Clair de lune* (1883), augmenté de cinq nouvelles.

   Juin. Publication, chez Flammarion, de *Sur l'eau* (journal de voyage à bord du *Bel-Ami*).

   Septembre. Cure à Aix-les-Bains.

   Octobre. Publication, chez Quantin, du *Rosier de Madame Husson* (quatorze nouvelles).

   Novembre-décembre. Nouveau voyage en Afrique du Nord.

   Barrès, *Sous l'œil des barbares.*

1889   *Février.* Publication chez Ollendorff de *La Main gauche* (onze nouvelles).

   Mai. Inauguration de l'Exposition Universelle, avec la tour Eiffel. Publication chez Ollendorff du roman *Fort comme la mort* (d'abord paru en feuilleton dans la *Revue illustrée*).

11 août. Hervé de Maupassant est interné à l'asile de Bron, près de Lyon. Guy lui rend visite le 22 (après avoir dîné la veille, très amoureusement, avec la comtesse Potocka) : « Je crois que je deviendrai fou moi-même. »

Août-octobre. Longue croisière à bord du *Bel-Ami II.*

13 novembre. Mort d'Hervé de Maupassant, à l'asile.

Barrès, *Un homme libre ;* Bergson, *Essai sur les données immédiates de la conscience ;* Bourget, *Le Disciple ;* Claudel, *Tête d'or ;* Maeterlinck, *La Princesse Maleine ;* Zola, *La Bête humaine.* Toulouse-Lautrec, *Au Bal du Moulin de la Galette.*

1890   *Mars.* Publication chez Ollendorff de *La Vie errante* (troisième volume de récits de voyage).

Avril. Publication chez Havard de *L'Inutile Beauté* (onze contes, quinzième et dernier recueil élaboré par Maupassant).

Juin. Publication chez Ollendorff du sixième et dernier roman *Notre cœur* (d'abord donné en feuilleton à la *Revue des Deux Mondes*).

Juillet. Cure à Plombières. L'été, Maupassant songe et travaille à deux romans, qu'il ne pourra achever : de *L'Âme étrangère* et de *L'Angélus,* il n'écrira que les quarante premières pages (publiées en 1895 dans la *Revue de Paris*).

Octobre. Bref voyage en Algérie.

William James, *Principes de Psychologie ;* Mirbeau, *Sébastien Roch ;* Renan, *L'Avenir de la science.* Fondation du Théâtre d'Art de Paul Fort. Mort de Van Gogh.

1891   La santé de Maupassant se dégrade rapidement et gravement : alopécie, influenza, bronchite, douleurs à l'œil et à la mâchoire. En proie à une profonde dépression, il ne peut plus écrire.

Mars. Succès de *Musotte,* au théâtre du Gymnase (pièce écrite en collaboration avec Jacques Normand).

Août. À Divonne où il est en cure, il tombe de tricycle et se luxe deux côtes. La paralysie générale (syphilis) atteint les facultés intellectuelles.

Réédition de *La Maison Tellier* (1881), augmentée d'une nouvelle *(Les Tombales).*

Décembre. Le 2, Maupassant écrit : « Je serai mort dans quelques jours, c'est la pensée de tous les médecins d'ici » ; à la fin du mois, au docteur Cazalis (le poète Jean Lahor) : « Je suis absolument perdu. Je suis même à l'agonie ; j'ai un ramollissement du cerveau venu des lavages que j'ai faits avec de l'eau salée dans mes fosses nasales. Il s'est produit

dans le cerveau une fermentation de sel et toutes les nuits
mon cerveau coule par le nez et la bouche en une pâte
gluante et salée dont j'emplis une cuvette entière. Voilà
vingt nuits que je passe comme cela. C'est la mort immi-
nente et je suis fou. Ma tête bat la campagne. Adieu, ami,
vous ne me reverrez pas. »

Grèves et fusillades de Fourmies. Encyclique *Rerum
novarum* de Léon XIII, condamnant les excès du capita-
lisme.

Barrès, *Le Jardin de Bérénice*; Gide, *Les Cahiers d'André
Walter*; Huysmans, *Là-bas*; Zola, *L'Argent*. Enquête de Jules
Huret, dans *L'Écho de Paris*, sur l'*Évolution littéraire*. Mort
de Rimbaud. Monet, *Nymphéas*; Toulouse-Lautrec, *La Gou-
lue au Moulin-Rouge*.

1892 *Janvier.* Dans la nuit du 1er au 2, au chalet de l'Isère, à
Cannes, où il séjourne depuis quelque six semaines, Maupassant tente par trois fois de se tuer en se tranchant la
gorge. Le 7, il est interné dans la clinique du docteur
Blanche, à Passy, d'où il ne sortira plus.

Claudel, *La Jeune Fille Violaine*; France, *L'Étui de nacre*;
Loti, *Fantôme d'Orient*. Jacques-Émile Blanche : *Portrait de
Marcel Proust.*

1893 *Mai-juin.* Hermine Lecomte de Noüy : « Il était assis dans
la cour de l'asile, sous le ciel bleu, mais combien pâle,
vieilli, affaibli; une ombre ! Je distinguais ses traits flétris,
ses yeux rouges et éteints, les muscles détendus de ses
mâchoires, qui lui faisaient comme des bajoues. Ses épaules
s'étaient voûtées, et, de sa main maigre et pâle, il se
caressait inconsciemment le menton. » Convulsions épilep-
tiformes. Du 28 juin au 2 juillet, il est dans le coma.

6 juillet. À 9 heures du matin, mort de Guy de Maupassant, des suites d'une syphilis à marche neurotrope.

8 juillet. Obsèques en l'église Saint-Pierre de Chaillot et
au cimetière du Montparnasse.

Mallarmé, *Vers et prose.*

1899 Ollendorff publie un recueil de vingt-deux contes inédits, *Le
Père Milon.*

1900 Ollendorff publie *Le Colporteur*, un recueil de vingt contes,
dont seize inédits.

1907-10 Édition, établie par Pol Neveux pour la librairie Conard,
des *Œuvres complètes de Guy de Maupassant*, en 29 volumes.

BIBLIOGRAPHIE

1. ŒUVRES DE MAUPASSANT

Cinq éditions des *Œuvres complètes* :

— en 30 vol., Paris : Paul Ollendorff, 1889-1912 ;
— en 29 vol., Paris : Louis Conard, 1907-10 (éd. Pol Neveux) ;
— en 15 vol., Paris : Librairie de France (Gründ), 1934-38 (éd. René Dumesnil) ;
— en 16 vol., Lausanne : Éd. Rencontre, 1961-62 (éd. Gilbert Sigaux) ;
— en 17 vol., Évreux : Le Cercle du Bibliophile, 1969-71 (éd. Pascal Pia et Gilbert Sigaux), plus 3 vol. de *Correspondance*, 1973 (éd. Jacques Suffel).

Deux éditions des *Contes et nouvelles* et des *Romans* :

— chez Albin Michel, les *Contes et nouvelles* en 2 vol., 1956-57, présentés par Albert-Marie Schmidt et Gérard Delaisement (classement thématique, parfois arbitraire ; texte souvent fautif ; un bref « avertissement », mais aucun appareil critique), et les *Romans* en 1 vol., 1959, par Albert-Marie Schmidt (courte notice sur chacun des six romans, auxquels est joint le fragment posthume de *L'Angélus*, mais non celui de *L'Âme étrangère*) ;
— chez Gallimard, dans la « Bibliothèque de la Pléiade », les *Contes et nouvelles* en 2 vol., 1974-79 (classement chronologique), et les *Romans* en 1 vol., 1987, présentés par Louis Forestier : édition très sûre, très complète, pourvue d'un important appareil critique : notices, notes, variantes, bibliographies. Est-il besoin de préciser que le présent Dossier est grandement redevable au travail de Louis Forestier ?

Signalons aussi, dans les « Classiques Garnier », les éd. des contes procurées par Marie-Claire Bancquart : *Boule de suif et autres contes normands* (1971), *Le Horla et autres contes cruels et fantastiques* (1976) et *La Parure et autres contes parisiens* (1984).

Avec des appareils critiques plus ou moins réduits, la plupart des titres existent dans « Le Livre de poche », dans la coll. « Garnier-Flammarion », ainsi que dans « Folio » (où le présent volume est le huitième recueil de contes de Maupassant à paraître, à côté de cinq romans).

L'ensemble des *Chroniques* publiées par Maupassant dans divers journaux, dont Pascal Pia avait donné la première édition, a été repris en 3 vol., par Hubert Juin, avec une brève préface (Paris : U.G.E., coll. « 10/18 », 1980).

II. BIBLIOGRAPHIE

Louis Forestier, en 1979 au t. II de son édition des *Contes et nouvelles* (pp. 1727-46) et en 1987 dans son édition des *Romans* (pp. 1691-7), a complété les bibliographies données par André Vial en 1954 (*Guy de Maupassant et l'art du roman*, Paris : Nizet, pp. 617-27) et par Hector Talvart et Joseph Place en 1956 (*Bibliographie des auteurs modernes de langue française*, Paris : Éd. de la Chronique des Lettres françaises, t. XIII, pp. 247-325).

Le dernier « État présent des études sur Maupassant » est malheureusement fort ancien, dû à Régis Antoine, *Revue des Sciences humaines*, n° 144, oct.-déc. 1971, pp. 649-55.

III. PRINCIPALES ÉTUDES

(Les ouvrages les plus importants sont signalés par →)

Artinian (Artine), *Pour et contre Maupassant*, Paris : Nizet, 1955.

Artinian (Robert W.), *La Technique descriptive chez Guy de Maupassant*. St.-Pieters-Kapelle (Belgique) : Lettera Amorosa, 1973.

Bancquart (Marie-Claire), *Maupassant conteur fantastique*. Paris : Lettres Modernes, 1976.

Besnard-Coursodon (Micheline), *Étude thématique et structurale de l'œuvre de Maupassant : Le Piège*. Paris : Nizet, 1973.

Bonnefis (Philippe), *Comme Maupassant*. Lille : Presses Universitaires de Lille, 1981.

Castella (Charles), *Structures romanesques et vision sociale chez Guy de Maupassant*. Lausanne : L'Âge d'homme, 1972.

Cogny (Pierre), *Maupassant, l'homme sans dieu*. Bruxelles : La Renaissance du Livre, 1968.

Delaisement (Gérard), *Maupassant journaliste et chroniqueur, suivi d'une Bibliographie générale de l'œuvre de Maupassant*. Paris : Albin Michel, 1956.

Dumesnil (René), *Guy de Maupassant*. Paris : Tallandier, 1947.

Europe, n° 482, juin 1969 : « Maupassant ».

→ Lanoux (Armand), *Maupassant le Bel-Ami*. Paris : Fayard, 1967 (rééd. augmentée, « Le Livre de poche », 1983).

Lumbroso (Albert), *Souvenirs sur Maupassant*. Rome : Bocca, 1905.

Magazine littéraire, n° 156, janvier 1980 : « Maupassant ».

Maynial (Édouard), *La Vie et l'œuvre de Guy de Maupassant*. Paris : Mercure de France, 1906.

→ Morand (Paul), *Vie de Guy de Maupassant*. Paris : Flammarion, 1942.

Savinio (Alberto), *Maupassant et « l'Autre »*. [...] Paris : Gallimard, 1977.

→ Schmidt (Albert-Marie), *Maupassant par lui-même*. Paris : Éd. du Seuil, 1962.

Tassart (François), *Souvenirs sur Guy de Maupassant, par François, son valet de chambre*. Paris : Plon, 1911.

—, *Nouveaux Souvenirs intimes sur Guy de Maupassant*. Éd. par Pierre Cogny. Paris : Nizet, 1962.

Thoraval (Jean), *L'Art de Maupassant d'après ses variantes*. Paris : Imprimerie nationale, 1950.

→ Vial (André), *Guy de Maupassant et l'art du roman*. Paris : Nizet, 1954.

—, *Faits et significations*. Paris : Nizet, 1973.

NOTES

Monsieur Parent est le neuvième des quinze volumes où Maupassant, de son vivant (de *La Maison Tellier* en 1881 à *L'Inutile Beauté* en 1890), a recueilli les contes et nouvelles qu'il publiait d'abord dans des journaux et revues. Comme la plupart des autres (c'est-à-dire aux seules exceptions près des *Contes de la Bécasse*, des *Contes du jour et de la nuit* et de *La Main gauche*), le recueil prend tout simplement pour titre celui de sa première nouvelle. Et comme pour la plupart des autres, Maupassant n'a guère le loisir ni le souci de donner à ce recueil une unité thématique, mais prend au contraire, de toute évidence, le contraste et la variété pour principe de construction. Aux moindres frais, il s'agit de « vider son sac » dès qu'il est plein. *Monsieur Parent* rassemble donc douze contes et nouvelles parus en 1885, auxquels s'en ajoutent trois de 1884 et même un de 1883, que les précédents recueils avaient négligés ou, plus probablement, oubliés (à l'inverse, il arrive à Maupassant d'inclure, par inadvertance, la même nouvelle dans deux recueils successifs : *Rencontre*, dans *Les Sœurs Rondoli* puis dans *Toine...*, *Sauvée*, dans *La Petite Roque* et un an après dans *Le Horla...*). La plupart de ces dix-sept textes avaient paru dans le *Gil Blas*, trois dans *Le Gaulois*, deux dans *Le Figaro* ; si ces deux derniers quotidiens, conservateurs (*Le Gaulois* d'Arthur Meyer était royaliste, et *Le Figaro*, après avoir été très antirépublicain sous la direction de son fondateur Villemessant, acceptait le régime comme un pis-aller), étaient des journaux fort « sérieux », le *Gil Blas*, fondé en 1879, s'était d'abord voulu très littéraire mais avait dû son rapide succès (vingt-sept mille exemplaires en 1883 : beaucoup plus que *Le Temps*, quatre fois plus que le *Journal des Débats*) à son goût affiché pour le grivois, le scandaleux, le petit « écho parisien », qui lui valut de nombreuses poursuites judiciaires...

La moisson à engranger était abondante : si 1885 est très nettement l'année où Maupassant commence à délaisser le genre court au profit du roman (il achève et publie *Bel-Ami* et détaille le plan de *Mont-Oriol*), les trois précédentes ont été les années les plus riches. Entre la fin de 1881 et le début de 1885, il a publié quelque deux cents textes, soit près des deux tiers de son œuvre de conteur. Aussi bien, en trois ans, de la réédition (fort augmentée) de *Mademoiselle Fifi* en avril 1883 à *La Petite Roque* en mai 1886, dix recueils voient-ils le jour !

Les *Contes du jour et de la nuit* à peine parus, en mars 1885 chez Marpon et Flammarion, Maupassant donne à la même maison un nouveau recueil : ce sera *Toine*. Un peu plus tard — veillant comme toujours à instaurer une stimulante concurrence entre ses éditeurs —, c'est à Ollendorff que l'écrivain confie *Monsieur Parent* (sur le manuscrit de la nouvelle qui donne son titre au volume, un timbre d'Ollendorff porte la date du 19 octobre 1885 : c'est sans doute à cette date, comme le déduit bien Louis Forestier, qu'il reçut de l'auteur la fin du texte qui devait être en cours de composition). Mais la fabrication de *Toine* traîne, ralentie, semble-t-il, par la réalisation des gravures prévues. Et voici, à la mi-novembre, Maupassant fort embarrassé, qui écrit à une amie (Hermine Lecomte du Noüy) : « *J'ai mon volume* Parent *qui va paraître à la date*, *et Marpon veut mettre en vente, en même temps, un autre livre de moi,* Toine. *Il faut absolument que j'empêche cela ; et je dîne demain avec mes deux éditeurs pour les mettre d'accord.* »

L'accord se fit : « 1885 » était déjà imprimé sur *Toine*, mais on en retarda la mise en vente jusqu'à la mi-janvier 1886 ; et *Monsieur Parent*, qui portait la date « 1886 », fut en librairie dès les premiers jours de décembre 1885. C'est le texte de ce volume, soigneusement collationné par l'éditeur des *Contes et nouvelles* dans la « Bibliothèque de la Pléiade », que nous avons reproduit ici, en signalant dans les notes les variantes les plus importantes offertes par les publications préoriginales.

MONSIEUR PARENT

Page 21.

1. Cette longue nouvelle (une des plus longues que Maupassant ait écrites avec *Yvette*, *L'Héritage* et *Boule de suif*) est la seule du recueil à n'avoir pas été publiée préalablement dans une revue ou un journal : l'éditeur en reçut directement, on l'a vu, le texte manuscrit à l'automne 1885. Mais le dépôt légal du volume, qui fut

mis en vente dès le début de décembre (v. *supra*), n'ayant été effectué que le 18 janvier, l'apparence fut presque sauve d'une « préoriginale » pour la publication de la nouvelle dans les numéros datés des 3, 10 et 17 janvier 1886 de l'hebdomadaire *La Vie populaire*.

2. La scène se passe dans le petit square situé devant l'église de la Trinité (aujourd'hui place d'Estienne-d'Orves, IXᵉ arr.). À l'intention du lecteur non parisien, précisons que la rue Blanche, fort pentue, prend à droite de la façade de l'église, et que la rue Saint-Lazare, à l'ouest du square, conduit vers la gare.

3. Deux ans plus tard, dans sa contribution à un recueil consacré aux *Types de Paris* (éd. du *Figaro*), Maupassant décrira les nourrices « *presque indifférentes aux rubans de soie, rouges, bleus ou roses si larges, si longs, qui traînent dans leur dos, de leur nuque à leurs pieds, presque indifférentes au beau bonnet, léger comme une crème sur leur tête, presque indifférentes à toute cette élégance dont les mères les ont parées* » (*Chroniques*, t. 3, pp. 391-2).

Page 22.

4. « *Larve humaine* » : Maupassant s'est servi des mêmes mots pour désigner le bébé martyr du *Baptême* (*infra* p. 110). On aura garde d'y voir l'expression d'une quelconque répulsion pour les enfants, que Maupassant, au contraire, suivant de nombreux témoignages, aimait beaucoup...

5. « *Cinq années* », sera-t-il précisé plus loin (p. 31). On observera que la chronologie du récit est claire : Henri Parent s'est marié à trente-cinq ans, le petit Georges lui est né deux ans plus tard, la tragique révélation est assenée au père quand il a quarante ans ; cinq ans s'écouleront avant qu'il ne revoie, sur les boulevards, sa femme et son fils ; il aura soixante ans — son fils, vingt-trois — lors de la journée à Saint-Germain-en-Laye.

Page 29.

6. On dit plus communément « tourner le sang », au sens, dit Littré, de « causer une très vive et très pénible impression ». « Ce billet... il m'a tourné le sang ! » s'écrie le Comte dans *Le Mariage de Figaro*, parlant du billet, compromettant pour la Comtesse, que lui a remis Bazile (II, xix, éd. Folio p. 129).

Page 33.

7. *La Vie populaire* imprime : *Julie avait raison*, qui paraît être une faute plutôt qu'une correction d'auteur.

Page 43.

8. Il est — au moins — neuf heures. Faut-il s'étonner que M. Parent juge parfaitement possible — quitte à rentrer « peut-être un peu tard » — de chercher et trouver à pareille heure une nouvelle domestique qui vienne prendre son service le lendemain matin ?

Page 46.

9. Au sens moderne (et anti-étymologique) d' « agacer », qu'ignore encore Littré (1863-77), mais que le dictionnaire de Hatzfeld et Darmesteter (1890-1900) enregistre comme « néologisme ».

Page 54.

10. « Garçon, un bock!... » On lira la nouvelle à laquelle Maupassant a donné ce titre (recueillie dans *Miss Harriet*, éd. Folio p. 197) et qui évoque l'histoire d'un homme qui se laisse aller « à vau-l'eau », comme le Folantin du roman de Huysmans (1882) ; le « bockeur » symbolise souvent, dans l'univers parisien de Maupassant, ceux auxquels un traumatisme moral a ôté à jamais tout goût, toute envie, tout désir, toute espérance, et qui traînent l'existence la plus grise sur le velours ou la moleskine des banquettes de cafés. (On notera d'ailleurs que ce qui a fait du jeune comte des Barrets l'épave de *Garçon, un bock!...*, c'est la découverte de la discorde de ses parents, au cours d'une scène violente surprise alors qu'il avait treize ans : l'âge qu'avait Maupassant lorsque ses propres parents se séparèrent...)

Page 58.

11. « *Si je suis chauve, c'est la faute du gaz. Il est l'ennemi du cheveu* » (*Garçon, un bock!...* p. 201).

Page 63.

12. L'hôtel-restaurant du *Pavillon Henri IV* existe toujours, sur la terrasse de Saint-Germain-en-Laye.

Page 64.

13. Georges, né trois ans avant la « *soirée effroyable* » qui a eu lieu voilà vingt ans (p. 59), a donc vingt-trois ans : ces « *vingt-trois ans de souffrances* » que compte son père légal (p. 66).

LA BÊTE À MAÎT' BELHOMME

Page 72.

1. Paru dans le *Gil Blas* du 22 septembre 1885, ce conte, à peine recueilli dans *Monsieur Parent*, a été republié dans le supplément

du 21 février 1886 du quotidien radical *La Lanterne*, mais raccourci d'une page (depuis « *On remonta dans la voiture* » jusqu'à « *afin de bien vider l'autre* », pp. 79-80), coupure imposée par les nécessités de la mise en pages et certainement non voulue par l'auteur.

2. Criquetot-l'Esneval, près d'Étretat, est un chef-lieu de canton bien réel de la Seine-Inférieure (aujourd'hui Seine-Maritime), mais on ne trouvera ni Gorgeville, ni Rollebosc-les-Grinets sur une carte du pays de Caux, pas plus que « *Campemuret, dans l'Orne* », où l'instituteur est resté six ans en poste...

3. On dit d'un cheval qui est attelé seul en avant des deux chevaux de timon qu'il est « en arbalète ». La diligence de Césaire Horlaville est d'ailleurs bien sœur de l'*Hirondelle* qui amène à Yonville les époux Bovary, « *coffre jaune porté par deux grandes roues* [...], *attelée de trois chevaux, dont le premier en arbalète* » (*Madame Bovary*, II, i, éd. Folio p. 115).

Page 75.

4. L'huile de colza était surtout employée, au XIXᵉ siècle, pour l'éclairage. Le mot *cossard* est une forme dialectale (comme, plus loin, *frémi*, *gambe* [p. 77], *chiquante-chinq* [p. 81]) dont Maupassant donne obligeamment, entre parenthèses, la traduction à son lecteur...

Page 76.

5. Ces discussions font naturellement penser à la parabole de « la dent d'or » contée par Fontenelle dans son *Histoire des oracles*.

Page 77.

6. Un « coup de froid ».

Page 79.

7. Lambeau d'étoffe.

Page 80.

8. Fil-en-quatre, fil-en-six : eau-de-vie très forte.

Page 82.

9. *L' curé est pas*, lisait-on dans le *Gil Blas*.

À VENDRE

Page 83.

1. Parue dans *Le Figaro* du 5 janvier 1885, cette nouvelle fut le premier texte publié par Maupassant cette année-là.

2. Léon Chenal, le peintre de *Miss Harriet*, assurait déjà que les « *courses à l'aventure* », le « *vagabondage sac au dos* », la « *vie errante, au hasard* », ce sont « *des voyages de noce avec la terre* » (éd. Folio, pp. 25-6).

Page 84.

3. Maupassant a parcouru la Bretagne dans les étés 1879 et 1882 ; le « *tour de Bretagne par les côtes* » qu'il évoque ici recouvre celui que dessinait une chronique du *Gaulois, Le pays des Korrigans* (10 déc. 1880 [recueillie en 1884 dans *Au soleil*], in *Chroniques*, t. 1, p. 113) : « *J'avais quitté Vannes le jour même de mon arrivée, pour aller visiter un château historique, Sucinio, et, de là, gagner Locmariaker, puis Carnac et, suivant la côte, Pont-l'Abbé, Penmarch, la Pointe du Raz, Douarnenez.* »

4. Maupassant a corrigé son texte du *Figaro*, où on lisait : *m'apparurent chargés de monde* (pour effacer la répétition de l'expression qui reparaît cinq lignes plus bas).

5. Si breton qu'il soit (cf. Plouvenez, « la nouvelle paroisse », etc.), ce nom n'est celui d'aucun village de la région de Quimperlé.

Page 87.

6. La phrase est étrange : si un menhir est bien un mégalithe dressé, Maupassant semble croire qu'un dolmen est une pierre couchée, alors que le nom désigne une pierre plate posée sur deux ou plusieurs pierres dressées.

7. *Le Figaro* imprimait : *J'allai*. L'imparfait est probablement une coquille.

Page 90.

8. Comme le note justement Louis Forestier, « l'expression *enivré d'espoir* est trop rare chez Maupassant pour qu'on ne la relève pas ». Mais l'optimisme de cette conclusion reste ambigu : « ce n'est peut-être qu'un masque de plus, le plus tragique : celui qui mime la comédie du bonheur ».

L'INCONNUE

Page 91.

1. Paru dans le *Gil Blas* du 27 janvier 1885.

Page 92.

2. Maupassant, quant à lui, a plusieurs fois dénoncé avec cynisme la sensualité printanière : « *Nous voici entrés depuis quelques jours dans le printemps officiel. Saison odieuse, gâtée par ce*

fléau qu'on nomme : les Amoureux [...]. *Non point que je veuille dire du mal de l'amour. C'est l'amour printanier que je déteste, cette poussée de la sève du cœur, qui monte en même temps que la sève des arbres, ce besoin inconscient qui vous prend de roucouler comme les tourtereaux : fermentation du sang, rien de plus, piège grossier de la nature, où ne devraient tomber que les très jeunes gens* » (*Amoureux et primeurs,* paru dans *Le Gaulois* du 30 mars 1881, in *Chroniques,* t. 1, p. 188).

3. *Linot :* on n'emploie plus guère aujourd'hui que le féminin *linotte* pour désigner aussi bien le mâle que la femelle de ce petit passereau gris dont la tête est réputée de peu de jugement...

Page 93.

4. *Il y a cinq ans environ que je rencontrais,* lisait-on dans *Gil Blas.*

Page 96.

5. *Gil Blas : deviner qui elle était.*

Page 97.

6. Le Coran (vulgate, S. XXVII, v. 44) raconte en effet que la reine de Saba, croyant que la salle du palais, dallée de cristal, où Salomon la recevait était une pièce d'eau, retroussa sa robe pour s'y avancer et découvrit ainsi ses mollets — des mollets que des interprètes du livre saint ont dit fort velus. Mais on ignore d'où Maupassant a tiré la variante des pieds fourchus...

LA CONFIDENCE

Page 99.

1. Paru dans le *Gil Blas* du 20 août 1885.

2. Ces deux personnages reparaîtront dans deux autres nouvelles, *Sauvée* (*Gil Blas* du 22 déc. 1885, recueillie dans *La Petite Roque*) et *Le Signe* (*Gil Blas* du 27 avril 1886, recueillie dans *Le Horla*). Chacun de ces deux textes se référera explicitement au précédent : la « *petite baronne* » et la « *petite marquise* » n'y gagnent pas beaucoup d'épaisseur romanesque, mais il est certain que les lecteurs de *Gil Blas* pouvaient trouver plaisir à « reconnaître » des personnages.

Page 102.

3. Le cotillon était la danse, très attendue, composée de diverses figures imaginées par le « cotillonneur » ou « cavalier conduc-

teur », sur laquelle on terminait souvent un bal au XIX⁣ᵉ siècle. C'en était le meilleur moment, le plus « excitant ». L'austère Littré en fournit une description assez méprisante : « Sorte de branle, où la danse est fréquemment interrompue par de petites actions partielles et ridicules, comme de ramasser un chapeau par terre avec les dents sans y mettre les mains, d'allumer un papier attaché au dos de quelqu'un qui remue sans cesse pour qu'on ne l'allume pas, etc. Le cotillon ne se danse qu'à la fin des bals. »

4. V. *infra*, p. 138, la nouvelle *L'épingle*, que Maupassant avait publiée une semaine plus tôt dans le *Gil Blas*.

LE BAPTÊME

Page 106.

1. Paru dans le *Gil Blas* du 13 janvier 1885 (et republié dans les *Annales politiques et littéraires* le 13 décembre, c'est-à-dire quelques jours après la mise en vente du recueil *Monsieur Parent*). Un an plus tôt, dans *Le Gaulois* du 14 janvier 1884, Maupassant avait déjà intitulé un conte *Le Baptême* (recueilli dans *Miss Harriet*) ; réutilisation dont il ne se faisait nul scrupule (fût-ce à trois mois d'intervalle), et qui se produisit en neuf occurrences (*Le Baptême*, *Clair de lune*, *La Confession* [titre de trois contes différents !], *L'Enfant*, *En voyage*, *Le Père*, *Rencontre*, *Souvenir*, *Une soirée*).

2. Le roman de Zola était paru en 1877.

Page 107.

3. On se rappellera, dans *À vendre*, la présence des « *deux pierres énormes* [...] *pareilles à deux époux étranges, immobilisés par quelque maléfice* » (*supra* p. 87).

4. *Gil Blas* : *Il lui reste quatre garçons.* Maupassant a corrigé pour éviter la répétition.

Page 110.

5. Cf. *Monsieur Parent*, *supra* p. 22, note 4.

Page 111.

6. « Boire » (forme dialectale).

IMPRUDENCE

Page 113.

1. Paru dans le *Gil Blas* du 15 septembre 1885, sous la signature de *Maufrigneuse* dont Maupassant se servait alors pour la dernière fois.

2. Cette jeune fille dans ce cadre, c'est un tableau qu'affectionne Maupassant, et qui rappelle, comme le suggère Louis Forestier, *Les Baigneuses à Trouville* d'Eugène Boudin et *La Terrasse à Sainte-Adresse* de Claude Monet.

Page 116.

3. Il est curieux qu'Henriette, qui a pourtant entendu ce que « murmurait » le maître d'hôtel, ne demande pas à son mari qu'il lui explique la proposition de celui-ci (habitué à la tricherie des séducteurs qui, après avoir commandé du champagne pour griser leur proie, le prient en secret de ne verser dans leur propre coupe qu'une tisane de même couleur mais qui leur laissera toute leur lucidité...).

Page 118.

4. « *De dix-huit à quarante ans enfin, en faisant entrer en ligne les rencontres passagères, les contacts d'une heure, on peut bien admettre que nous avons eu des... rapports intimes avec deux ou trois cents femmes* », dit un personnage (membre de l'Académie française) d'un conte de Maupassant (*Un fils*, écrit en 1882 — Maupassant a alors trente-deux ans — et recueilli dans les *Contes de la Bécasse*, éd. Folio p. 149). L'auteur d'un bas travail de librairie, *La Vie érotique de Maupassant* (Paris : Éd. Suger, 1986), s'autorise de ces lignes pour faire de l'écrivain « " l'homme aux trois cents femmes ", comme il s'est qualifié lui-même » [*sic*] ; un spécialiste américain fort sérieux, Artine Artinian, n'a pourtant dénombré, au terme de minutieuses recherches, que « cent vingt-six associés »... On peut estimer avec André Vial (*Guy de Maupassant et l'art du roman*, p. 186) qu' « il ne semble pas qu'au-delà de certaines limites, assez rapidement atteintes d'ailleurs, la précision numérique apporte un élément d'appréciation nouveau à la signification morale de semblable fait biographique et à l'importance que peut y accorder une exégèse strictement littéraire ».

Page 119.

5. On lisait dans le *Gil Blas* : *les talents d'agréments*. Coquille ?

UN FOU

Page 122.

1. Paru dans *Le Gaulois* du 2 septembre 1885. Un an plus tôt, dans *Le Figaro* du 1ᵉʳ septembre 1884, Maupassant avait intitulé un conte *Un fou ?* (non recueilli), et un autre déjà, le 23 août 1882 dans le *Gil Blas*, *Fou ?* (recueilli dans *Mademoiselle Fifi*). Curieusement, toutes les éditions modernes (sauf l'éd. Conard des *Œuvres com-*

plètes) ont intitulé cette nouvelle : *Fou* ; l'éd. Forestier (Pléiade), en 1979, fut la première à lui restituer son véritable titre...

Page 123.

2. *Le Gaulois* imprimait : *1881*.

Page 124.

3. *Sic.* Maupassant n'a pas corrigé le solécisme.

Page 125.

4. Enfanter, voilà qui provoque toujours la répulsion de celui qui tient la plume du meurtrier de *Fou?* (1882, recueilli dans *Mademoiselle Fifi*, éd. Folio p. 100), pour qui la femme « *est la bête humaine ; moins que cela : elle n'est qu'un flanc* ».

Page 126.

5. « *Je suis né avec tous les instincts et les sens de l'homme primitif tempérés par des raisonnements et des émotions de civilisé. J'aime la chasse avec passion ; et la bête saignante, le sang sur les plumes, le sang sur mes mains, me crispent le cœur à le faire défaillir.* » (*Amour*, in *Le Horla*, éd. Folio p. 57).

Page 127.

6. La recherche de sensations inédites anime, on le sait, nombre d'écrivains de cette fin de siècle blasée et en proie à l'ennui post-romantique. Après Baudelaire et Barbey d'Aurevilly, avant Huysmans, Goncourt, Barrès, Gourmont..., Maupassant met complaisamment en scène de plus ou moins délicates perversions.

Page 129.

7. *Sic.* Sans doute faut-il lire *31 août*.
8. On lisait *1ᵉʳ octobre* dans *Le Gaulois*.

TRIBUNAUX RUSTIQUES

Page 132.

1. Paru, signé Maufrigneuse, dans le *Gil Blas* du 25 novembre 1884. Le titre fait évidemment allusion aux recueils des *Tribunaux comiques* que publiait, depuis 1881, Jules Moinaux (le père du futur Courteline), humoriste et chroniqueur judiciaire au *Charivari* et à la *Gazette des tribunaux*. Ce conte est la reprise d'un autre, publié deux ans plus tôt sous le titre *Autres temps* et que, pour cette raison, Maupassant n'a jamais recueilli (v. éd. Forestier, t. I, pp. 453-6).

2. Cf. *supra*, *La bête à maît' Belhòmme*, p. 73, et note 2.

Page 133.

3. Tout le XVIIIe siècle aimablement satirique et libertin, encore très lu au temps de Maupassant : aujourd'hui bien oublié, *Ver-Vert* (plus souvent orthographié *Vert-Vert* dans ses rééditions), de Jean-Baptiste Gresset (1709-1777), est la plaisante épopée, en décasyllabes, d'un perroquet qui divertit fort innocemment les visitandines de Nevers, au point que celles-ci acceptent de le prêter pour quelques jours à leurs consœurs du couvent de Nantes ; mais le bateau sur lequel Ver-Vert descend la Loire transporte des soldats et des filles légères qui se chargent d'enrichir à leur manière le vocabulaire du perroquet, lequel, à son arrivée chez les visitandines nantaises, les scandalise en proférant d'horribles jurons et blasphèmes. Quant aux *Poésies érotiques* du chevalier de Parny (1753-1814), Maupassant ne les a sans doute pas lues, qui qualifie de « grivois » ce roman en vers d'un amour certes ardent et d'une sensualité toute païenne, mais dont l'expression reste pure et élégante.

4. L'alexandrin qu'il vient de commettre involontairement inspire à M. le Juge cette citation d'un vers, à peine retouché, d'Ovide (*Tristes*, IV, x, 28) : *Et quod tentabam dicere versus erat*, « Et ce que [au lieu de *quidquid*, " tout ce que "] j'essayais de dire était des vers ».

5. Maupassant avait d'abord écrit (Ms., coll. partic.) : *rouge comme une crête de coq.*

6. *Une poule cayenne :* poule naine.

Page 134.

7. *Gil Blas :* lui a entourné.

8. Cette promesse solennellement faite sur papier timbré n'est donc vieille que de quinze mois, pour le lecteur du *Gaulois* du 25 novembre 1884.

Page 135.

9. Dans son manuscrit, Maupassant faisait parler le Juge plus correctement : *Qui est-ce qui...*

10. La brochette est le bâtonnet servant à donner la becquée aux petits oiseaux : élever un oiseau, ou un enfant, « à la brochette » ou « en brochette », c'est l'entourer avec beaucoup de soins, voire trop. Maupassant utilisait déjà l'expression dans *Autres temps* (éd. Bibl. Pléiade, p. 455) : « La dame [...] avait élevé à la brochette le jeune garçon et le réservait à ses plaisirs. »

Page 136.

11. Ces cinq années paraissent peu cohérentes avec la date du 5 août 1883 qu'on a lue plus haut.

12. « Regardez-la » (dialecte normand).

Page 137.

13. Le Juge cite ici non pas le chant V de l'*Odyssée*, mais le livre I des *Aventures de Télémaque* de Fénelon.

L'ÉPINGLE

Page 138.

1. Paru, signé Maufrigneuse, dans le *Gil Blas* du 13 août 1885. Cette nouvelle sera reprise au dixième et dernier volume du *Nouveau Décaméron* (1885-87). Dans cet ouvrage collectif construit sur le principe de l'œuvre de Boccace, chaque « journée » des devisants est consacrée à un thème, qu'illustrent les contes, dus à divers auteurs (Maupassant y reprend onze de ses nouvelles, une dans chaque journée, deux dans la sixième); un texte de liaison entre les contes les insère dans une conversation qui leur sert de commentaire. *L'épingle*, racontée dans la X⁰ journée (*L'Idéal*), y est ainsi introduite : quelqu'un prétend que « l'affamé » d'idéal se comporte « *comme un baby qui baise d'abord les pieds de sa poupée, et lui ouvre ensuite le ventre pour voir ce qu'il y a dedans, si bien qu'au bout de quelques jours on le retrouve devant les débris de son idéal, souillés, fripés, vilipendés, tout disposé à leur tourner le dos pour chercher un joujou plus solide* ». « *Tout le monde n'a pas cette facilité de changement et cette inconstance de goût, dit Guy de Maupassant; il y a des affolements de fidélité qui s'attachent à des objets indignes et leur méritent ce beau nom d'Idéal dont la significa-tion n'est pas bien précisée. Puisque notre belle reine* [chaque journée du *Nouveau Décaméron* est présidée par un roi et une reine désignés par les devisants] *me fait signe de parler, je vous dirai le conte de l'Épingle, qui est arrivé autant que chose au monde, et qui vous édifiera à ce sujet.* »

2. Mais plusieurs détails le laissent situer dans cette Afrique du Nord où Maupassant a fait un voyage de deux mois l'été 1881.

3. Le narrateur suscite ici une petite curiosité qu'il n'apaisera pas. Sans explications, ce *nous* laissera la place au *je*.

Page 139.

4. Le trottoir du Vaudeville est celui, haut lieu des rencontres galantes, du boulevard des Capucines où se trouvait le nouveau

théâtre du Vaudeville, à quelques centaines de mètres de l'élégant café Tortoni, boulevard des Italiens. C'est le long de ces deux boulevards que se déroule le « *large trottoir ombragé, qui va de la Madeleine à la rue Drouot* », évoqué par l'ancien amant de Jeanne de Limours.

Page 141.

5. Maupassant avait déjà cité, dans une nouvelle publiée six mois plus tôt dans le *Gil Blas* (*Nos Anglais*, recueilli dans *Toine*), ce célèbre propos tenu par le « héros » de la pièce d'Henry Monnier (*Grandeur et décadence de Monsieur Joseph Prudhomme* [1853], II, XIII au moment où les jeunes peintres, gardes nationaux récalcitrants, lui « décernent » un « sabre de reconnaissance et d'amour ».

Page 143.

6. Maupassant vient de relire le roman de l'abbé Prévost, pour écrire la préface d'une réédition de l'*Histoire de Manon Lescaut et du chevalier des Grieux*, préface où il exalte la vérité de cette peinture de cette femme « *pour qui l'argent et l'amour n'étaient au fond qu'une seule et même chose* ». « *Nous la connaissons au moral, nous la voyons encore avec nos yeux, cette Manon ; nous la voyons aussi bien que si nous l'avions rencontrée et aimée. Nous connaissons ce regard clair et rusé, qui semble toujours sourire et toujours promettre, qui fait passer devant nous des images troublantes et précises ; nous connaissons cette bouche gaie et fausse, ces dents jeunes sous ces lèvres tentantes, ces sourcils fins et nets, et ce geste vif et câlin de la tête, ces mouvements charmeurs de la taille, et l'odeur discrète de ce corps frais sous la toilette pénétrée de parfums* » (*Chroniques*, t. 3, pp. 215-6).

Page 144.

7. *Gil Blas* (et *Nouveau Décaméron*) : *de l'air du temps*. Le texte de *Monsieur Parent* est probablement une faute plutôt qu'une correction.

8. De Manon, Maupassant dit dans sa préface : « *Aucune femme n'a jamais été évoquée comme celle-là, aussi nettement, aussi complètement ; aucune femme n'a jamais été plus femme, n'a jamais contenu une telle quintessence de ce redoutable féminin, si doux et si perfide !* » (*Op. cit.*, p. 216).

Page 145.

9. Rappelons, aux fins de comparaison, que les appointements annuels de Maupassant, dans l'Administration en 1877, s'élevaient à deux mille deux cent cinquante francs.

10. Dans *Le Nouveau Décaméron*, le conte est suivi de cet échange de propos : « *Cette histoire, dit la Marquise, a un reflet sinistre tout particulier. La passion du héros confine à la monomanie ; autrefois on l'eût cru ensorcelé. Dire jusqu'à quel point l'affreuse créature décrite par M. de Maupassant peut représenter un idéal serait matière à contestation. — Point trop, fit Armand Silvestre ; tout le monde a son idéal et je ne changerais pas le mien pour le vôtre. Il n'en faut pas plus disputer que des goûts et des couleurs.* »

LES BÉCASSES

Page 146.

1. Paru dans le *Gil Blas* du 20 octobre 1885.

2. Cette nouvelle conserve la forme épistolaire qu'elle avait dans *Gil Blas*, même si Maupassant en a supprimé les deux dernières lignes, qui précédaient sa signature dans le journal : « *Henri D... / Pour copie : / Guy de Maupassant.* »

3. Faut-il rappeler que notre conteur était un chasseur passionné, impénitent ?

4. Maupassant avait d'abord écrit (*Gil Blas*) : « [...] *je préfère la vie dehors, la rude vie* [...] *Est-on dehors, entre deux murs* [...] *l'impression, la sensation du dehors.* » Pour le recueil, il a préféré supprimer trois des cinq emplois du mot *dehors*.

Page 147.

5. L'allusion est évidente à celui qui fut, avec Schopenhauer, un des deux maîtres à penser de Maupassant : Herbert Spencer. Il avait trouvé chez le philosophe anglais des *Premiers Principes* la théorie de la relativité de notre connaissance.

6. Ni près de Fécamp ni ailleurs il ne faut chercher ce toponyme, forgé à l'imitation de Criquetot, Yvetot, Vattetot, Sassetot, etc., — non plus que Sasseville (p. 154). Mais Goderville (p. 154) est bien réel, non loin de Fécamp.

7. Terme de monnaie, pour signifier le meilleur alliage, celui où le métal précieux est le plus pur.

Page 149.

8. *Paff* était le nom du chien que Maupassant venait justement d'acquérir, cet automne 1885. Mais Paff n'était pas un « petit crocodile à poils », mais « un superbe épagneul Pont-Audemer », suivant les *Souvenirs* de François Tassard, le valet de chambre de l'écrivain.

Page 151.

9. La construction de cette phrase surprend un peu. Sans doute résulte-t-elle d'une faute de prote (saut du même au même) qui a échappé à la révision de Maupassant : on lisait en effet dans le *Gil Blas* : *... dans le petit bois dont les feuilles tombent. Elles tombent avec un murmure doux...*

Page 153.

10. Littré distingue l'adjectif *marneux*, « qui renferme de la marne ou en présente les caractères », et le substantif *marneur*, « celui qui répand de la marne sur les terres [ou] en Normandie, ouvrier qui travaille dans les marnières ».

Page 155.

11. Probable coquille, pour *surprise*, qu'on lisait dans *Gil Blas*.

EN WAGON

Page 157.

1. Paru dans le *Gil Blas* du 24 mars 1885.
2. Cadre bien connu de Maupassant, qui a fait sa première cure à Châtelguyon en juillet-août 1883, y retournera dans les étés 1885 et 1886, et y situera *Mont-Oriol*.
3. Rappelons que les vacances scolaires commençaient alors le 1er août.

Page 158.

4. « Maupassant donne l'impression d'exagérer — le vrai peut quelquefois n'être pas vraisemblable. Ses observations sont pourtant strictement réalistes. La présence d' « horizontales » dans les villes d'eaux auvergnates était signalée par *Gil Blas* dès le 11 février 1885. Leurs migrations ferroviaires n'échappaient pas à la vigilance caustique du même journal (21 mars 1885) » (L. Forestier). C'était le type d' « échos » auxquels, sous couleur d'information, se complaisait le *Gil Blas* pour titiller l'imagination de ses lecteurs, respectables bourgeois...
5. Nous rétablissons ce mot, présent dans *Gil Blas*, omis dans *Monsieur Parent*.

Page 164.

6. Cf. La « *larve humaine* » du *Baptême* et de *Monsieur Parent* (supra, pp. 22 et 110).

Page 165.

7. Né en 1805, l'illusionniste Robert-Houdin (pseudonyme de Jean-Eugène Robert) était mort en 1871, personnage légendaire, jouissant d'une extraordinaire célébrité à la mesure de ses talents de prestidigitateur et de constructeur d'ingénieux automates. C'est en 1888 que Georges Méliès rachètera son théâtre (le Théâtre des Soirées-Fantastiques, au Palais-Royal) et ses automates.

ÇA IRA

Page 166.

1. Paru dans le *Gil Blas* du 10 novembre 1885.

2. Barville existe en Normandie, mais non Barviller. Le musée en question ici serait-il le musée Fragonard de Grasse, comme le suggère Louis Forestier? Mais notre visiteur n'y voit que des « croûtes », et la « *petite ville inconnue [est] bâtie au milieu de plaines interminables* »...

3. Sûrement pas le fameux Baedeker, « *guide allemand excellent* » ; tous les autres « *mentent, ils ne savent rien, ils ne comprennent rien, ils enlaidissent, par leur prose emphatique et stupide, le plus ravissant pays* ». Tel était le jugement que Maupassant portait sur les guides (*Au soleil*, éd. Ollendorff, p. 259).

Page 167.

4. La vente du tabac étant monopole d'État, l'octroi des débits récompensait des services ou des mérites civiques — ou de bonnes relations politiques... Le bénéficiaire, quoique ne percevant pas un traitement de « fonctionnaire », était donc considéré comme un agent de l'État.

5. Hauts lieux des « canotiers », fréquemment cités par Maupassant et peints par les impressionnistes. Le « père Hercule Fournaise » tenait un restaurant en contrebas du pont de Chatou (v. *Le Déjeuner des canotiers* de Renoir), tout près de l'établissement de bains de La Grenouillère. Fournaise était le grand loueur de yoles qu'a connu Maupassant une douzaine d'années plus tôt.

Page 175.

6. Le père de « Ça ira » a donc été un des 7 500 « communards » condamnés en 1871 à la déportation en Nouvelle-Calédonie.

DÉCOUVERTE

Page 177.

1. Paru dans *Le Gaulois* du 4 septembre 1884.

2. L'été, six fois par jour, un service de bateaux à roues reliait en effet, en une petite heure, Le Havre et Trouville, distants de moins de vingt kilomètres de part et d'autre de l'estuaire de la Seine.

Page 178.

3. On est encore loin de l'Entente cordiale, en 1884, et l'anglophobie est dans l'air du temps, ou du moins une attitude à la fois railleuse et méfiante envers « la perfide Albion ». Voyez *Miss Harriet*, *Nos Anglais* (dans *Toine*)...

Page 179.

4. Les jeunes Anglaises ont naturellement de grands pieds, chaussés de souliers plats...

5. Coquille probable (dans toutes les éditions) pour *lovées* (un serpent lové, enroulé sur lui-même) — à moins que Maupassant lui-même n'ait confondu cet emploi figuré du verbe *lover* avec le verbe *lofer*, tous deux étant des termes de marine (*lofer*, aller au lof, venir au vent ; *lover un câble*, le mettre en cerceaux).

6. Redevenu possible depuis un peu plus d'un mois seulement en France : c'est le 27 juillet 1884 qu'a été votée la « loi Naquet », rétablissant le divorce qui, institué par la Révolution, avait été supprimé sous la Restauration.

Page 180.

7. *Le Gaulois : le long d'un fossé.*

8. *Le Gaulois : des balles, des massues ou des raquettes, dont les noms changent tous les deux ans.*

Page 181.

9. On sait l'admiration que Maupassant porta à Bouilhet (1822-1869), qui avait été « *le plus cher camarade de Flaubert* » ; six mois durant, alors qu'il était en classe de philosophie à Rouen en 1868-69, il l'a vu « *chaque semaine, tantôt chez lui, tantôt chez Flaubert* », bénéficiant de ses conseils et de sa « *verve incomparable* » ; il mettait l'auteur de *Festons et Astragales* et de *Dernières Chansons* « *au premier rang des vrais poètes de notre siècle* ». En 1882, à l'occasion de l'érection d'un monument à sa mémoire à Rouen, Maupassant consacra deux articles à Bouilhet, dans *Le Gaulois*. Il y

citait déjà cette strophe extraite de « *la pièce qu'on connaît le plus
de lui, celle qu'on cite le plus souvent* », *À une Femme*, que « *chacun
sait par cœur* » (*Louis Bouilhet* et *Poètes*, in *Chroniques*, t. 2,
pp. 116-28). Mais il avait déjà mis la même strophe sous la plume
du cynique épistolier de *Mots d'amour* (paru dans le *Gil Blas* du
2 février 1882, recueilli dans *Mademoiselle Fifi*), qui la commente
ainsi, en écrivant à son ancienne maîtresse : « *Si tu avais été sourde
et muette, je t'aurais sans doute aimée longtemps, longtemps. Le
malheur vient de ce que tu parles. Un poète a dit* : [citation de la
strophe d'*À une Femme*.] *En amour, vois-tu, on fait toujours chanter
des rêves ; mais pour que les rêves chantent, il ne faut pas qu'on les
interrompe.* » (Éd. Folio, pp. 147-8).

Page 182.

10. Au moment du cotillon (v. *supra*, *La confidence*, p. 102,
note 3), la « surprise » était un des accessoires habituels, grand
cornet de papier contenant de menus objets inattendus ou, le plus
souvent, quelques bonbons.

Page 183.

11. Ces derniers mots n'étaient pas dans le texte du *Gaulois*, où
la réponse d'Henri Sidoine se bornait à : « *Moi ?* »...

SOLITUDE

Page 184.

1. Paru dans *Le Gaulois* du 31 mars 1884.

Page 185.

2. C'est la première des « Béatitudes » du « Sermon sur la
Montagne » (Matt. V, 3 et Luc VI, 20), mais on sait qu'elle n'a pas le
sens que — suivant d'ailleurs une tradition populaire persistante
— Maupassant lui prête, et qu'il s'agit en vérité d'une exhortation
du Christ à *l'esprit de pauvreté*. On traduit aujourd'hui plus
exactement : « Heureux les pauvres en esprit. »

Page 186.

3. Musset, *La Nuit de Mai*, v. 31-33 (c'est « le Poète » qui parle).
Les deux tirets ne sont pas dans le texte de Musset, qui, en
revanche, en a un entre « Qui m'appelle ? » et « Personne ».
4. Ces phrases, devenues fort célèbres, ne se trouvent pas dans la
Correspondance connue de Flaubert. Elles sont pourtant, très
certainement, authentiques, déjà citées dans un article paru dans

La Nouvelle Revue du 1ᵉʳ janvier 1881, *Gustave Flaubert dans sa vie intime*, où Maupassant transcrivait de larges fragments de lettres du maître de Croisset, pour illustrer son « *amitié attendrie et paternelle* » pour les femmes, « *cette mélancolie, et cette sorte d'attendrissement sentimental où le jetait l'amitié d'une femme* » : « *Mais rien n'est bien dans ce monde. Sale invention que la vie, décidément, nous sommes tous dans un désert, personne ne comprend personne* » (*Chroniques*, t. 1, pp. 137-8). Il est vraisemblable que la destinataire de ces lettres, aujourd'hui perdues, fût Mᵐᵉ Brainne, la dédicataire d'*Une vie*.

Page 189.

5. Ces trois vers (déjà cités en 1882 dans *Le Baiser*) sont les trois premiers de la pièce *Les Caresses*, du recueil *Les Solitudes* (1869). On s'étonne volontiers, maintenant, de l'admiration que vouait Maupassant au poète du *Vase brisé*, qu'il considérait comme « *l'un des plus parfaits artistes d'aujourd'hui* » (*Poètes*, in *Chroniques*, t. 2, p. 127). Mais cette admiration était partagée par les esprits les plus modernes du temps : ainsi Gide le citera-t-il dans ses *Cahiers d'André Walter* (1891) (v. notre éd. de l'œuvre, coll. « Poésie/ Gallimard », 1986, p. 70).

AU BORD DU LIT

Page 191.

1. Parue dans le *Gil Blas* du 23 octobre 1883, pourquoi cette nouvelle attendit-elle deux ans avant d'être recueillie en volume ?...

2. C'est seulement dans *Monsieur Parent* que fut adoptée l'*italique* pour les passages qui, dans le texte, ne sont pas de dialogue. Mais cela les fait apparaître comme des didascalies qu'ils ne sont pas : ce *récit* commence en effet au passé (imparfait et passé simple) avant de choisir le présent de narration (p. 195). C'est d'ailleurs sans ces italiques que la nouvelle fut reprise dans le supplément de *La Lanterne* du 26 août 1888.

Page 196.

3. Cf. *supra* p. 240, note 9 de *L'épingle*.

Page 197.

4. « La *peau d'Espagne* est un parfum dont l'usage remonte à la Renaissance. Il se fabriquait avec une peau de chamois trempée

dans de l'essence de fleur d'oranger, de rose, de santal, de lavande, de verveine, de bergamote, de girofle et de cannelle, puis enduite de civette et de musc. On disait que la peau d'Espagne était, de tous les parfums, celui qui se rapprochait le plus de la senteur de la peau humaine » (L. Forestier).

5. *Gil Blas : Mais vous allez me faire le plaisir.*

Page 199.

6. En 1888, Maupassant tirera de cette nouvelle l'argument d'une comédie en deux actes qui, après remaniement par l'auteur puis une ultime revision, semble-t-il, par Alexandre Dumas, fut représentée le 6 mars 1893 à la Comédie-Française, sous le titre *La Paix du ménage.* À la fin de la pièce, la conclusion de la Comtesse est assez différente de celle qui se dégage de la saynète de 1883 : « *Vous êtes bien l'homme que je pensais. Après avoir payé des filles vous consentez à me payer comme elles, tout de suite, sans révolte. Vous avez trouvé que c'était cher, vous avez craint d'être grotesque. Mais vous ne vous êtes pas aperçu que je me vendais, moi, votre femme. Vous me désiriez un peu pour vous changer de vos gueuses, alors je me suis avilie à devenir semblable à elles ; vous ne m'avez pas repoussée, mais désirée davantage, autant qu'elles, même plus puisque j'étais plus méprisable. Vous vous êtes trompé, mon cher, ce n'est pas ainsi que vous auriez pu me conquérir. Adieu !* » Et la Comtesse, avant de sortir, jette son argent au visage de son mari.

PETIT SOLDAT

Page 200.

1. Paru dans *Le Figaro* du 13 avril 1885, puis dans le supplément de *La Lanterne* du 21 juin.

2. Ce « *petit bois des Champioux* » (entre Argenteuil et Sartrouville) fait partie de souvenirs de jeunesse chers à Maupassant, qui en parlait vers 1875, dans une lettre à sa mère, comme d' « *un très beau bois [...] absolument désert et inconnu, avec de très jolis sentiers d'herbe* ».

Pages 201, 202.

3. *Petit bleu, gros bleu :* vins de qualité grossière.
4. Kermarivan, Plounivon, Locneuven : noms imaginaires.

Page 203.

5. *Remiser :* attacher la bête après qu'elle est restée libre pour paître.

Page 206.

6. On lisait, dans *Le Figaro* : *l'autorisation de quitter la caserne.*
L'emploi absolu de *quitter* est-il le résultat d'une faute du prote de
Monsieur Parent, ou une tournure voulue par l'auteur ?

DU MÊME AUTEUR

Dans la même collection

COLLECTION FOLIO

Dernières parutions